FOLIO SCIENCE-FICTION

Philip K. Dick

LA TRANSMIGRATION DE TIMOTHY ARCHER

La trilogie divine, III

Traduit de l'anglais (États-Unis) par Alain Dorémieux
Traduction harmonisée par Gilles Goullet

Denoël

Cet ouvrage a été précédemment publié dans la collection
Lunes d'encre aux Éditions Denoël.

Titre original :
THE TRANSMIGRATION OF TIMOTHY ARCHER

Publié pour la première fois en 1952, Philip K. Dick (1928-1982) s'oriente rapidement, après des débuts assez classiques, vers une science-fiction plus personnelle, où se déploient un questionnement permanent de la réalité et une réflexion radicale sur la folie. Explorateur inlassable de mondes schizophrènes, désorganisés et équivoques, Philip K. Dick clame tout au long de ses œuvres que la réalité n'est qu'une illusion, figée par une perception humaine imparfaite.

L'important investissement personnel qu'il plaça dans ses textes fut à la mesure d'une existence instable, faite de divorces multiples, de tentatives de suicide ou de délires mystiques.

Ode pour lui

Ah, Ben !
Dis-nous quand ou comment
Serons-nous à nouveau tes hôtes
À ces fêtes lyriques au Sun,
Au Dog ou au Triple Tun ?
Nos rassemblements de ce genre
Ne nous rendaient pas fous, mais noblement extravagants ;
Et pourtant chacun de tes Vers
Surpassait la viande et le joyeux vin.

Allons, mon Ben,
Envoie-nous
Les surplus de ton esprit ;
Mais enseigne-nous aussi
À sagement les gérer ;
De crainte que nous ne gâchions ce Talent :
Car une fois que nous aurons épuisé
Cette précieuse réserve
Le monde n'aura plus de cet esprit.

ROBERT HERRICK, 1648

1

Barefoot tient ses séminaires sur sa péniche à Sausalito. Découvrir pourquoi nous sommes sur cette terre vous coûte cent dollars. Qui vous donnent aussi droit à un sandwich, mais je n'avais pas faim, ce jour-là. John Lennon venait de se faire assassiner et je pense savoir pourquoi nous sommes sur cette terre : pour découvrir que ce que vous aimez le plus au monde vous sera enlevé, sans doute suite à une erreur en haut lieu plutôt qu'à dessein.

Une fois garée sur le parking payant, je suis restée dans ma Honda Civic à écouter la radio. Toutes les stations diffusaient déjà la moindre chanson jamais écrite par les Beatles. Merde, ai-je pensé, j'ai l'impression d'être encore dans les années 1960 et toujours mariée à Jeff Archer.

J'ai questionné deux hippies qui passaient : « Où est la porte cinq ? »

Ils n'ont pas répondu. Je me suis demandé s'ils étaient au courant, pour John Lennon. Et ce que j'avais à foutre du mysticisme arabe, du soufisme et de tous ces machins dont parlait Edgar Barefoot dans son émission hebdomadaire sur la radio KPFA de Berkeley. Les soufis sont des gens heureux. Ils enseignent que l'essence de Dieu n'est ni la puissance, ni la sagesse, ni l'amour mais la beauté. C'est une idée complètement nouvelle dans le monde, une idée inconnue des juifs et des chrétiens. Je ne suis ni juive ni chrétienne. Je travaille toujours au Musik Shop sur Telegraph Avenue à Berkeley et j'essaie de payer les traites de la maison que Jeff et moi avons achetée quand nous étions mariés. Moi, j'ai eu la maison, et Jeff, rien. Comme ça lui arrivait tout le temps.

Pourquoi une personne saine d'esprit s'intéresserait-elle au mysticisme arabe ? me suis-je demandé en verrouillant les portes de ma Honda et en prenant la direction de la rangée de péniches. Surtout par une belle journée. Mais tant pis : j'avais déjà traversé les rues sordides de Richmond, emprunté Richardson Bridge et dépassé les raffineries. La baie était superbe. La police vous chronomètre, sur Richardson Bridge : elle note à quel moment vous réglez le péage et celui auquel vous quittez le pont en arrivant dans le comté de Marin. Si vous y arrivez trop tôt, ça vous coûte un paquet.

Je n'ai jamais aimé les Beatles. Jeff avait rapporté *Rubber Soul* à la maison et je lui avais dit que c'était insipide. Notre mariage battait de l'aile et pour moi, ses difficultés ont commencé à l'époque où j'entendais *Michelle* un million de fois par jour. Vers 1966, donc, j'imagine. Des tas de gens ici dans la baie de San Francisco datent les événements d'après les disques des Beatles. Le premier album en solo de Paul McCartney est sorti l'année avant celle de notre séparation, à Jeff et moi. Si j'entends *Teddy Boy*, je me mets à pleurer. C'était l'année où je vivais seule dans notre maison. Ne faites pas ça. Ne vivez pas seuls. Jusqu'au bout, Jeff a eu ses activités pacifistes pour lui tenir compagnie. Moi, j'étais rentrée dans ma coquille et j'écoutais sur KPFA de la musique baroque qu'il aurait mieux valu laisser dans l'oubli. C'est comme ça que j'ai découvert Edgar Barefoot, qui m'a d'abord fait l'effet d'un branleur, avec sa petite voix et ce ton d'un type qui savoure intensément sa propre activité cérébrale, qui se réjouit comme un enfant de deux ans de chaque satori consécutif. Il semble bien que personne d'autre dans la Baie ne partageait mon sentiment. J'ai changé d'avis plus tard, quand KPFA a diffusé en fin de soirée les conférences enregistrées de Barefoot et que je les écoutais en essayant de m'endormir. Quand on tombe de sommeil, toutes ces psalmodies monotones paraissent sensées. Plusieurs personnes m'ont expliqué un jour que des messages subliminaux étaient insérés dans tous les programmes émis dans la Baie aux alentours de 1973, presque certainement par les Martiens. Le message que j'ai reçu en écoutant Barefoot semblait être : Tu es vraiment quelqu'un de bien et tu ne devrais laisser personne décider de ta vie. En tout cas, je me suis mise peu à peu à m'endormir plus facilement ; j'oubliais Jeff et la lumière qui s'était éteinte à sa mort, sauf qu'un incident me revenait de temps à autre en mémoire, en général à propos d'un problème dans le Co-op d'University Avenue. Jeff se disputait souvent dans le Co-op. Je trouvais ça marrant.

Et désormais, me suis-je dit sur la passerelle qui menait à la belle péniche d'Edgar Barefoot, le meurtre de John Lennon servira pour moi de repère temporel à mon arrivée dans ce séminaire, les deux événements ne feront qu'un pour moi. Quelle drôle de manière d'entamer l'apprentissage de la compréhension, ai-je pensé. Retourne chez toi fumer un bon coup. Oublie la voix chétive qui parle de la connaissance ; on vit à l'époque des armes à feu ; tu ne peux rien faire, que tu aies la connaissance ou pas ; tu es une disquaire diplômée en sciences humaines de l'université de Californie. *Les meilleurs manquent de toute conviction*… quelque chose comme ça. *Quelle bête grossière se traîne vers Bethléem pour naître ?* Une créature à la posture disgracieuse, cauchemar du monde. Nous avions passé un examen sur Yeats. J'avais obtenu une très bonne note. J'étais douée. À l'époque, je pouvais rester assise par terre du matin au soir à manger du fromage et boire du lait de chèvre en arrivant à comprendre le plus épais des romans… J'avais lu tous les gros romans. Je suis sortie de l'université avec mes diplômes. J'habite Berkeley. J'ai lu *À la recherche du temps perdu* et ne m'en rappelle rien : j'ai pris la même porte pour entrer et pour sortir, comme dit le proverbe. Elles ne m'ont servi à rien, toutes ces années dans la bibliothèque universitaire à attendre que mon numéro s'allume pour signaler que mon livre était disponible au guichet. Beaucoup de gens sont certainement dans ce cas.

Mais je m'en souviens comme de bonnes années, où nous étions plus malins qu'il n'est communément admis ; nous savions exactement ce que nous avions à faire : il fallait que le régime Nixon disparaisse ; nous avons agi délibérément et aucun de nous ne le regrette. Jeff Archer est mort, à présent ; John Lennon vient tout juste de mourir. D'autres morts jonchent la route, comme si quelque chose d'énorme était passé. Avec leur conviction de la beauté innée de Dieu, les soufis peuvent peut-être me rendre heureuse ; c'est peut-être pour ça que je monte sur cette somptueuse péniche : un plan s'accomplit, dans lequel toutes ces tristes morts s'additionnent et ne donnent pas le néant, se trouvent en quelque sorte converties en joie.

Un gamin affreusement maigre qui ressemblait à notre ami Joe le Junkie m'a arrêtée : « Ticket ?

— Ça, vous voulez dire ? » J'ai sorti de mon sac la carte imprimée que Barefoot m'avait expédiée par la poste en recevant mes cent dollars. En Californie, on achète la connaissance comme on achète des petits pois au supermarché, à la taille et au poids. J'aimerais deux kilos de connaissance, me suis-je dit. Non, plutôt cinq. Je suis vraiment à court.

« Allez à l'arrière du bateau, a dit le gamin.

— Bonne journée », ai-je répondu.

La première fois qu'on voit Edgar Barefoot, on pense qu'il répare des boîtes de vitesses. Il mesure environ 1,65 m et son poids excessif donne l'impression qu'il ne mange que des cochonneries, principalement des hamburgers. Il est chauve. Pour la région et pour cette époque de la civilisation humaine, il ne s'habille pas du tout comme il faut : il porte un long manteau de laine, un pantalon marron des plus ordinaires et une chemise de coton bleue… mais ses chaussures ont l'air d'avoir coûté cher. J'ignore si on peut parler de cravate pour ce qu'il a autour du cou.

Peut-être qu'on a essayé de le pendre et qu'il était trop lourd : la corde s'est cassée et il a continué ses activités. La connaissance et la survie sont mêlées, me suis-je dit en m'asseyant – il y avait des chaises pliantes bon marché sur lesquelles quelques personnes avaient déjà pris place, des jeunes pour la plupart. Mon mari est mort et son père aussi ; la maîtresse de celui-ci a avalé un bocal de barbituriques et elle est dans la tombe, endormie jusqu'à la fin des temps, comme elle l'avait cherché. On dirait un jeu d'échecs : l'évêque[1] est mort, et avec lui la Norvégienne blonde qu'il entretenait, à en croire Jeff, sur les fonds discrétionnaires épiscopaux ; un jeu d'échecs et une escroquerie. On vit une drôle d'époque, mais celle-là l'était bien davantage.

Edgar Barefoot, debout devant nous, nous a fait signe de venir plutôt nous asseoir aux premiers rangs. Je me suis demandé ce qui se passerait si j'allumais une cigarette. Je l'avais fait une fois dans un ashram, après une conférence sur les védas. Ça m'avait valu le mépris de tous et un violent coup de coude dans les côtes. J'avais outragé les grands. Qui ont de bizarre qu'ils meurent exactement comme les gens ordinaires. L'évêque Timothy Archer détenait une bonne part de grandeur, ne serait-ce que par le poids et la taille, et ça ne lui a servi à rien : il repose sous terre comme les autres. Au temps pour les choses spirituelles. Pour les aspirations. Il recherchait Jésus. Et même ce qu'il y a derrière Jésus : la vérité réelle. S'il s'était contenté de la fausse, il

1. En anglais, la pièce d'échecs que nous qualifions de fou s'appelle l'évêque, *bishop*. (*Toutes les notes sont du traducteur.*)

serait encore vivant. Ce qui donne à réfléchir. Les simples mortels, qui acceptent le mensonge, sont vivants pour en parler ; ils n'ont pas péri dans le désert de la mer Morte. Le plus célèbre évêque des temps modernes a effectué le grand plongeon parce qu'il se méfiait de Jésus. Il y a là une leçon. Alors peut-être ai-je la connaissance ; je sais ne pas douter. Je sais aussi qu'il faut emporter plus de deux bouteilles de Coca-Cola si je pars en voiture dans le désert à quinze mille kilomètres de chez moi. Et ne pas me servir d'une carte routière de station-service, comme si j'étais encore au centre de San Francisco. C'est pratique pour localiser Portsmouth Square, moins pour trouver la source authentique du christianisme, cachée du monde pendant ces deux mille deux cents ans.

Je vais rentrer chez moi fumer un joint, me suis-je dit. C'est une perte de temps ; dès l'instant où John Lennon est mort, tout a été une perte de temps, y compris porter son deuil. J'ai renoncé à porter le deuil pour le carême… c'est-à-dire que je cesse d'avoir du chagrin.

Levant les mains vers nous, Barefoot s'est mis à parler. Je n'ai guère prêté attention à ce qu'il disait et l'ai vite oublié. J'avais été idiote de payer cent dollars pour écouter ça, et cet homme était malin, puisqu'il prenait l'argent et que nous lui en donnions. C'est ainsi qu'on calcule la sagesse : d'après celui qui paie. Voilà mon enseignement. Je devrais le dispenser aux soufis, et aux chrétiens, surtout aux évêques épiscopaliens avec leurs fonds discrétionnaires. File-moi cent dollars, Tim. Imaginez ça, appeler l'évêque « Tim ». Comme si on appelait le pape « George » ou

« Bill », le nom du lézard dans *Alice au pays des merveilles*. Bill descendait par la cheminée, si je me rappelle bien. C'est une référence obscure ; comme ce que raconte Barefoot, on n'y fait pas attention et personne ne s'en souvient.

« La mort dans la vie, disait Barefoot, et la vie dans la mort : deux modalités, tels le yin et le yang, d'un même continuum sous-jacent. Les deux faces d'un "holon", comme l'appelle Arthur Koestler. Vous devriez lire *Janus*. Chacune passe dans l'autre comme en une danse joyeuse. C'est le Seigneur Krishna qui danse en nous et à travers nous ; nous sommes tous Çrī Krishna qui, souvenez-vous, vient à nous sous la forme du Temps. C'est sa forme ultime, destructrice de tous les individus… de tout ce qui existe. » Il nous a adressé à tous un sourire de plaisir béat.

Il n'y a que dans la Baie, ai-je songé, qu'on tolère de pareilles inepties. Un gamin de deux ans nous harangue. Bon Dieu, quelle connerie ! Je ressens ma vieille répugnance, cette aversion furieuse que nous cultivons à Berkeley et que Jeff appréciait tant. Il prenait plaisir à se mettre en colère pour la moindre bagatelle. Le mien est d'endurer les inepties. En payant pour ça.

J'ai terriblement peur de la mort, ai-je pensé. La mort m'a détruite : ce n'est pas Çrī Krishna destructeur de tous les individus, mais la mort destructrice de tous mes amis. Elle les a choisis sans toucher aux autres. Salope de mort, tu as atteint ceux que j'aimais. Tu t'es servie de leur sottise pour l'emporter. Tu as tiré profit de leur bêtise pour les avoir, et c'est vraiment cruel. Cette conne d'Emily Dickinson dégoisait sur l'« aimable mort » ; c'est une pensée abominable, que la mort puisse être aimable. Elle n'avait jamais vu un carambolage de six voitures sur l'autoroute. L'art, comme la théologie, est une imposture bien emballée. En bas, les gens se battent pendant que je cherche Dieu dans un ouvrage de référence. Dieu, arguments ontologiques en faveur. Mieux encore : arguments pratiques contre. Non, ça ne figure pas au catalogue. Ç'aurait été utile en temps voulu, les arguments contre étant stupides, qu'ils soient ontologiques ou empiriques, anciens ou modernes (voir bon sens). L'ennui, avec les études, c'est qu'elles sont longues : elles vous prennent la meilleure partie de votre vie et vous en sortez en sachant que vous auriez mieux fait de travailler dans la banque. Je me demande si les banquiers se posent de telles questions. Ils s'interrogent plutôt sur le taux préférentiel du jour. Un banquier qui part dans le désert de la mer Morte emporte sans doute un pistolet lance-fusées, des bidons, des rations de survie et un couteau. Pas un crucifix montrant une précédente idiotie censée lui rafraîchir la mémoire. Destructeur des victimes d'accidents de l'autoroute, et aussi de mes espoirs, Çrī Krishna, tu nous as tous eus. Bonne chance pour tes autres tentatives, au cas où elles seraient également recommandables aux yeux des autres dieux.

Je simule, me suis-je dit. Ces passions, c'est de la foutaise. Je suis contaminée, à force de fréquenter la communauté intellectuelle de la Baie ; je pense comme je parle : pompeusement et par énigmes ; je ne suis pas une personne, mais une voix qui s'admoneste. Pire, je parle comme j'entends parler. Données erronées en entrée, données erronées en sortie (comme disent les informaticiens). Je devrais me lever pour poser à M. Barefoot une question dénuée de sens, puis rentrer chez moi pendant qu'il formule la réponse idéale. Comme ça, il a le dernier mot et moi, je m'en vais. Nous sommes gagnants l'un et l'autre. Il ne me connaît pas, je ne le connais pas non plus, sinon en tant que voix sentencieuse. Elle ricoche déjà dans ma tête, alors que ça ne fait que commencer, ce n'est que la première d'une longue série de conférences. De fadaises de cuistre… le nom du serviteur noir de la famille Archer dans un sitcom, peut-être. « Cuistre, amenez votre cul noir, compris ? » Ce que dit ce drôle de petit bonhomme est important : il parle de Çrī Krishna et de la façon dont les hommes meurent. Un sujet que, par expérience personnelle, je juge fondamental. Je le sais, je le connais bien : il est apparu dans ma vie il y a des années et il n'en disparaîtra pas.

Jeff et moi vivions dans une vieille petite maison de ferme. L'électricité sautait quand on branchait un grille-pain. Les jours de pluie, l'eau tombait goutte à goutte de l'ampoule accrochée au plafond de la cuisine. De temps en temps, Jeff versait un peu d'une espèce de goudron sur le toit pour colmater les fuites, car nous n'avions pas les moyens d'acheter du vrai papier goudronné, mais ça ne servait pas à grand-chose. C'était dans la partie plate de Berkeley sur San Pablo Avenue, près de Dwight Way. Il y avait des bons côtés : on pouvait aller à pied au Bad Luck Restaurant voir Fred Hill, l'agent du KGB (selon certains) qui en était le propriétaire, préparait les salades et décidait quels tableaux seraient exposés gratuitement. L'arrivée de Fred dans la Baie, il y a des années, a pétrifié de terreur tous les membres du Parti de la région : c'était le signe qu'il y avait un tueur à gages soviétique dans les environs. Ça vous permettait aussi de savoir qui était ou non au Parti. La peur régnait parmi ses membres alors que n'importe qui d'autre s'en fichait. C'était comme le Juge eschatologique séparant du reste du troupeau la brebis fidèle, sauf que là, c'était la brebis qui tremblait.

Des rêves de pauvreté suscitaient l'allégresse générale à Berkeley, doublés d'espoir que la situation politique et économique empirerait, précipitant le pays vers la catastrophe : c'était la théorie des activistes. Une infortune si grande qu'elle frapperait tout un chacun, jetant dans l'abîme les responsables tout comme les innocents. Nous étions et sommes encore complètement cinglés. C'est cultivé d'être fou. Par exemple, ce serait signe de folie d'appeler sa fille Goneril. Comme on nous l'a appris en littérature anglaise à l'université, le spectacle de la folie faisait rire le public du Globe Theater. De nos jours, elle n'est plus drôle. Chez vous, vous êtes un grand artiste, mais ici, vous n'êtes que l'auteur d'un livre difficile sur un personnage de *Finnegans Wake*. La belle affaire, ai-je pensé. Avec dessiné dans la marge quelqu'un en train de faire un pied de nez. Et pour ça, comme pour ce que raconte Barefoot, nous dépensons de l'argent. On aurait pu penser qu'avoir été pauvre si longtemps m'aurait rendue moins bête, m'aurait dégourdie. Aurait accru mon instinct de conservation.

Je suis la dernière personne en vie à avoir connu Timothy Archer, l'évêque du diocèse de Californie, sa maîtresse et son fils qui fut mon mari, propriétaire d'une maison et salarié selon les règles. Quelqu'un devrait… eh bien, mieux vaudrait que personne ne suive le chemin qu'ils ont suivi ensemble, à vouloir mourir, chacun d'eux étant, tel Parsifal, un parfait imbécile.

2

Chère Jane Marion,

En deux jours, deux amis – l'un directeur littéraire, l'autre écrivain – m'ont recommandé *The Green Cover* en précisant l'un et l'autre que si je voulais savoir ce qui se passait en littérature contemporaine, je ferais vachement mieux de lire votre livre. En le rapportant chez moi (on m'avait dit que l'article qui lui donne son titre était le meilleur du recueil et conseillé de commencer par lui), j'ai découvert que vous y aviez inclus un texte sur Tim Archer. Que j'ai donc lu. Voilà que tout à coup mon ami était de nouveau vivant. Ce qui ne m'a pas causé de la joie mais une horrible douleur. Je ne peux pas écrire sur lui, n'étant pas écrivain, même si j'ai un diplôme en littérature anglaise ; toujours est-il que j'ai rédigé un jour à titre d'exercice un dialogue fictif entre lui et moi, pour voir si j'arrivais à recréer la cadence de son intarissable flux verbal. Je me suis aperçue que j'en étais capable, mais les mots que j'alignais étaient aussi morts que Tim lui-même.

On me demande parfois comment il était mais, n'étant pas attirée par la religion chrétienne, je ne rencontre pas si souvent que ça des gens d'Église, même si ça m'est arrivé autrefois. J'étais mariée à son fils Jeff, si bien que je connaissais Tim plutôt sur un plan personnel. Nous parlions souvent de théologie. À l'époque du suicide de Jeff, j'ai rencontré Tim et Kirsten à l'aéroport de San Francisco : ils revenaient de quelques jours en Angleterre pour rencontrer les traducteurs officiels des documents sadokites. C'est à ce moment-là de son existence que Tim a commencé à croire que le Christ était un imposteur et que la vraie religion appartenait à la secte sadokite. Il m'a demandé comment transmettre cette nouvelle à ses ouailles. C'était avant Santa Barbara. Il logeait avec Kirsten en ville dans un appartement tout simple du quartier Tenderloin. Très peu de gens s'y rendaient. Jeff et moi, bien sûr, y étions admis. Je me rappelle le jour où Jeff m'a présentée à son père ; Tim s'est avancé vers moi et m'a dit : « Je m'appelle Tim Archer. » Il n'a pas précisé qu'il était évêque. Mais il portait son anneau.

C'est moi qui ai reçu le coup de fil annonçant le suicide de Kirsten. Nous étions encore sous le coup de celui de Jeff. Il a fallu que j'écoute Tim me dire que Kirsten « venait de nous quitter » ; je voyais mon petit frère, qui avait beaucoup d'affection pour Kirsten, en train d'assembler un modèle réduit de Spad XIII en balsa… il savait que l'appel venait de Tim, mais ignorait bien entendu que Kirsten était morte, désormais, comme Jeff.

Tim ne ressemblait à personne que j'aie connu, sur certains points : il était capable de croire à n'importe quoi et d'agir aussitôt en fonction de cette nouvelle croyance, ce jusqu'à ce qu'une autre le séduise et lui fasse à son tour changer de comportement. Il était convaincu, par exemple, qu'un médium avait résolu les problèmes mentaux du fils de Kirsten, qui étaient graves. Un jour où je regardais une interview de lui à la télévision, je me suis rendu compte qu'il parlait de Jeff et de moi… sauf que ce qu'il racontait n'avait pas vraiment de rapport avec la réalité de la situation. Jeff regardait aussi, mais il ne se rendait pas compte que son père parlait de lui. Comme les réalistes médiévaux, Tim croyait que les mots étaient des choses réelles. Si on pouvait exprimer une chose sous forme de mots, elle était vraie *de facto*. C'est ce qui lui a coûté la vie. Je n'étais pas en Israël quand il est mort, mais je l'imagine très bien dans le désert en train d'étudier la carte comme s'il s'agissait d'un plan du centre de San Francisco fourni par une station-service. La carte indique que si on parcourt x kilomètres on arrive à Y, aussi se met-il en route et franchit-il cette distance de x kilomètres en sachant que cela le conduira à Y, puisque c'est marqué sur la carte. L'homme qui doutait de tous les articles de la doctrine chrétienne croyait tout ce qu'il voyait écrit.

Mais l'incident à mon avis le plus révélateur s'est produit à Berkeley un jour où Jeff et moi devions retrouver Tim à un carrefour. Tim est arrivé en retard, suivi par un pompiste fou de rage qui courait derrière sa voiture. Tim venait de faire le plein dans la station-service de cet homme et d'écraser une pompe en reculant, mais était reparti tout de suite parce qu'il se savait en retard à son rendez-vous avec nous.

« Vous avez démoli ma pompe ! » criait le pompiste, complètement à bout de souffle et hors de lui. « Je vais appeler la police. Vous vous êtes enfui, j'ai dû vous courir après jusqu'ici. »

Je voulais voir ce que Tim allait répondre à cet homme très en colère, à cet individu modeste, tout au bas de l'échelle sociale dont Tim, lui, occupait le sommet. Je voulais voir s'il allait l'informer qu'il était l'évêque du diocèse de Californie, connu dans le monde entier, ami de Martin Luther King et de Robert Kennedy, qu'il était un grand homme célèbre qui, à ce moment-là, ne portait pas ses vêtements ecclésiastiques. Tim n'en a rien fait. Il s'est humblement excusé. Il est assez vite devenu évident aux yeux du pompiste qu'il s'adressait à quelqu'un pour qui de grosses pompes métalliques aux couleurs vives n'existaient pas, à quelqu'un qui vivait littéralement dans un autre monde. Cet autre monde était ce que Tim et Kirsten appelaient « l'autre côté », et il les a peu à peu tous attirés à lui : d'abord Jeff, ensuite Kirsten et, inéluctablement, Tim lui-même.

Je me dis parfois que Tim existe encore mais complètement, désormais, dans cet autre monde. Comment disait Don McLean dans sa chanson *Vincent*, déjà ? *Ce monde n'a jamais été fait pour quelqu'un d'aussi beau que toi.* Cela correspond bien à mon ami ; le monde dans lequel nous vivons n'a jamais été vraiment réel pour lui, alors je suppose que ce n'était pas celui qu'il lui fallait ; une erreur avait été commise quelque part, ce qu'il savait au fond de lui.

Quand je pense à Tim, cela me rappelle ces vers de Yeats :

Je rêve malgré tout qu'il marche sur la pelouse,
Avançant dans la rosée tel un fantôme,
Percé par mon chant joyeux…

Je vous remercie de votre article sur Tim, mais cela fait mal de le retrouver vivant, un instant. Un tel effet donne, je suppose, la mesure de la réussite d'un texte.

Je crois que c'est dans un roman d'Aldous Huxley qu'un personnage téléphone à un autre pour s'exclamer tout excité : « Je viens de trouver une preuve mathématique de l'existence de Dieu ! » S'il s'était agi de Tim, il aurait trouvé le lendemain une preuve contraire à la première… et l'aurait crue tout aussi facilement. C'était comme s'il se promenait dans un jardin rempli de fleurs, de fleurs toutes nouvelles et différentes, et il les découvrait à tour de rôle en éprouvant chaque fois le même ravissement, mais en oubliant celles qui avaient précédé. Il était entièrement loyal envers ses amis. Eux, il ne les oubliait jamais. Ils étaient ses fleurs permanentes.

Ce qu'il y a d'étrange, chère Jane Marion, c'est qu'en un sens, il me manque davantage que mon mari. Peut-être m'a-t-il fait plus forte impression. Je n'en sais rien. Vous pourrez peut-être me l'expliquer : c'est vous, l'écrivain.

Cordialement,

Angel Archer.

J'ai écrit cette lettre à Jane Marion, célébrité de l'establishment littéraire new-yorkais, dont les essais et les articles paraissent dans les meilleurs des petits magazines ; je n'attendais pas de réponse et n'en ai pas reçu. Peut-être son rédacteur en chef, à qui je l'avais adressée, l'a-t-il jetée au panier après lecture, je n'en sais rien. L'article de Marion sur Tim m'avait mise en rage : il se fondait entièrement sur des informations de seconde main. Marion n'avait jamais connu Tim, mais elle écrivait sur lui. Elle disait quelque part que Tim « abandonnait ses amis quand il n'avait plus besoin d'eux » ou quelque chose comme ça. C'est faux : Tim n'a jamais abandonné un ami de sa vie.

Ce rendez-vous que Jeff et moi avions avec l'évêque était important. À deux égards, l'un officiel et l'autre qui s'est révélé privé. En ce qui concerne l'aspect officiel, j'avais l'intention d'organiser une rencontre entre l'évêque Archer et mon amie Kirsten

Lundborg, qui représentait le MÉF dans la région. Le Mouvement d'émancipation féminine voulait obtenir de Tim un discours gratuit, et comme j'étais l'épouse de son fils on avait pensé que je pouvais mener l'affaire à bien. Inutile de préciser que Tim ne paraissait pas comprendre la situation, mais on pouvait difficilement le lui reprocher, vu que ni Jeff ni moi ne l'avions mis au courant. Tim s'imaginait que nous allions simplement dîner ensemble au Bad Luck, dont il avait entendu parler. Il paierait lui-même l'addition, car nous n'avions pas du tout d'argent cette année-là, pas davantage que l'année précédente, d'ailleurs. C'est mon travail de dactylo dans un cabinet d'avocats sur Shattuck Avenue qui subvenait aux besoins du ménage. Mes patrons étaient deux types de Berkeley qui participaient activement à tous les mouvements de contestation et se spécialisaient dans les affaires de drogue. Leur raison sociale était : BARNES ET GLEASON, CABINET D'AVOCATS ET VENTE DE BOUGIES ; ils vendaient des bougies artisanales, ou tout au moins en proposaient à la vente. C'était la façon de Jerry Barnes d'insulter sa profession et de démontrer qu'il n'avait nullement l'intention de gagner de l'argent. Ce à quoi il réussissait très bien. Je me rappelle qu'un client reconnaissant l'avait un jour payé en opium : une barre sombre qui ressemblait à du chocolat noir. Jerry n'avait pas su qu'en faire. Il avait fini par l'offrir à quelqu'un.

C'était intéressant d'observer Fred Hill, l'agent du KGB, accueillir ses clients comme tout bon restaurateur, avec sourire et poignée de main. Hill avait un regard glacial. À ce qui se racontait dans la rue, il avait l'autorisation d'assassiner ceux des membres du Parti qui paraissaient rétifs. Tim ne fit guère attention à cet enfoiré de Fred Hill pendant que celui-ci nous conduisait à une table. Je me demandais à quoi penserait l'évêque de Californie en apprenant que l'homme qui nous tendait les menus était un ressortissant russe résidant aux États-Unis sous un faux nom, un officier de la police secrète soviétique. Ou peut-être tout cela n'était-il qu'un mythe de Berkeley. Berkeley et la paranoïa étaient intimes depuis de nombreuses années. La guerre du Vietnam n'était pas près de finir : Nixon n'avait pas encore retiré les troupes américaines. Le Watergate n'aurait lieu que quelques années plus tard. Des agents du gouvernement fouinaient dans la région de la Baie. Nous autres activistes indépendants soupçonnions chacun de machinations et nous méfiions de la droite comme du parti communiste américain. S'il y avait une chose que tout le monde détestait à Berkeley, c'était bien l'odeur de la police.

« Bonsoir à tous, lança Fred Hill. Notre potage du jour est le minestrone. Puis-je vous suggérer un verre de vin, le temps de faire votre choix ? »

Nous répondîmes tous les trois que ça nous irait du moment que le vin ne venait pas de chez Gallo et Fred Hill partit chercher la bouteille.

« C'est un colonel du KGB, dit Jeff à l'évêque.

— Très intéressant, répondit Tim en étudiant le menu.

— Ils sont vraiment sous-payés, remarquai-je.

— C'est pour ça qu'il a ouvert un restaurant, déclara Tim en regardant les autres tables et les clients. Je me demande s'ils ont du caviar de la mer

Noire, ici. » Il leva les yeux vers moi. « Vous aimez le caviar, Angel ? Les œufs d'esturgeon, bien qu'on fasse quelquefois passer pour du caviar ceux du *Cyclopterus lumpus*, qui sont en général plus rouges et plus gros. Et beaucoup moins chers. Je n'aime pas ça… le caviar de lump, je veux dire. En un sens, parler de "caviar de lump" est un oxymoron. » Il eut un rire surtout destiné à lui-même.

Merde, me dis-je.

« Qu'est-ce qui ne va pas ? demanda Jeff.

— Je me demande juste où est passée Kirsten, expliquai-je en consultant ma montre.

— On peut trouver les origines du mouvement féministe dans *Lysistrata*, lança l'évêque. *Il faut nous abstenir de tout contact avec les bagatelles de l'amour…* » Il rit à nouveau. « *Verrous et barreaux leur permettent de passer outre à nos ordres et…* » Il sembla hésiter à poursuivre. « *… et de nous empêcher d'entrer.* C'est un jeu de mots. Il fait référence à la fois à la situation générale de refus d'obéissance et à une inaccessibilité du vagin.

— Papa, intervint Jeff, on essaie de trouver quoi commander. D'accord ?

— Si tu veux dire qu'on essaie de décider ce qu'on va manger, ma remarque est tout aussi valable. Aristophane aurait apprécié.

— Oh ! enfin », fit Jeff.

Fred Hill revint avec un plateau. « Bourgogne, annonça-t-il avant de nous servir trois verres. Excusez-moi, mais… n'êtes-vous pas l'évêque Archer ? »

Tim hocha la tête.

« Vous avez participé à la marche de Martin Luther King à Selma.

— Oui, j'étais à Selma.

— Racontez-lui votre blague sur le vagin, dis-je avant de m'adresser à Fred Hill : L'évêque connaît une histoire de vagin vraiment antique. »

L'évêque gloussa. « Elle veut dire que c'est l'histoire qui est antique. Ne vous méprenez pas sur la syntaxe.

— Le pasteur King était un grand homme, dit Fred Hill.

— Un très grand homme, renchérit l'évêque. Je prendrai du ris de veau.

— Excellent choix. » Fred Hill le nota sur son calepin. « Permettez-moi de vous recommander le faisan.

— Pour moi, des médaillons de veau aux pointes d'asperge, dis-je.

— Pour moi aussi. » Jeff semblait de mauvaise humeur. Je savais qu'il n'aimait pas que je me serve de mon amitié avec l'évêque pour obtenir de lui un discours bénévole – que ce soit en faveur du MÉF ou d'un autre groupe. Il savait avec quelle facilité on pouvait soutirer un discours gratuit à son père. Tous deux portaient des complets de laine foncés d'homme d'affaires, et bien sûr Fred Hill, le fameux agent tueur du KGB, portait lui aussi costume et cravate.

Me trouver ainsi en compagnie de ces deux hommes en complet m'a fait me demander si Jeff entrerait dans les ordres comme son père : ils avaient le même air solennel et commandaient leur repas avec la même intensité, la même gravité qu'ils mettaient dans tant d'autres choses, avec en ce qui concernait l'évêque un maintien professionnel bizarrement ponctué d'humour… même si, ce jour-là, celui-ci semblait tomber à plat.

Pendant le minestrone, l'évêque Archer parla de son futur procès pour hérésie, sujet qu'il ne cessait de trouver fascinant. Certains évêques bigots voulaient le poursuivre parce qu'il avait affirmé dans des articles et des sermons que personne n'avait eu de nouvelles du Saint-Esprit depuis les temps apostoliques. Ce qui avait amené Tim à conclure que la doctrine de la Trinité était fausse. Si le Saint-Esprit était une forme de Dieu égale à Yahweh ou au Christ, il serait sûrement toujours parmi nous. La faculté de parler spontanément de nouvelles langues ne l'impressionnait pas. Il avait assisté à de nombreux phénomènes de ce genre au cours de ses années dans l'Église épiscopalienne et les attribuait à l'autosuggestion ou à la démence. En outre, une lecture scrupuleuse des Actes des Apôtres lui avait montré que, le jour de la Pentecôte, quand le Saint-Esprit était descendu sur les disciples, leur donnant le « don de la parole », ils s'étaient exprimés dans des langues étrangères que les gens autour d'eux avaient comprises. Ce n'est pas de la glossolalie au sens moderne de ce terme, mais de la xénoglossie. Pendant que nous mangions notre soupe, l'évêque se moqua de l'habile réponse de Pierre à l'accusation d'ivresse portée contre les disciples ; Pierre avait répondu à haute voix aux railleries de la foule en affirmant que les disciples ne pouvaient pas être ivres car il n'était que neuf heures du matin. Entre deux cuillerées de minestrone, l'évêque estima tout haut que s'il avait plutôt été neuf heures du soir, cela aurait pu changer le cours de la civilisation occidentale. Jeff paraissait s'ennuyer et je n'arrêtais pas de regarder ma montre en me demandant ce qui retenait Kirsten. Sans doute était-elle allée chez le coiffeur. Elle faisait beaucoup de chichis avec ses cheveux blonds, surtout avant les grandes occasions.

L'Église épiscopalienne est trinitaire ; les prêtres et évêques de cette Église doivent accepter sans réserve et enseigner ce qui suit… bon, cela s'appelle le Credo de Nicée :

> … Et je crois en l'Esprit saint, qui est le Seigneur et qui donne la vie ; il procède du Père et du Fils. Avec le Père et le Fils, il reçoit même adoration et même gloire.

L'évêque McClary, au Missouri, ne se trompait donc pas : Tim avait bien commis une hérésie. Mais Tim avait été avocat avant de devenir recteur de l'Église épiscopalienne. Il savourait d'avance le procès à venir. L'évêque McClary connaissait sa Bible et la loi canonique, mais Tim l'entourerait de ronds de fumée jusqu'à ce que McClary ne sache plus où il en était. Tim en avait conscience. En affrontant ce procès, il était dans son élément. En outre, il écrivait un livre à ce sujet ; il gagnerait et cela lui rapporterait même de l'argent. Tous les journaux d'Amérique avaient publié des articles et même des éditoriaux sur la question. Faire condamner quelqu'un pour hérésie dans les années 1970, c'était vraiment difficile.

En écoutant Tim discourir sans fin, il me vint à l'idée qu'il avait délibérément commis l'hérésie pour provoquer le procès. Du moins, de manière inconsciente. C'était, comme on dit, bon pour sa carrière.

« Le prétendu don de la parole, disait l'évêque avec entrain, renverse l'unité de langage perdue à la construction de la tour de Babel. Si un membre de ma congrégation se met tout à coup à parler wallon, eh bien, ce jour-là, je croirai à l'existence du Saint-Esprit. Je ne suis pas sûr qu'il ait jamais existé. La conception apostolique du Saint-Esprit est fondée sur la *ruah* des Hébreux, l'esprit de Dieu. Déjà, cet esprit est féminin et non masculin. Elle parle de l'attente messianique. Le christianisme a pris le concept au judaïsme et l'a abandonné après avoir converti un nombre suffisant de païens – de gentils, si vous préférez –, puisque de toute façon il n'avait de sens que pour les juifs. Pour les Grecs convertis, il ne signifiait rien, bien que Socrate ait affirmé être guidé par une voix intérieure ou *daimôn*... un esprit tutélaire, à ne pas confondre avec le mot moderne "démon", qui fait bien entendu référence à une entité indubitablement mauvaise. On fait souvent la confusion. Ai-je le temps de prendre un cocktail ?

— Ils n'ont que du vin et de la bière, ici, répondis-je.

— J'aimerais donner un coup de téléphone. » L'évêque se tapota le menton avec sa serviette tout en se levant et en regardant autour de lui. « Il y a une cabine ?

— Il y en a une à la station-service Chevron, précisa Jeff. Mais si tu y retournes, tu vas bousiller une autre pompe.

— Je ne comprends vraiment pas comment ça s'est passé. Je n'ai rien vu, rien senti ; je ne m'en suis rendu compte que quand cet homme... comment s'appelle-t-il déjà ? Albers ? J'ai noté son nom dans mon calepin. Quand il est arrivé au bord de la crise de nerfs. C'était peut-être une manifestation du Saint-Esprit. J'espère que mon assurance auto est encore valable. C'est toujours une bonne idée d'être assuré.

— Ce n'était pas en wallon qu'il parlait, remarquai-je.

— Oui, dit Tim, mais on avait quand même du mal à le comprendre. Pour ce que j'en sais, ça pouvait aussi bien être de la glossolalie. Il y a peut-être une preuve que le Saint-Esprit est là. » Il se rassit. « On attend quelque chose ? me demanda-t-il. Vous n'arrêtez pas de regarder votre montre. Je ne peux prendre qu'une heure avant de retourner en ville. La difficulté avec le dogme, c'est qu'il frappe l'esprit créatif chez l'homme. Le grand savant Alfred North Whitehead a émis l'idée d'un Dieu en cours. Une théologie en cours. Tout cela remonte à Jakob Böhme et à sa divinité "non-oui", sa divinité dialectique annonçant Hegel. Böhme s'appuyait sur saint Augustin. *Sic et non*, vous savez. Le latin manque d'un mot précis pour "oui" ; je suppose que le plus proche est *sic*, même s'il est généralement mieux rendu par "ainsi". *Quod si hoc nunc sic incipiam ? Nihil est. Quod si sic ? Tantumdem egero. Et sic…* » Il s'interrompit, les sourcils froncés. « *Nihil est*. La traduction littérale, dans une langue distributive comme l'anglais, est : "Rien n'existe." Mais bien sûr Térence voulait dire : "Ce n'est rien." En tout cas il y a une force énorme dans l'énoncé de ces deux mots : *nihil est*. Cette étonnante faculté du latin de condenser le sens dans le minimum de mots. Avec la précision, ce sont ses deux plus remarquables qualités.

Nous, par contre, nous possédons un vocabulaire plus étendu.

— Papa, nous attendons une amie d'Angel. Je t'en ai parlé l'autre jour.

— *Non video*. Je dis que je ne la vois pas, le pronom "la" étant implicite. Regardez, cet homme va nous prendre en photo. »

Fred Hill, muni d'un reflex pourvu d'un flash, s'approchait de notre table. « Votre Grâce, me permettez-vous de vous photographier ?

— Je vais vous prendre tous les deux ensemble, proposai-je en me levant. Vous pourrez l'afficher au mur, dis-je à Fred Hill.

— Pas de problème », conclut Tim.

Kirsten Lundborg nous rejoignit pendant le repas. Elle avait l'air triste et fatigué et ne trouva rien à son goût dans le menu. Elle se contenta d'un verre de vin blanc, sans manger, en parlant très peu mais en fumant cigarette sur cigarette. Son visage était tendu. Nous l'ignorions alors, mais elle souffrait d'une légère péritonite chronique, maladie qui peut être très grave et le serait bientôt pour elle. Elle semblait à peine consciente de notre présence. Je pensais qu'elle avait sombré dans une de ses dépressions périodiques ; j'ignorais qu'elle était physiquement malade.

« Tu devrais prendre du pain grillé et un œuf à la coque, proposa Jeff.

— Non. » Kirsten secoua la tête et ajouta un instant plus tard : « Mon corps essaie de mourir. » Elle n'entra pas dans les détails. Nous étions tous mal à l'aise. Je suppose que c'était son but. Ou peut-être pas. L'évêque Archer l'examina attentivement, avec une grande compassion. Je me demandai s'il comptait suggérer une imposition des mains. C'est une pratique de l'Église épiscopalienne. Dont je ne crois pas que le pourcentage de guérisons soit enregistré quelque part, ce qui est aussi bien.

Elle parla surtout de son fils Bill, que l'armée venait de réformer pour raisons psychologiques. Elle semblait en être à la fois contente et contrariée.

« Je m'étonne que vous ayez un fils en âge de faire son service », dit l'évêque.

Kirsten garda le silence quelques instants. Ses traits étaient plus sereins. De toute évidence, la remarque de Tim lui avait remonté le moral.

À cette période de sa vie, c'était une femme plutôt belle, mais avec une perpétuelle expression de sévérité qui gâchait à la fois son apparence et l'impression émotionnelle qu'elle dégageait. Je l'admirais, mais la savais incapable de résister à l'envie de décocher une réplique cinglante quand l'occasion s'en présentait, un défaut qu'elle avait même transformé en don. Tout est question d'aptitude verbale : si on est assez malin, on peut insulter les gens sans qu'ils osent réagir, mais si on se montre sot et maladroit, on n'arrive à rien. On est jugé, comme dans les concours, sur son habileté avec les mots.

« Bill n'a cet âge-là que physiquement », précisa Kirsten, qui semblait toutefois plus heureuse. « Comment disait cet humoriste, l'autre soir, dans l'émission de Johnny Carson ? "Ma femme ne veut pas de chirurgie plastique… elle préfère la vraie." Je sors de chez le coiffeur. C'est pour ça que je suis en retard. Un jour, juste avant que je prenne l'avion pour la France, ils avaient tellement raté ma permanente que… » Elle a souri. « Je ressemblais à Bozo le clown. Pendant tout mon séjour à Paris j'ai dû porter une babouchka. Je disais à tout le monde que j'étais en pèlerinage à Notre-Dame.

— Qu'est-ce que c'est, une babouchka ? demanda Jeff.

— Une paysanne russe », répondit l'évêque.

Kirsten le regarda avec attention : « C'est vrai. Je dois me tromper de mot.

— Non, précisa l'évêque. Le terme désignant l'étoffe qu'on porte autour de la tête vient…

— Oh ! pitié », protesta Jeff.

Kirsten sourit et but une gorgée de vin blanc.

« Je crois comprendre que vous êtes membre du MÉF, enchaîna l'évêque.

— Je *suis* le MÉF.

— Elle en est l'une des fondatrices, expliquai-je.

— Vous savez, j'ai des opinions très arrêtées sur l'avortement, reprit l'évêque.

— Moi aussi, répliqua Kirsten. Quelles sont les vôtres ?

— Notre sentiment est que le fœtus est investi de droits qui proviennent non de l'homme mais de Dieu Tout-Puissant. Prendre une vie humaine est interdit depuis le Décalogue.

— Je voudrais vous poser une question, contre-attaqua Kirsten. Pensez-vous que les êtres humains ont des droits après la mort ?

— Je vous demande pardon ?

— Eh bien, vous leur accordez des droits avant leur naissance ; pourquoi ne pas leur accorder autant après leur mort ?

— À vrai dire, intervint Jeff, les individus gardent des droits quand ils sont morts. Sans décision de justice, on ne peut pas utiliser un cadavre ou des organes prélevés sur un cadavre pour…

— J'essaie de manger », rappelai-je en m'attendant à une discussion interminable à la suite de laquelle l'évêque refuserait de faire le discours pour le MÉF. « On ne pourrait pas parler d'autre chose ? »

Sans se laisser démonter, Jeff insista : « Je connais un type qui travaille au bureau du coroner. Il m'a raconté qu'une fois, aux soins intensifs de je ne sais plus quel hôpital, on a prélevé les yeux d'une femme qui venait de mourir alors même que les moniteurs de surveillance captaient encore des signes de vie. D'après lui, ça arrive tout le temps. »

Le silence tomba ; nous mangions pendant que Kirsten buvait son vin, mais l'évêque continuait de la regarder d'un air compatissant. Je n'ai réalisé que plus tard qu'il avait senti sa maladie latente, perçu ce qui nous échappait. Peut-être était-ce dû à son ministère pastoral, mais je l'ai vu à de nombreuses reprises déceler un besoin dont nul n'avait conscience ou ne prenait le temps de se soucier, pas même parfois la personne en question.

« J'ai la plus grande estime pour le MÉF, dit-il d'une voix douce.

— Comme beaucoup de gens », répondit Kirsten, mais elle paraissait vraiment contente, à présent. « L'Église épiscopalienne autorise-t-elle l'ordination des femmes ?

— À la prêtrise ? dit l'évêque. Pas encore, mais ça viendra.

— Vous approuvez, si je comprends bien.

— Certainement, assura-t-il avec un hochement de tête. Je me suis intéressé de près à la modernisation de l'appellation des diacres des deux sexes. Déjà, dans mon diocèse, je refuse qu'on emploie le terme de "diaconesse" ; je tiens à ce qu'on les appelle "diacres", les hommes comme les femmes. La standardisation de la formation des diacres permettra plus tard d'ordonner prêtres certains diacres femmes. C'est une échéance inévitable et j'y travaille activement.

— Je m'en réjouis, dit Kirsten. Vous vous démarquez donc sensiblement de l'Église catholique. Le pape…

— L'évêque de Rome, rectifia Tim. C'est ce qu'il est en réalité : l'évêque de Rome. Il représente l'Église catholique romaine ; la nôtre est aussi une Église catholique.

— Eux, vous croyez qu'ils ordonneront des femmes, un jour ? demanda Kirsten.

— Seulement lorsque viendra la parousie.

— Qu'est-ce que c'est ? demanda Kirsten. Excusez mon ignorance, je n'ai aucune formation religieuse.

— Moi non plus, rétorqua l'évêque. Je sais seulement, comme l'a dit Malebranche, que "ce n'est pas moi qui respire, mais Dieu qui respire en moi". La parousie est le second avènement du Christ. L'Église catholique, dont nous faisons partie, ne respire qu'à travers la puissance vivante du Christ ; nous sommes le corps dont il est la tête, ainsi que l'a précisé saint Paul. C'est un concept déjà connu du monde antique et nous pouvons le comprendre.

— C'est intéressant, estima Kirsten.

— Non, c'est la vérité, insista l'évêque. Il y a des

sujets intellectuels qui sont intéressants et aussi de simples données factuelles, comme par exemple la quantité de sel produite par une mine. Ce dont je parle détermine non ce que nous savons, mais ce que nous sommes. Nous menons notre vie à travers Jésus-Christ. *Il est l'image du Dieu invisible et le premier-né de toute création, car c'est en lui que tout a été créé dans les cieux et sur la terre, le visible et l'invisible, les Trônes, les Dominations, les Principautés et les Puissances : tout a été créé par lui et pour lui. Il existe avant toutes choses et tout subsiste en lui.* » L'évêque parlait d'une voix basse et intense tout en fixant Kirsten droit dans les yeux, et elle lui rendait son regard avec une expression fascinée et apeurée, comme si elle voulait et ne voulait pas entendre à la fois. J'avais souvent entendu Tim prêcher à la Grace Cathedral, et il s'adressait en ce moment à elle seule avec la même intensité qu'il déployait pour la foule des fidèles.

Il y eut un silence.

Jeff reprit la parole : « Beaucoup de prêtres emploient encore le mot "diaconesse". » Il ajouta maladroitement : « Quand Tim n'est pas là. »

Je m'adressai à Kirsten : « L'évêque Archer est sans doute le plus fervent défenseur des droits de la femme dans l'Église épiscopalienne.

— En fait, je crois bien que je l'avais entendu dire », répondit Kirsten en se tournant vers moi pour continuer calmement : « Je me demande si… tu crois que…

— Je serais heureux de faire un discours devant votre organisation, coupa l'évêque. C'est bien pour ça que nous déjeunons ensemble, non ? » Il sortit son calepin noir de la poche de son pardessus. « Je vais noter votre numéro de téléphone et je vous promets de vous appeler dans les jours qui viennent. Il faudra que je voie avec Jonathan Graves, l'évêque suffragant, mais je trouverai sûrement du temps pour vous.

— Je vais vous donner mon numéro au MÉF et mon numéro personnel, dit Kirsten. J'aimerais... » Elle hésita. « J'aimerais vous dire une chose à propos du MÉF, si vous voulez bien.

— Je vous écoute.

— Nous ne sommes pas des militantes au sens conventionnel du...

— Je connais très bien votre organisation, l'interrompit l'évêque. Je voudrais que vous réfléchissiez à ceci. *Si je parle les langues des hommes ou des anges, mais que je n'ai pas l'amour, je suis un airain qui résonne ou une cymbale qui retentit. Si j'ai le don de prophétie, la compréhension de tous les mystères et toute la connaissance, même si j'ai la foi qui soulève des montagnes, si je n'ai pas l'amour, je ne suis rien.* Première Épître aux Corinthiens, chapitre XIII. En tant que femmes, c'est par l'amour et non par l'animosité qu'on trouve sa place dans le monde. L'amour n'est pas limité aux chrétiens, il n'est pas réservé à l'Église. Si vous désirez nous conquérir, faites preuve d'amour et non de mépris. La foi soulève les montagnes, l'amour soulève les cœurs humains. Ceux qui s'opposent à vous sont des individus, pas des choses. Vos ennemis ne sont pas les hommes mais des hommes ignorants. Ne confondez pas les hommes avec leur ignorance. Il a fallu des années ; il en faudra encore d'autres. Ne soyez pas impatientes et n'éprouvez pas de haine. Quelle heure est-il ? » Il regarda autour de lui, soudain soucieux. « Tenez. » Il tendit une carte à Kirsten. « C'est vous qui m'appellerez. Il faut que je vous laisse. J'ai été ravi de vous rencontrer. »

Et il partit. Je me rendis tout soudain compte, ensuite, qu'il avait oublié de régler l'addition.

3

L'évêque de Californie prononça donc un discours devant les membres du MÉF et persuada ensuite ses dirigeantes de verser deux mille dollars au fonds de l'Église pour lutter contre la famine dans le monde, une contribution vraiment insignifiante pour une cause aussi méritoire. Jeff et moi mîmes un certain temps à apprendre que Tim et Kirsten se fréquentaient. Jeff en fut tout bonnement stupéfié. Quant à moi, je trouvai la chose plutôt drôle.

Jeff ne fut même pas amusé que son père obtienne de l'argent du MÉF. Il avait vu venir un discours gratuit, mais cela ne s'était pas produit. Il avait prévu des frictions et une antipathie entre son père et mon amie Kirsten, ce qui ne s'était pas produit non plus. Jeff ne comprenait pas son propre père.

J'appris la nouvelle par Kirsten, et non par Tim. Elle me téléphona une semaine après le discours de Tim pour me dire qu'elle voulait aller faire les magasins avec moi à San Francisco.

Quand on sort avec un évêque, on ne le crie pas sur les toits. Kirsten passa des heures à farfouiller dans les robes, les jupes et les corsages, boutique après boutique, avant de faire ne serait-ce qu'allusion à sa situation. Elle s'assura d'abord de mon silence au moyen de serments plus compliqués que ceux des rose-croix. Me le dire constituait le dixième du plaisir : elle fit tant durer la révélation finale que nous étions déjà à la marina quand je compris son allusion.

« Si Jonathan Graves le découvre, me confia-t-elle, Tim sera obligé de renoncer à ses fonctions. »

Je n'arrivais même pas à me rappeler qui était Jonathan Graves. Cette divulgation me paraissait irréelle ; je crus d'abord que Kirsten plaisantait, puis qu'elle délirait.

« Le *Chronicle* en parlerait en une, dit-elle d'un ton solennel. Et avec le procès pour hérésie en plus…

— Grand Dieu ! m'exclamai-je. Mais tu ne peux tout de même pas coucher avec un évêque !

— C'est déjà fait.

— Et à qui d'autre l'as-tu dit ?

— À personne. Je ne suis même pas sûre que tu doives le dire à Jeff. Nous en avons discuté, Tim et moi. Sans arriver à prendre une décision. »

Nous, pensai-je. Espèce de putain destructrice. Pour te faire sauter, tu briserais la vie d'un homme qui a connu Martin Luther King et Bobby Kennedy et décide des opinions de… eh bien, ne serait-ce que des *miennes*.

« N'aie pas l'air si contrarié, dit Kirsten.

— Qui a eu l'idée ?

— Pourquoi tu te mets en colère ?

— L'idée, elle est de toi ?

— Tim et moi en avons parlé », répondit-elle d'un ton calme.

Au bout d'une minute, je ne pus m'empêcher de rire. D'abord agacée, Kirsten se joignit à moi ; des passants nous regardèrent avec curiosité qui pouffions, cramponnées l'une à l'autre, sur l'herbe au bord de la baie. « C'était bon ? parvins-je finalement à dire. Enfin, c'était comment ?

— Fantastique. Mais maintenant, il faut qu'il se confesse.

— Ça veut dire que vous ne pouvez pas recommencer ?

— Si, mais il devra se confesser encore.

— Tu ne vas pas aller en enfer ?

— Lui, si. Mais pas moi.

— Ça ne te tracasse pas ?

— De ne pas aller en enfer ? » Elle gloussa.

« Il faut qu'on gère cette situation de manière adulte, dis-je.

— Oh ! oui, absolument. Il faut se comporter comme si tout était normal. Même si ce n'est *pas* normal. Enfin, je ne veux pas dire que c'est anormal comme si… bref, tu me comprends.

— Comme si tu le faisais avec un bouc.

— Je me demande s'il existe un mot pour ça… quand on le fait dans l'évêché.

— Dans les W-C ?

— Mais non… » Nous dûmes nous soutenir mutuellement pour ne pas tomber : ni elle ni moi ne pouvions nous empêcher de rire. « Je parle de l'endroit où vit l'évêque. Oh ! mon Dieu. » Elle s'essuya les larmes de rire au coin des yeux. « C'est affreux. On va vraiment aller en enfer, tout droit en enfer. Tu sais ce qu'il m'a laissée faire ? » Elle se pencha pour murmurer à mon oreille. « J'ai essayé plusieurs de ses soutanes et sa mitre, tu sais, le chapeau en forme de pelle. Je suis la première femme évêque.

— Peut-être pas la première.

— Ça m'allait très bien. Mieux qu'à lui. Il faudra que tu voies ça. On va prendre un appartement. Mais bon Dieu, surtout pas un mot là-dessus, parce qu'il va le payer sur ses fonds discrétionnaires.

— L'argent de l'Église ? dis-je en la dévisageant.

— Écoute. » Kirsten avait à nouveau un air solennel, mais ne put le garder longtemps et se cacha le visage entre les mains.

« Ce n'est pas illégal ? demandai-je.

— Non, pas du tout. Si ça s'appelle des fonds discrétionnaires, c'est parce qu'il peut en faire ce qu'il veut. Je vais travailler pour lui comme… on n'a pas vraiment encore décidé, mais une sorte de secrétaire polyvalente, une espèce d'impresario qui gérera tous ses discours et ses déplacements. Ça ne m'empêche pas de rester au MÉF. » Elle se tut un instant. « Le problème, ça va être Bill. Je ne peux pas lui dire parce qu'il est retourné chez les dingues. Je ne devrais pas en parler comme ça, il souffre de retrait autistique avec affaiblissement de l'idéation aggravé par des hallucinations, associé à une alternance de stupeur catatonique et d'excitation. Il est au Hoover Pavilion, à Stanford, surtout pour un diagnostic. Ce sont les meilleurs diagnosticiens de la côte ouest. Ils ont quatre psychiatres qui s'occupent uniquement de ça, trois de l'hôpital et un extérieur.

— Désolée.

— C'est à cause du service militaire. Ça l'angoissait d'être incorporé. Ils l'ont accusé de simuler.

Enfin, c'est la vie. De toute façon, il fallait qu'il arrête l'école. Enfin, je veux dire qu'il aurait dû arrêter tout de même. Ses crises commencent toujours de la même manière : il se met à pleurer et il ne sort plus les poubelles. Qu'il pleure ne me gêne pas, mais ces saloperies d'ordures… elles s'entassent partout. Et il ne se lave plus. Il ne sort plus de chez lui. Il ne paie plus ses factures, alors on lui coupe le gaz et l'électricité. Et il se met à écrire des lettres à la Maison-Blanche. Tim et moi en avons discuté. En fait, je n'en discute pas avec grand monde. C'est pour ça que je pense pouvoir garder le secret sur notre liaison : j'ai l'habitude de garder le secret sur les choses. Non, au fait, je me suis trompée. Ça ne commence pas quand il pleure, mais quand il n'arrive plus à conduire sa voiture. Il a une phobie de la conduite ; il a tout le temps peur de faire une sortie de route. D'abord sur l'autoroute, puis dans n'importe quelle rue, ensuite il finit même par avoir peur d'aller à pied à l'épicerie, si bien qu'il ne peut pas s'acheter à manger. Mais de toute façon, à ce stade, il ne mange plus du tout. » Elle se tut un instant. « Ça me fait penser aux paroles d'une cantate de Bach », reprit-elle enfin, avec une ébauche de sourire. « La *Cantate du café*. Il y est question des soucis que vous causent les enfants. Ce sont cent mille malheurs, ou quelque chose comme ça. Bill la jouait. Il n'y a pas beaucoup de gens qui savent que Bach a écrit une cantate sur le café, mais il l'a fait. »

Nous marchâmes quelque temps en silence.

« On dirait les symptômes d'une… commençai-je.

— D'une schizophrénie, oui. Ils ont essayé sur lui tous les nouveaux dérivés de la phénothiazine qui se présentaient. Ça lui vient par cycles, mais les cycles empirent. Il va de plus en plus mal et de plus en plus longtemps. Mais je n'aurais pas dû parler de ça, ce n'est pas ton problème.

— Ça ne me gêne pas.

— Tim pourrait peut-être lui faire suivre une cure spirituelle. Jésus guérissait les malades mentaux, non ?

— Il a fait entrer les esprits malins dans un troupeau de pourceaux. Qui ont tous sauté d'une falaise.

— C'est du gâchis, non ?

— Les gens ont peut-être trouvé un moyen de les manger quand même.

— Pas s'ils étaient juifs. De toute manière, qui voudrait manger une côte de porc avec un esprit malin à l'intérieur ? Je ne devrais pas plaisanter là-dessus, mais… il faudra que j'en parle à Tim. Enfin, pas tout de suite. Je crois que Bill tient ça de moi. Dieu sait que je suis perturbée. Quand je vois Jeff et la différence qu'il y a entre eux ; ils ont presque le même âge et Jeff a une telle emprise sur la réalité.

— N'en sois pas si sûre.

— Quand Bill sortira de l'hôpital, j'aimerais qu'il rencontre Tim. Et aussi ton mari, d'ailleurs ; ils ne se connaissent pas, si ?

— Non. Mais si tu crois que Jeff peut lui servir de modèle, je me demande vraiment…

— Tu sais, Bill a très peu d'amis. Il est replié sur lui-même. Je lui ai parlé de toi et de ton mari ; vous êtes de la même génération que lui. »

J'eus alors le pressentiment que le fils fou de Kirsten sèmerait tôt ou tard la pagaille dans nos vies. Je fus surprise d'avoir cette pensée. Elle ne contenait pas une once de charité, mais plutôt quelque chose comme de la peur. Je connaissais mon mari et je me connaissais. Ni lui ni moi n'étions préparés à jouer les psychothérapeutes amateurs. Mais Kirsten avait le don d'organiser les situations. Elle amenait les gens à faire les choses, des choses peut-être louables, mais dont ils ne tiraient pas forcément profit.

J'eus à cet instant la très nette impression de me faire manœuvrer. Au Bad Luck, j'avais vu l'évêque Archer et Kirsten Lundborg se manœuvrer l'un l'autre, mais la transaction bénéficiait à tous les deux, du moins le pensaient-ils. Cette histoire avec son fils Bill me paraissait en revanche complètement à sens unique. Je ne voyais pas ce que nous avions à y gagner.

« Tu me préviendras quand il sera sorti, dis-je. Mais je pense que Tim, avec toute son expérience, serait plus qualifié pour…

— Sauf qu'il y a la différence d'âge. Et le problème de la figure paternelle.

— Ce ne serait peut-être pas un mal. C'est peut-être ce dont ton fils a besoin. »

Kirsten me fustigea du regard en disant : « J'ai élevé Bill comme il le fallait. Son père est sorti de notre existence et n'est jamais revenu.

— Je ne voulais pas dire…

— Je sais très bien ce que tu voulais dire. » Kirsten me dévisageait et son expression avait réellement changé, à présent : elle était furieuse et son visage exprimait de la haine. Ce qui la vieillissait. En fait, ça lui donnait l'air d'être physiquement malade. Sa figure avait un côté bouffi qui me mettait mal à l'aise. Je repensai alors aux pourceaux dans lesquels

Jésus avait envoyé les esprits malins et qui s'étaient ensuite jetés dans le vide. C'est ce qu'on fait quand un esprit mauvais vous habite, me dis-je. C'est le signe, cet air que tu as : le stigmate. Peut-être que ton fils l'a hérité de toi.

Sauf que les choses avaient changé. Kirsten était devenue pour un temps la maîtresse de mon beau-père. Je ne pouvais donc pas l'envoyer chier. Elle faisait partie de la famille… même si c'était de manière illégitime et contraire à la morale. Je ne pouvais pas m'en débarrasser. Toutes les malédictions de la famille, pensai-je, et aucun de ses bienfaits. Et c'est moi qui avais permis ça. L'idée de la présenter à Tim venait de moi. Il y a des jours où le karma vous tombe dessus, comme disait mon père.

Là, sur l'herbe près de la baie, sous le soleil de ce milieu d'après-midi, je me sentais mal à l'aise. Par certains côtés, elle est vraiment irresponsable et féroce, me disais-je. Elle s'immisce dans la vie d'un homme célèbre et respecté ; elle a un fils psychotique ; elle a des piquants qui la hérissent comme un animal. L'avenir de l'évêque Archer est entre ses mains, il dépend de sa bonne volonté, du fait qu'elle ne cédera pas un jour à la colère en téléphonant au *Chronicle* pour tout raconter.

« Rentrons à Berkeley, dis-je.

— Non. » Kirsten secoua la tête. « Il faut encore que je me trouve une robe. Je suis venue en ville faire les magasins. Les vêtements sont importants, pour moi. Forcément : on me voit beaucoup en public et je m'attends à ce que ça ne fasse que s'accentuer, maintenant que je suis avec Tim. » Il y avait toujours une expression de rage sur son visage.

« Alors je rentre seule », dis-je avant de m'éloigner.

« C'est une femme très séduisante, déclara Jeff ce soir-là quand je l'eus mis au courant. Compte tenu de son âge.
— Elle tourne aux cachetons, dis-je.
— Tu n'en sais rien.
— Je m'en doute. Ses sautes d'humeur. Je l'ai vue en prendre. Nembutal, Seconal, tu sais. Barbituriques et somnifères.
— Tout le monde prend quelque chose. Tu fumes bien de l'herbe, toi.
— Mais je ne perds pas la boule.
— Tu la perdras peut-être à son âge. C'est dommage, pour son fils.
— Pour ton père aussi.
— Oh ! Tim saura s'y prendre.
— Il faudra peut-être qu'il la fasse tuer. »
Jeff me regarda : « Quelle idée bizarre !
— Elle ne se contrôle pas. Et qu'est-ce qui va se passer quand Bill le maboul saura ?
— Tu ne m'as pas dit qu'il...
— Il en sortira. Ça coûte des milliers de dollars, d'être au Hoover Pavilion. On y reste trois ou quatre jours. Je connais des gens qui en sont ressortis aussi sec. Même avec toutes les ressources financières du diocèse épiscopal de Californie, Kirsten ne pourra pas le laisser longtemps là-bas. Un jour, ils vont le libérer, les yeux roulant dans les orbites... Tim n'a vraiment pas besoin de ça. D'abord elle se débrouille pour que je lui présente Tim, et *ensuite* elle me parle de son fils cinglé. Un dimanche matin, pendant que

Tim prononcera un sermon à la cathédrale, ce fou se lèvera tout à coup, Dieu le gratifiera du don des langues et ce sera la fin du plus célèbre évêque d'Amérique.

— La vie ne va pas sans risques. »

Je répondis : « C'est sans doute ce que disait Martin Luther King le matin de sa mort. Ils sont tous morts, en tout cas, à part Tim : Martin Luther King, Bobby et Jack Kennedy… et j'ai piégé ton père. » Je l'ai compris ce soir-là, assise avec mon mari dans notre petite salle de séjour. « Il arrête de se laver ; il arrête de sortir les poubelles ; il écrit des lettres ; qu'est-ce qu'il te faut de plus ? En ce moment, il doit être en train d'écrire au pape. Les Martiens ont probablement traversé le mur de sa chambre pour lui dire que sa mère et ton père avaient une liaison. Bon Dieu ! Et tout ça à cause de moi ! » Je cherchai sous le divan la boîte qui contenait ma réserve de marijuana.

« Ne te défonce pas, je t'en prie », me lança Jeff.

Tu t'en fais pour moi, pensai-je, pendant que la folie règne sur nos amis. « Juste un joint. Même pas, un demi. Une seule bouffée. Je regarderai simplement le joint. Je ferai semblant de le regarder. » Je trouvai la boîte, mais m'aperçus en l'ouvrant qu'elle était vide. J'ai dû changer de cachette, me dis-je. Choisir un endroit plus sûr. Oui, je me souviens : en pleine nuit, j'ai décidé que les monstres allaient me voler. Entrée du personnage fou de l'opéra-comique *Ruddigore*, l'image de la folie au théâtre, comme disait le librettiste Gilbert. « J'ai dû tout fumer », dis-je à Jeff. Et je ne m'en souviens pas, pensai-je, parce que la marie-jeanne a cet effet-là : elle bousille la mémoire à court terme. Peut-être que j'ai fumé la fin de ma réserve il y a cinq minutes et que je ne m'en souviens déjà plus.

« Tu vois toujours tout en noir, commenta Jeff. J'aime bien Kirsten. Je crois que ça marchera. Ma mère manque à Tim. »

Ce qui manque à Tim, pensai-je, c'est de s'envoyer en l'air. « Elle est vraiment vicieuse, repris-je. J'ai été obligée de rentrer à la maison par le train. Ça m'a pris deux heures. Je vais parler à ton père.

— Non, pas question.

— Si, je suis responsable. Ma cachette est derrière la chaîne stéréo. Je vais me défoncer complètement, ensuite j'appellerai Tim pour lui dire que… » J'hésitai ; un sentiment d'inutilité m'écrasait ; j'avais envie de pleurer. Me redressant, j'attrapai un kleenex. « Nom de Dieu, m'écriai-je. Faire sauter les œufs au plafond, ça n'est pas un jeu pour les évêques. Si je m'étais douté qu'il avait ce genre de…

— Faire sauter les œufs au plafond ? répéta Jeff avec étonnement.

— J'ai peur de ce qui est pathologique. Je sens un truc pathologique. Je sens un professionnel responsable qui gâche sa vie pour la chaleur d'un corps, une chaleur provisoire. Je ne sens pas que les corps restent chauds, d'ailleurs, mais que tout refroidit. Il n'y a que les camés qui pensent à aussi court terme, vu qu'ils mesurent le temps en heures, mais des gens pareils doivent le calculer en décennies, ou sur toute la durée d'une vie. Quand j'y pense : ils se rencontrent tous les deux dans un restaurant tenu par Fred le Tueur, qui est le mauvais présage incarné, le fantôme de Berkeley revenu pour nous avoir tous, et ils en ressortent en ayant échangé leur numéro de téléphone et tout est accompli. Moi, je voulais juste rendre service à un mouvement de libération de la femme, mais ensuite tout le monde s'en est mêlé, toi y compris. Tu étais là ; tu as vu comment ça s'est passé. Moi aussi. J'ai été aussi bête que tout le monde : j'ai proposé de prendre en photo Fred le tueur des Soviets avec l'évêque du diocèse de Californie… ils auraient dû être en travestis, dans ma logique. L'ennui, quand on voit la catastrophe arriver, c'est que… » Je m'essuyai les yeux. « Je t'en prie, Dieu, aide-moi à retrouver mon herbe. Jeff, regarde derrière la chaîne stéréo. Elle est dans un sachet blanc Carl's Junior. Tu veux bien ?

— D'accord. » Jeff alla obligeamment chercher derrière la chaîne. « Ça y est, je l'ai. Calme-toi.

— On voit la catastrophe, mais pas par où elle arrive. Elle flotte simplement dans les airs comme un nuage. Qui c'était, déjà, dans *Li'l Abner*, ce personnage qu'un petit nuage suivait partout ? Au fait, tu sais que le FBI avait accusé Martin Luther King de détention de marijuana ? Il paraît que Nixon adore cette saloperie. Peut-être que Kirsten est un agent du gouvernement. Peut-être que j'en suis un aussi. On est peut-être programmés. Pardonne-moi de jouer les Cassandre dans notre film collectif, mais je vois la mort. Je prenais Tim Archer, ton père, pour un saint homme. Est-ce qu'il fait du… » Je m'interrompis. « Ma métaphore était insultante. Oublie. Est-ce qu'il chasse la femme comme ça, en temps normal ? Je veux dire, c'est simplement le fait que je le sais et que c'est à cause de moi ? Rappelle-moi de ne pas aller à la messe, même si je n'y vais jamais. En voyant ses mains tenir le calice, je ne pourrais m'empêcher de me demander où elles…

— Ça suffit.

— Non, moi aussi j'ai le droit d'être folle comme Bill-le-barjo, Kirsten-la-crispante et Tim-le-plus-si-tiède. Et Jeff-le-jobard, espèce de jobard. Est-ce qu'il y a un joint déjà roulé ou est-ce qu'il faut que je mâchouille l'herbe comme une vache ? Je ne peux pas m'en rouler un, là, regarde. » Je lui fis voir mes mains, qui tremblaient. « On appelle ça une crise d'épilepsie. Fais venir quelqu'un. Sors me chercher des tranquillisants. Je vais te dire ce qui nous attend : il va y avoir une vie détruite à cause de tout ça, pas *ça* que je fais en ce moment, mais *ça* que j'ai fait au Bad Luck le bien nommé[1]. Quand je mourrai, j'aurai le choix : la tête dans la merde ou les pieds dans la merde. Oui, la merde, c'est le bon mot pour ce que j'ai fait. » En larmes, le souffle court, je tendis la main vers le joint que me présentait mon mari. « Allume-le pour moi, imbécile, repris-je. Je ne vais quand même pas le mâcher ; c'est du gaspillage. Il faut au moins un demi-couvercle pour commencer à décoller, du moins pour moi. Pour les autres, je ne sais pas ; peut-être qu'ils décollent quand ils veulent. La tête dans la merde sans plus jamais pouvoir me défoncer, c'est exactement ce que je mérite. Si seulement j'avais un moyen de rattraper tout ce truc, je le ferai. J'ai le don de double vue, sauf que c'est une malédiction. Je vois ce qui…

— Tu veux aller au Kaiser ?

— À l'hôpital ? Pourquoi ? fis-je en le dévisageant.

1. *Bad luck* : malchance.

— Tu es en train de perdre les pédales, je veux dire.

— C'est ce que vous fait la double vue. Merci. » Je pris le joint qu'il avait allumé et inhalai une bouffée. Maintenant, au moins, je ne pouvais plus parler. Et je n'allais pas tarder à arrêter de savoir et de penser. Et même de me rappeler. Il faudrait mettre *Sticky Fingers*, me dis-je. Le disque des Stones. La chanson *Sister Morphine*. Tous ces draps sanglants dans les paroles, ça me calme. J'aimerais qu'une main réconfortante soit posée sur ma tête, songeai-je. Ce n'est pas moi qui vais mourir demain, même si je devrais. De toute façon, il n'y a qu'à nommer la personne la plus innocente possible. Ce sera celle-là. « La salope, elle m'a fait rentrer à pied de San Francisco, dis-je.

— Tu as pris le…

— Ça revient à rentrer à pied. »

Jeff déclara : « Je l'aime bien. À mon avis, c'est une bonne amie. Je pense qu'elle fera et fait sans doute déjà du bien à papa. Tu te rends compte que tu es jalouse ?

— Quoi ?

— Oui, jalouse. De leurs relations. Tu aimerais en faire partie. Je considère ta réaction comme une insulte pour moi. Je devrais te suffire, du moins, notre relation.

— Je sors faire un tour.

— Comme tu veux.

— Si seulement tu avais les yeux en face des trous… laisse-moi finir. Je vais être calme. Je vais le dire sans m'énerver. Tim n'est pas qu'une personnalité religieuse ; il s'adresse aussi aux multitudes qui sont hors de l'Église. Tu piges ? S'il trébuche, nous tombons tous. Nous sommes tous condamnés. Il est presque le dernier qui reste ; les autres sont morts. Et ce n'était pas nécessaire qu'il en arrive là. C'est comme s'il l'avait décidé. Il l'a vu venir et il n'a rien fait pour l'éviter. Il n'a pas lutté : il s'y est jeté tête baissée. Tu t'imagines que je suis de cette humeur parce que j'ai dû rentrer en train ? Un par un, ils dégomment toutes nos grandes personnalités, et maintenant Tim leur remet les clés, il se livre à eux de son plein gré, sans se battre.

— Mais *toi*, tu veux te battre. Contre moi si nécessaire. »

Je répondis : « Je te trouve idiot. Je trouve tout le monde idiot. Je vois triompher la stupidité. Le responsable, ce n'est pas le Pentagone, c'est la stupidité. Ça revient à marcher droit sur elle en lui disant : Prends-moi, je…

— C'est de la jalousie, coupa Jeff. Ta motivation psychologique imprègne toute la maison.

— Je n'ai pas de motivation psychologique, comme tu dis. Je voudrais seulement qu'il reste quelqu'un après le cessez-le-feu, quelqu'un qui ne soit pas… » Je m'interrompis. « Il ne faudra pas venir me dire ensuite qu'on n'est pas responsables. Ou que c'est un coup du sort. Un évêque qui a une aventure avec une femme rencontrée au restaurant… juste après avoir écrasé une pompe à essence et s'être tiré joyeusement. Sauf que le pompiste l'a poursuivi. C'est comme ça que ça se passe : on aplatit la pompe d'un type et il vous court après jusqu'à ce qu'il vous attrape. Vous êtes en voiture et lui à pied, mais il vous retrouve quand même. C'est ça : il y a quelqu'un qui nous poursuit et il nous rattrapera ; il nous rattrape toujours. Je l'ai vu, ce pompiste ; il était fou furieux. Il ne comptait pas abandonner la poursuite. Ils n'abandonnent jamais.

— Et c'est maintenant que tu t'en aperçois. Grâce à l'une de tes meilleures amies.

— C'est les pires. »

Avec un sourire, Jeff enchaîna : « Je connais cette histoire. C'en est une de W.C. Fields, avec un metteur en scène qui…

— Et maintenant, elle ne court plus, continuai-je. Elle l'a attrapé. Ils louent un appartement. Et il suffira d'un voisin curieux pour… Et cet évêque péquenaud qui poursuit Tim pour hérésie ? Il ferait quoi de cette histoire ? Quand on est poursuivi pour hérésie, on ne saute pas la première femme qu'on rencontre dans un déjeuner. Et on ne va pas ensuite l'installer dans un appartement. Écoute. » Je me dirigeai vers mon mari. « Qu'est-ce qu'on devient, après avoir été évêque ? Tim en a déjà marre ? Il s'est toujours lassé de ce qu'il faisait. Même d'être alcoolique ; c'est le seul ivrogne invétéré à avoir cessé de boire par ennui. Les gens veulent généralement leur propre malheur. Je nous imagine en train de le faire. Je l'imagine qui commence à s'ennuyer et se dit dans son subconscient : Merde, j'en ai marre de porter tous les jours cet habit ridicule ; si j'allais provoquer un peu une souffrance humaine pour voir ce que ça va donner ? »

Jeff se mit à rire : « Tu sais qui tu me rappelles ? La sorcière dans *Didon et Énée* de Purcell.

— Qu'est-ce que tu veux dire ?

— *Qui, criant comme de lugubres corbeaux, frappez aux fenêtres des agonisants.* Je suis désolé, mais…

— Espèce de connard d'intellectuel de Berkeley, lançai-je. Dans quel monde de merde tu vis ? Pas le même que le mien, j'espère. Citer des vers anciens, c'est ça qui nous a achevés. On inscrira ça sur les tablettes le jour où on déterrera nos os. Tu me fais penser à ton père citant la Bible au restaurant. Tu devrais me taper dessus, ou moi te taper dessus. Je serai bien contente quand la civilisation prendra fin. Les gens bredouillent des bribes de livres. Mets-moi *Sticky Fingers*… mets *Sister Morphine*. Pour le moment, il vaut mieux que je ne touche pas à la chaîne. Fais-le pour moi. Merci pour le joint.

— Quand tu te seras calmée…

— Demain, quand tu te réveilleras, tout ira bien », dis-je.

Jeff se pencha pour chercher le disque que je voulais entendre. Il garda le silence, signe qu'il avait fini par se mettre en colère. Trop tard, ai-je pensé, et contre la mauvaise personne. Comme avec moi. Nous sommes détruits par nos intellects géants, pensai-je. Nous raisonnons et réfléchissons sans agir. La crétinerie règne. Nous nous chamaillons. La sorcière dans *Didon*, oui, tu as raison. *Ta main, Belinda, les ténèbres me volent la lumière ; sur ton sein laisse-moi reposer : je voudrais m'y attarder, mais la Mort m'envahit*… Et que dit-elle d'autre ? *La Mort est maintenant la bienvenue*. Merde, ça colle, songeai-je. Il a raison. Il a raison à cent pour cent.

Après avoir modifié quelques réglages, Jeff mit le disque des Stones.

La musique me calma. Un peu. Mais je pleurais

malgré tout, en pensant à Tim. Et tout ça parce qu'ils sont stupides. Ça ne va pas plus loin. Et c'est le pire, que ce soit aussi simple. Qu'il n'y ait rien de plus.

Quelques jours plus tard, après avoir pesé ma décision, je téléphonai à la cathédrale pour obtenir un rendez-vous avec Tim. Il me reçut dans son bureau, une belle pièce spacieuse, située dans un édifice annexe. Il m'accueillit en m'étreignant et en m'embrassant, puis me montra deux antiques vases de terre cuite qui, m'expliqua-t-il, servaient de lampes à huile au Proche-Orient quatre mille ans plus tôt. En le voyant les manipuler avec précaution, la pensée me vint que ces lampes devaient sans doute et même certainement appartenir, non à lui-même, mais au diocèse. Je m'interrogeai sur leur valeur. Il était stupéfiant qu'elles aient traversé autant de siècles.

« C'est gentil à vous de m'accorder un peu de votre temps, dis-je. Je sais combien vous êtes occupé. »

Son expression m'indiquait qu'il connaissait la raison de ma venue. Il hocha la tête d'un air absent, comme s'il faisait le moins possible attention à moi. Je l'avais vu plusieurs fois agir de cette manière : une partie de son cerveau écoutait, mais le reste s'était déjà fermé hermétiquement.

Quand j'eus fini de débiter mon petit discours préparé à l'avance, Tim déclara gravement : « Saint Paul, vous le savez, était un ancien pharisien. Pour les pharisiens, observer strictement et dans ses moindres détails la Torah – la Loi écrite – comptait plus que tout. En particulier pour la pureté rituelle.

Mais plus tard, après sa conversion, il a vu le salut non dans la Loi mais dans la *zadiqah*, qui est l'état de droiture apporté par Jésus-Christ. Venez vous asseoir avec moi. » Il me fit signe d'approcher tout en ouvrant une énorme Bible reliée de cuir. « Connaissez-vous les Épîtres aux Romains, chapitres IV à VIII ?

— Non », répondis-je. Mais je m'assis près de lui. Je voyais venir le sermon. Je m'y étais préparée.

« Dans sa Cinquième Épître aux Romains, saint Paul expose sa prémisse, à savoir que nous sommes sauvés par la grâce et non par nos actes. » Il se mit à lire à haute voix un extrait de la Bible qu'il avait ouverte et posée sur ses genoux. « *Ainsi donc, par notre Seigneur Jésus-Christ, étant justifiés par la foi et en paix avec Dieu...* » Il releva sur moi son regard vif et pénétrant, celui de Timothy Archer l'avocat. « ... *car c'est par la foi et par Jésus que nous avons eu accès à cette grâce dans laquelle nous tirons fierté d'espérer la gloire de Dieu.* Voyons... » Il fit courir ses doigts vers le bas de la page, en remuant les lèvres. « *Car si par la chute d'un seul, beaucoup sont morts, à plus forte raison le don de la grâce de Dieu, provenant d'un seul homme, Jésus-Christ, s'est répandu à profusion sur beaucoup.* » Il regarda plus loin, tournant des pages. « Ah ! voilà. *Mais maintenant nous sommes délivrés de la Loi, libérés par la mort de notre emprisonnement, libres de servir dans la nouvelle manière de l'esprit et non dans l'ancienne d'une loi écrite.* » À nouveau, il chercha plus loin. « *Ainsi donc, ceux qui sont en le Christ Jésus ne sont plus condamnés, car la loi de l'Esprit de vie dans le Christ Jésus vous a délivrés de la loi du péché et de la mort.* » Nouveau regard vers moi. « Nous sommes ici au cœur de la perception de saint Paul. Par le mot “péché”, il se réfère en réalité à l'hostilité envers Dieu. Littéralement, cela veut dire “rater la cible”, comme, par exemple, quand on décoche une flèche et qu'elle n'atteint pas son but. Ce qu'il faut à l'humanité, ce dont elle a besoin, c'est la droiture. Seul Dieu la possède et seul Dieu peut en faire bénéficier les hommes… les hommes et les femmes ; ce que je veux dire, c'est que…

— Je comprends, assurai-je.

— La perception de saint Paul, c'est que la foi, *pistis*, a le pouvoir, le pouvoir absolu, de tuer le péché. De là découle la liberté par rapport à la Loi ; on n'est pas obligé de croire qu'en suivant un certain code moral aux prescriptions formelles, on sera sauvé. C'est contre cette position, selon laquelle on n'acquiert son salut qu'en se conformant à un système très complexe de règles morales, que saint Paul s'est rebellé ; c'était la position des pharisiens et il s'en est détourné. C'est tout l'objet du christianisme : la droiture par l'intermédiaire de la grâce, et la grâce venant par l'intermédiaire de la foi. Je vais vous faire lire…

— Oui, mais la Bible dit qu'on n'est pas censés commettre l'adultère. »

Tim rétorqua aussitôt : « L'adultère est l'infidélité sexuelle commise par un époux. Je ne suis plus marié, Kirsten non plus.

— Oh ! dis-je en hochant la tête.

— Il s'agit du septième commandement, sur l'inviolabilité du mariage. » Tim posa sa Bible et traversa la pièce en direction des vastes étagères, d'où il retira un volume au dos bleu. Il fit demi-tour en l'ouvrant, feuilleta les pages. « Je vais vous citer ce que disait feu le professeur Hertz, le grand rabbin de l'Empire britannique. Sur le septième commandement. Exode, XXIII. *Adultère : "Est un péché exécrable et détesté de Dieu." Ce commandement contre l'infidélité met en garde mari et femme contre la profanation des liens sacrés du mariage.* » Il poursuivit un moment sa lecture en silence, avant de refermer le livre. « Je suppose que vous avez assez de bon sens, Angel, pour comprendre que Kirsten et moi sommes…

— Mais c'est risqué.

— Rouler en voiture sur le Golden Gate est risqué. Savez-vous que les taxis ne sont pas autorisés – par leur compagnie, je veux dire – à emprunter la voie rapide sur le Golden Gate ? Celle qu'on appelle la voie-suicide. Si un chauffeur de taxi est surpris sur cette voie, il est licencié. Il y a quand même des gens qui prennent tout le temps cette file. L'analogie est peut-être mauvaise.

— Non, elle est bonne.

— Ça vous arrive de rouler sur la voie rapide du Golden Gate ? »

Je mis quelques instants à avouer : « De temps en temps.

— Et si je venais vous voir pour vous faire la leçon là-dessus ? Vous trouveriez que je vous traite comme une enfant et non comme une adulte, non ? Vous voyez où je veux en venir ? Quand un adulte fait une chose que vous désapprouvez, vous en discutez avec lui. Je veux bien discuter de mes relations avec Kirsten avec vous parce que, d'une part, vous êtes ma belle-fille, mais aussi, et c'est beaucoup plus important, parce que je vous connais et vous aime, parce que vous comptez pour moi. Je crois que c'est ici le terme saillant ; c'est la clé de la pensée de saint Paul. *Agapê* en grec. En latin cela donne *caritas*, d'où nous vient le mot "charité", dont le sens premier est "amour". Quand on aime quelqu'un, on dit qu'il vous est cher. Comme nous le sommes pour vous, moi et votre amie Kirsten.

— Exact. C'est pour ça que je suis venue.

— Alors, pour vous, aimer est important.

— Oui, dis-je. Évidemment.

— Vous pouvez appeler cela *agapê* ou *caritas* ou amour, mais quel que soit le nom que vous lui donniez… Je vais encore vous lire saint Paul. » Il rouvrit sa grosse Bible et en tourna rapidement les pages : il savait exactement où trouver ce qu'il cherchait. « Première Épître aux Corinthiens, chapitre XIII. *Si j'ai le don de prophétie, la compréhension de…*

— Oui, je sais, vous avez déjà cité ça au Bad Luck, l'interrompis-je.

— Et je vais le citer à nouveau, fit-il d'une voix brusque. *Si je distribue tous mes biens, un à un, si même je livre mon corps pour être brûlé, mais que je n'ai pas l'amour, cela ne me sert à rien.* Écoutez bien ceci. *L'amour ne périt jamais. Les dons de prophétie, le jour viendra où ils disparaîtront, où le don des langues cessera, où la connaissance aussi prendra fin. Car partielles sont notre connaissance et nos prophéties, mais quand viendra la perfection, tout ce qui est imparfait disparaîtra. Lorsque j'étais enfant, je parlais comme un enfant, je pensais comme un enfant, je raisonnais comme un enfant, mais maintenant que je suis un homme, j'ai abandonné tout ce qui est propre à l'enfant.* »

Le téléphone posé sur son bureau se mit alors à sonner.

L'air contrarié, l'évêque Archer posa sa Bible sans la refermer. « Excusez-moi. » Il alla répondre.

En attendant la fin de sa conversation téléphonique, je regardai le passage qu'il avait lu. Je le connaissais, mais dans une autre traduction. Je n'avais jamais vu celle-là. Je parcourus la suite.

Quand il eut raccroché, l'évêque revint près de moi. « Je vais devoir vous quitter. Un évêque africain m'attend, on vient de le conduire de l'aéroport.

— Il est dit, indiquai-je en posant le doigt sur le passage en question dans sa grosse Bible, que tout ce que nous voyons est un reflet vague.

— Il est dit également : *Maintenant, trois choses demeurent donc : la foi, l'espérance et l'amour ; et la plus grande des trois est l'amour*. Je vous ferai remarquer que cela résume le *kêrygma* de Notre-Seigneur.

— Et si Kirsten en parle à des gens ?

— Je pense qu'on peut compter sur sa discrétion. » Il avait déjà atteint la porte de son bureau ; je me levai machinalement pour le suivre.

« Elle m'en a bien parlé, à moi.

— Vous êtes la femme de mon fils.

— Ouais, mais...

— Je suis désolé, il faut vraiment que je me sauve. » L'évêque Archer verrouilla la porte de son bureau derrière nous. « Dieu vous bénisse. » Il m'embrassa sur le front. « Il faudra que vous veniez nous voir, quand nous serons installés. Kirsten a trouvé un appartement aujourd'hui, dans le quartier

Tenderloin. Je ne l'ai pas vu. Je lui laisse le soin de décider. » Et il partit à grands pas en me laissant sur place. Il m'a eue sur un détail technique, réalisai-je. J'avais confondu adultère avec fornication. J'oublie toujours qu'il a été avocat. Je suis entrée dans son bureau avec quelque chose à dire et je ne l'ai pas dit ; j'y suis entrée en me croyant maligne et j'en ressors comme une imbécile. Sans qu'il se soit rien passé entre les deux.

Peut-être que si je ne fumais pas de marijuana, j'arriverais mieux à argumenter. Il a gagné ; j'ai perdu. Non : il a perdu ; moi aussi ; nous avons perdu tous les deux. Quelle merde.

Je n'ai jamais dit que l'amour était mal. Je n'ai jamais voulu m'attaquer à l'*agapê*. Là n'était pas la question, bordel. La question, c'est de ne pas se faire prendre. C'est de se river les pieds au sol que nous appelons la réalité.

Je me dirigeai vers la rue en poursuivant mes réflexions : Je me permets de juger l'un des hommes les plus brillants du monde. Je n'aurai jamais sa notoriété ou son influence. Je n'ai pas renoncé comme il l'a fait à porter ma croix pectorale jusqu'à la fin de la guerre du Vietnam. Mais qui suis-je, putain ?

4

Peu après, l'évêque de Californie et sa maîtresse nous invitèrent dans leur cachette à Tenderloin, Jeff et moi. Kirsten avait même organisé une espèce de petite fête. Elle avait préparé des canapés et des hors-d'œuvre ; on sentait des odeurs de nourriture en train de cuire dans la cuisine… Tim me fit le conduire chez un caviste du quartier, car ils avaient oublié d'acheter du vin. Il me laissa choisir, restant les yeux vides, comme absent, pendant que je payais. Je suppose qu'un ancien Alcoolique anonyme a tendance à s'abstraire de l'environnement dans un endroit pareil.

De retour à l'appartement, je découvris dans l'armoire à pharmacie de la salle de bains un gros flacon de Dexamyl, de la taille qu'on vous donne quand vous partez longtemps en voyage. Kirsten fonctionne aux amphés ? me demandai-je. Je sortis le flacon en silence et déchiffrai l'étiquette : elle portait le nom de l'évêque. Ça alors, pensai-je. Il a lâché la bouteille, mais il s'est mis au speed. Ils sont censés vous mettre en garde contre ce danger, aux Alcooliques anonymes, non ? Je tirai la chasse d'eau

– histoire de faire du bruit – et profitai du gargouillement de l'eau pour ouvrir le flacon et fourrer quelques comprimés de Dexamyl dans ma poche. C'est le genre de truc qu'on fait d'instinct quand on habite Berkeley ; personne n'y prête attention. D'un autre côté, personne à Berkeley ne laisse traîner sa dope dans la salle de bains.

Nous prîmes bientôt place tous les quatre dans le modeste salon. L'ambiance était détendue. À part Tim, tout le monde avait un verre à la main. Tim portait une chemise rouge et un pantalon infroissable. Il ne ressemblait pas à un évêque. Il ressemblait à l'amant de Kirsten Lundborg.

« C'est très joli, ici », dis-je.

En revenant de chez le marchand de vin, Tim m'avait parlé des détectives privés et raconté de quelle manière ils vous coinçaient. Ils s'introduisent chez vous en votre absence pour passer au peigne fin les tiroirs de vos commodes. On peut savoir s'ils sont venus en scotchant un cheveu en travers de toutes les portes donnant sur l'extérieur. Il avait dû voir ça dans un film.

« Quand tu reviens, si le cheveu a disparu, ou s'il est cassé, m'avait-il informée pendant que nous allions de la voiture à l'appartement, tu sais qu'on te surveille. » Il m'avait ensuite raconté l'histoire du FBI et de Martin Luther King, une histoire que tout le monde connaissait à Berkeley. J'avais écouté poliment.

C'est ce soir-là, dans le salon de leur appartement, que j'entendis parler pour la première fois des documents sadokites. De nos jours, bien sûr, on peut se procurer l'édition Doubleday Anchor, la traduction complète de Patton, Myers et Abré. Avec l'introduction de Helen James consacrée au mysticisme, où elle compare et oppose les Sadokites par exemple aux habitants de Qumrān, vraisemblablement des Esséniens, même si cela n'a jamais été réellement établi.

« J'ai l'impression, déclara Tim, que cette découverte pourrait se révéler encore plus importante que celle de la bibliothèque de Nag Hammâdi. On a une assez bonne connaissance du gnosticisme, mais on ne sait rien des Sadokites, à part qu'ils étaient juifs.

— Les manuscrits sadokites datent de quelle époque, à peu près ? demanda Jeff.

— Les premières estimations parlent d'environ deux siècles avant l'Ère commune.

— Ils auraient donc pu influencer Jésus.

— C'est peu probable. Je vais à Londres en mars ; j'aurai l'occasion de m'entretenir avec les traducteurs. Quel dommage que John Allegro n'en fasse pas partie. » Il nous parla un moment des travaux d'Allegro sur les manuscrits de Qumrān, qu'on appelait les manuscrits de la mer Morte.

« Ce serait intéressant, non, intervint Kirsten, si on découvrait que… (elle hésita) les documents sadokites ont un contenu chrétien.

— Après tout, le christianisme est fondé sur le judaïsme, observa Tim.

— Je voulais dire, reprit Kirsten : si on y trouvait énoncées des paroles précises qu'on attribue à Jésus.

— Il n'y a pas de rupture aussi nette dans la tradition rabbinique, souligna Tim. On voit Hillel exprimer certaines des idées que nous considérons comme fondamentales dans le Nouveau Testament. Et bien sûr, saint Matthieu considérait tout ce que faisait et disait Jésus comme l'accomplissement des prophéties de l'Ancien Testament. Saint Matthieu écrivait à des juifs et pour des juifs et, essentiellement, en tant que juif. Le plan de Dieu exposé dans l'Ancien Testament est mis à exécution par Jésus. Le terme de christianisme n'était pas en usage en son temps ; généralement, les chrétiens apostoliques parlaient simplement de “la Voie”. Ils soulignaient ainsi son côté naturel et son universalité. » Il se tut un instant avant d'ajouter : « Et on trouve l'expression “la parole du Seigneur”. Elle apparaît dans les Actes des Apôtres, chapitre VI. *La parole du Seigneur se répandait de plus en plus ; le nombre de ses disciples augmentait beaucoup à Jérusalem.*

— D'où vient le nom des Sadokites ? demanda Kirsten.

— De Sadok, un prêtre d'Israël qui vivait à peu près à l'époque du roi David, expliqua Tim. Il a fondé une maison sacerdotale, les Sadokites. Ils étaient de la maison d'Éléazar. Il est fait mention de Sadok dans les manuscrits de Qumrān. Attendez que je vérifie. » Il se leva pour sortir un livre d'un paquet encore non défait. « Premières Chroniques, chapitre XXIV. *Ceux-là aussi, avec les descendants d'Aaron, tirèrent au sort en présence du roi David, Sadok…* C'est là qu'il est cité. » Tim referma le livre. C'était une autre Bible.

« Mais je suppose qu'on va maintenant en découvrir beaucoup plus, avança Jeff.

— Oui, j'espère, répondit Tim. Quand je serai à Londres. » Comme à son habitude, il opéra alors un brusque changement de vitesse mentale. « Je vais passer commande d'une messe rock qui sera jouée à la cathédrale à Noël. » Il ajouta en me scrutant : « Que diriez-vous de Frank Zappa ? »

Prise de court, je ne sus quoi répondre.

« On s'arrangerait pour qu'elle soit enregistrée, enchaîna Tim. Ça nous permettrait de la sortir en album. On m'a aussi recommandé Captain Beefheart et plusieurs autres. Où pourrais-je trouver un album de Frank Zappa à écouter ?

— Chez un disquaire, dit Jeff.

— Il est noir, ce Zappa ? demanda Tim.

— Je ne vois pas ce que ça change, dit Kirsten. C'est un préjugé à l'envers.

— Simple curiosité. Je n'y connais rien, dans ce domaine. L'un d'entre vous pense-t-il quelque chose de Marc Bolan ?

— Il est mort, précisai-je. Vous parlez de T. Rex.

— Marc Bolan est mort ? » dit Jeff, l'air stupéfait.

« Je me trompe peut-être, repris-je. Moi, je suggère Ray Davies. Le type qui écrit les chansons des Kinks. Il est très doué.

— Vous pourriez vous renseigner pour moi ? demanda Tim en nous regardant, Jeff et moi.

— Je ne saurais pas par quel bout m'y prendre », objectai-je.

Kirsten déclara calmement : « Je m'en occuperai.

— Tu pourrais aussi contacter Paul Kantner et Grace Slick, ajoutai-je. Ils vivent tout près d'ici, à Bolinas, dans le comté de Marin.

— Je sais », dit Kirsten en hochant la tête placidement, l'air très sûr d'elle.

Foutaises, pensai-je. Tu ne sais même pas de qui je parle. Tu as déjà pris les choses en main, juste parce qu'il t'a installée dans un appartement. Qui n'est d'ailleurs pas terrible.

Tim annonça : « J'aimerais que Janis Joplin chante à la cathédrale.

— Elle est morte en 1970, indiquai-je,

— Qui recommanderiez-vous à sa place, alors ? » demanda Tim, qui attendit ma réponse avec impatience.

« À la place de Janis Joplin, dis-je. À la place de Janis Joplin. Je ne sais pas, il faut que j'y réfléchisse. Je ne peux pas sortir un nom comme ça. Il me faut du temps. »

Kirsten me regarda avec diverses expressions sur le visage, surtout de la désapprobation. « Je crois que ce qu'elle veut dire, c'est que personne ne pourra jamais remplacer Joplin.

— Où pourrais-je trouver un de ses disques ? demanda Tim.

— Chez un disquaire, dit Jeff.

— Tu pourrais m'en acheter un ? continua son père.

— Jeff et moi avons tous ses disques, dis-je. Elle n'en a pas fait beaucoup. Nous les apporterons.

— Il y a aussi Ralph McTell, avança Kirsten.

— Il faut me mettre toutes ces suggestions par écrit, déclara Tim. Cette messe rock va beaucoup attirer l'attention. »

Ralph McTell n'existe pas, pensai-je. De l'autre bout de la pièce, Kirsten m'adressa un sourire indéchiffrable. Elle me tenait : je ne savais pas trop s'il existait ou pas.

« Il enregistre chez Paramount », insista-t-elle. Son sourire s'élargissait.

« J’avais vraiment espéré avoir Janis Joplin », murmura Tim, à moitié pour lui-même. Il paraissait perplexe. « J’ai entendu une chanson d’elle – mais ce n’est peut-être pas elle qui l’a écrite – sur l’autoradio ce matin. Elle est noire, n’est-ce pas ?

— Elle est blanche et elle est morte, répondit Jeff.

— J’espère que quelqu’un prend note de tout ça », dit Tim.

Les sentiments de mon mari pour Kirsten Lundborg ne commencèrent pas à une heure précise d’un jour donné, du moins pas à ma connaissance. Au début, il soutenait qu’elle avait une influence bénéfique sur l’évêque, que son sens pratique leur permettrait à tous deux de garder les pieds sur terre, au lieu de flotter dans les nuages. Il est nécessaire, quand on évalue ce genre de choses, de faire la distinction entre l’événement en soi et la connaissance qu’on en a. Je peux dire quand je m’en suis aperçue, rien de plus.

Compte tenu de son âge, Kirsten réussissait à émettre une bonne quantité d’ondes sexuellement excitantes. Du point de vue de Jeff. Pour moi, elle restait simplement une amie plus âgée à qui ses relations avec mon beau-père avaient permis d’accéder à un rang supérieur au mien. Le degré de provocation érotique d’une femme me laisse froide : je ne marche pas à voile et à vapeur, comme on dit. Il ne me menace pas non plus. Sauf si, bien sûr, mon mari est impliqué. Mais dans ce cas, c’est lui que le problème concerne.

Pendant que je travaillais dans mon cabinet d’avocats et boutique de bougies, en m’efforçant de tirer les dealers des ennuis aussi vite qu'ils s'étaient fourrés dedans, Jeff s'embêtait à suivre des cours publics du soir à l'université. Ici, en Californie du Nord, nous n'en étions pas encore tout à fait arrivés au point d'enseigner aux gens comment composer eux-mêmes leur mantra ; c'était bon pour les gens du Sud, que méprisaient tous les habitants de la Baie. Jeff s'était attelé à une étude d'envergure, consistant à faire remonter les maux de l'Europe moderne à la guerre de Trente Ans qui avait dévasté l'Allemagne (aux environs de 1648), causé la chute du Saint-Empire romain germanique et enfin l'essor du nazisme ainsi que du IIIe Reich hitlérien. En dehors des cours consacrés à cette thèse, Jeff avançait sa théorie personnelle quant à l'origine de tous ces événements. En lisant la trilogie *Wallenstein* de Schiller, il avait soudain été intuitivement certain que, si le grand général ne s'était pas adonné à l'astrologie, la cause impériale aurait triomphé, et qu'en conséquence la Seconde Guerre mondiale n'aurait jamais eu lieu.

La troisième pièce de la trilogie de Schiller, *La Mort de Wallenstein*, avait profondément marqué mon mari. Il trouvait qu'elle valait n'importe quelle œuvre de Shakespeare et en surpassait la plupart. De plus, personne ne l'avait lue – pour ce qu'il en savait, du moins – à part lui. Il affirmait que le personnage de Wallenstein se dressait comme l'une des énigmes suprêmes de l'histoire du monde occidental. Jeff avait noté que Hitler, comme Wallenstein, s'appuyait en période de crise sur l'occulte plutôt que sur le rationnel. Selon lui, il y avait là une concordance significative, mais elle lui demeurait incompréhensible. Hitler et Wallenstein avaient tellement de traits communs – soutenait Jeff – que la ressemblance entre eux était plus que troublante. Tous deux étaient de grands généraux, mais des personnages excentriques qui avaient complètement détruit l'Allemagne. Jeff espérait écrire un article sur ces coïncidences, dans lequel il tirerait des faits la conclusion qu'abandonner le christianisme pour l'occultisme ouvrait la porte au désastre universel. Jésus et Simon le Mage, dans l'esprit de Jeff, constituaient les deux pôles, absolus et différents.

Je n'aurais pu quant à moi m'en ficher davantage.

Voilà ce qu'on devient en allant tout le temps en cours. Pendant que je m'échinais au cabinet d'avocats/boutique de bougies, Jeff allait à la bibliothèque de l'université lire tout ce qui se rapportait par exemple à la bataille de Lützen (16 novembre 1632), au cours de laquelle s'était décidé le sort de Wallenstein. Gustave II Adolphe, roi de Suède, fut tué dans cette bataille, que les Suédois remportèrent malgré tout. La véritable signification de cette victoire réside, bien entendu, dans le fait que plus jamais les forces catholiques ne seraient en mesure d'écraser la cause protestante. Mais Jeff ramenait tout à Wallenstein. Il ne cessait de relire la trilogie de Schiller pour essayer de reconstituer d'après elle – et à l'aide de comptes rendus historiques plus précis – l'instant exact où Wallenstein avait perdu le contact avec la réalité.

« C'est comme pour Hitler, me disait-il. Peut-on affirmer qu'il était fou en permanence ? Ou qu'il était vraiment fou ? Et s'il ne l'était que par intervalles, à quels moments et pour quelle raison le devenait-il ? Pourquoi le détenteur d'un pouvoir aussi énorme, du pouvoir stupéfiant de déterminer l'histoire de l'humanité, devait-il finir par sombrer ainsi ? Bon, dans le cas de Hitler, c'était sans doute de la schizophrénie paranoïde et le résultat des piqûres que lui faisait son charlatan de médecin. Mais les deux facteurs sont absents dans le cas de Wallenstein. »

Kirsten, en tant que Norvégienne, s'intéressait gentiment à l'obsession de Jeff pour la campagne de Gustave Adolphe en Europe centrale. Entre deux histoires drôles suédoises, elle manifestait beaucoup de fierté quant au rôle joué par le grand roi protestant au cours de la guerre de Trente Ans. Elle savait aussi une chose que j'ignorais. Jeff et elle s'accordaient pour dire que la guerre de Trente Ans avait été, jusqu'à la Première Guerre mondiale, la guerre la plus affreuse depuis le sac de Rome par les Huns. L'Allemagne s'était trouvée réduite au cannibalisme. Les soldats des deux camps faisaient régulièrement rôtir des cadavres à la broche. Les ouvrages de référence consultés par Jeff faisaient allusion à des abominations trop horribles pour être exposées en détail. Tout ce qui touchait à cette période de l'histoire avait été atroce.

« Aujourd'hui encore, me dit Jeff un soir, nous payons le prix de cette guerre.

— Oui, elle a vraiment dû être terrible », répondis-je, assise dans un coin du salon à lire le dernier numéro de *Howard the Duck*.

« Ça n'a pas l'air de t'intéresser vraiment », observa Jeff.

Levant les yeux de ma bande dessinée, je lui avouai : « J'en ai marre de faire mettre en liberté provisoire des dealers d'héroïne. C'est toujours moi qu'on envoie verser les cautions. Désolée de ne pas prendre autant au sérieux la guerre de Trente Ans que Kirsten et toi.

— Tout dépend de la guerre de Trente Ans. Qui dépendait de Wallenstein.

— Tu vas faire comment, quand ton père et Kirsten partiront en Angleterre ? »

Il me fixa du regard.

« Elle y va aussi. Elle me l'a dit. Ils ont monté cette agence, là, Focus Center, où Kirsten est son agent ou je ne sais quoi.

— Nom de Dieu ! » lâcha Jeff avec amertume.

Je me remis à lire *Howard the Duck*. C'était l'épisode où les créatures de l'espace transforment Howard en Richard Nixon. Réciproquement, des plumes commencent à pousser sur Richard Nixon pendant qu'il s'adresse à la nation à la télévision. *Idem* sur les huiles du Pentagone.

« Et ils vont rester partis longtemps ? demanda Jeff.

— Le temps pour Tim d'arriver à comprendre le sens des documents sadokites et leurs rapports avec le christianisme.

— Merde ! s'exclama Jeff.

— Qu'est-ce que c'est, Q ?

— Q ?

— Tim dit que les rapports préliminaires, fondés sur des traductions fragmentaires de certains documents…

— Q désigne la source hypothétique des Synoptiques, coupa-t-il d'une voix rude et brutale.

— Que sont les Synoptiques ?

— Les trois premiers Évangiles : ceux de saint Matthieu, saint Marc et saint Luc. Ils sont censés provenir d'une source unique, probablement araméenne. Personne n'a jamais pu le prouver.

— Eh bien, annonçai-je, à ce que m'a dit Tim l'autre soir au téléphone pendant que tu étais à ton cours, les traducteurs à Londres pensent que les documents sadokites contiennent non seulement Q, mais les matériaux sur lesquels Q est basé. Ils n'en sont pas certains. En tout cas, je n'avais jamais entendu Tim aussi excité.

— Mais enfin, les documents sadokites remontent à deux cents ans avant Jésus-Christ.

— C'est sans doute pour ça qu'il était tellement excité. » Jeff déclara : « Je veux les accompagner.

— Impossible.

— Pourquoi pas ? » Il éleva la voix. « Pourquoi est-ce que je n'irais pas, si elle y va ? Je suis son fils !

— Il est déjà en train de mettre à sec les fonds discrétionnaires. Ils resteront des mois là-bas : ça va coûter un bon paquet. »

Jeff sortit du salon et je poursuivis ma lecture. Au bout d'un moment, je pris conscience d'un bruit étrange, aussi abaissai-je mon exemplaire de *Howard the Duck* pour tendre l'oreille.

Dans la cuisine, seul dans le noir, mon mari pleurait.

J'ai lu bien des explications sur la mort de mon époux ; selon l'une des plus bizarres et des plus embarrassantes, il s'est tué, lui, Jeff Archer, fils de l'évêque Timothy Archer, par peur d'être homosexuel. Un livre écrit des années après sa mort – après leur mort à tous les trois – déformait tellement les faits qu'après l'avoir lu (je ne me souviens même plus du titre ou de l'auteur), on en savait encore moins qu'avant sur Jeff, l'évêque Archer et Kirsten Lundborg. C'est comme la théorie de l'information ; le bruit chasse le signal. Mais comme il se fait passer pour un signal, on ne l'identifie pas en tant que bruit. Les services de renseignements appellent ça de la désinformation, une technique très utilisée par le bloc soviétique. Si vous arrivez à mettre en circulation une assez grande quantité de désinformation, vous abolissez entièrement le contact de chacun – y compris le vôtre – avec la réalité.

Jeff éprouvait envers la maîtresse de son père deux sentiments antagonistes. D'un côté, elle l'attirait sexuellement, d'un désir intense mais malsain. De l'autre, il la méprisait, la détestait et lui en voulait de l'avoir – supposait-il – supplanté en tant qu'objet d'intérêt et d'affection de Tim.

Mais ça ne s'arrêtait pas là… bien que je n'aie pas discerné le reste avant plusieurs années. Bien plus que d'être jaloux de Kirsten, il était jaloux de… enfin, Jeff avait tellement entortillé tout ça que je n'arrive pas vraiment à le démêler. N'oublions pas les problèmes bien particuliers que pose le fait d'être le fils d'un homme dont le portrait a figuré en couverture de *Time* et de *Newsweek,* d'un homme que David Frost interviewe, que Johnny Carson invite dans son émission télévisée, que les caricaturistes politiques des principaux quotidiens prennent comme sujet… au nom du Ciel, on fait *quoi*, en tant que fils de cet homme-là ?

Jeff partit les rejoindre une semaine en Angleterre, et de cette semaine je ne sais pas grand-chose ; Jeff revint silencieux et renfermé, et ce fut alors qu'il alla s'installer dans la chambre d'hôtel où, une nuit, il se tirerait une balle dans la tête. Je ne vais pas détailler mes impressions sur cette manière de se suicider. Son geste obligea l'évêque à rentrer d'urgence de Londres, ce qui, en un sens, était peut-être sa véritable motivation.

Dans un autre sens très réel, il avait un lien avec Q, ou plutôt la source de Q, aujourd'hui mentionnée dans les articles des journaux comme UQ, initiales de *Ur-Quelle* en allemand : la source originelle. Derrière Q, il y a *Ur-Quelle*, et c'est ce qui conduisit Timothy Archer à passer plusieurs mois dans un hôtel londonien avec sa maîtresse, censée être son impresario et sa secrétaire polyvalente.

Personne ne s'était attendu que les documents derrière Q revoient le jour ; personne n'avait connu l'existence d'UQ. Comme je ne suis pas chrétienne – et que je ne le serai jamais, après la mort de ceux que j'aimais – ça ne m'intéressait et ne m'intéresse pas particulièrement, mais je suppose que c'est important sur un plan théologique, surtout dans la mesure où on estime qu'UQ date de deux cents ans avant l'époque de Jésus.

5

Je me souviens surtout, dans les premiers articles de journaux – première indication, pour les personnes ne travaillant pas à sa traduction, que cette découverte dépassait même en importance celle des manuscrits de Qumrān –, d'un certain nom hébreu qui se trouvait orthographié de deux manières, parfois *anokhi*, parfois *anochi*.

Le mot apparaît dans l'Exode, chapitre XX, verset 2. C'est une partie extrêmement émouvante et importante de la Torah, car c'est ici Dieu lui-même qui parle, et il dit :

> Je suis le Seigneur ton Dieu, qui t'ai fait sortir du pays d'Égypte, de la maison de servitude.

Le premier mot hébreu est *anokhi* ou *anochi* et il signifie « je » – comme dans « Je suis le Seigneur ton Dieu ». Jeff m'avait montré le commentaire juif officiel sur cette partie de la Torah :

> Le Dieu adoré par le judaïsme n'est pas une Force impersonnelle, un Ça, qu'on l'appelle « Nature » ou

> « Cause initiale ». Le Dieu d'Israël est la Source non seulement de la puissance et de la vie, mais aussi de la conscience, de la personnalité, de la résolution morale et de l'action éthique.

Même moi qui ne suis pas chrétienne – ou peut-être devrais-je plutôt dire : qui ne suis pas juive –, ces mots m'ébranlent ; par eux je suis touchée et changée ; je ne suis plus la même. Ce qui est exprimé ici, m'a expliqué Jeff, c'est, en ce seul mot, le caractère unique de la conscience de Dieu :

> De même que l'homme surpasse toutes les autres créatures par sa volonté et son action délibérée, de même Dieu règne sur tout comme étant le seul Esprit et la seule Volonté. Dans le royaume visible comme dans l'invisible, Il Se manifeste comme la personnalité morale et spirituelle absolument libre qui assigne à toute chose son existence, sa forme et son but.

Ces mots sont de Samuel M. Cohon, qui citait Kaufmann Köhler. Un autre écrivain juif, Hermann Cohen, a écrit :

> Dieu lui a répondu ainsi : « Je suis celui qui est. Aussi diras-tu aux enfants d'Israël : "Je suis" m'a envoyé à vous. » Il n'y a probablement pas de plus grand miracle dans l'histoire de l'esprit que celui qui est révélé dans ce verset. Car ici, une langue primitive ignorant encore tout concept philosophique prononce de façon hésitante le mot le plus profond de toute la philosophie. Le nom de Dieu est « Je suis celui qui est ». Cela signifie que Dieu est l'Être, que Dieu est le Je, ce qui marque Celui Qui Existe.

Et c'est ce qu'on trouva au *wadi* en Israël qui remontait à deux cents ans avant l'Ère commune, le *wadi* assez proche de Qumrān ; ce mot figure au cœur des documents sadokites, et tout érudit en hébraïsme le connaît, et tous les chrétiens et les juifs devraient le connaître, mais là dans ce *wadi* le mot *anokhi* était utilisé différemment, d'une façon qu'aucun être vivant n'avait jamais vue. Aussi Tim et Kirsten restèrent-ils à Londres deux fois plus longtemps que prévu, car le cœur d'un phénomène avait été découvert, le cœur même du Décalogue, en fait, comme si le Seigneur avait laissé des décalques autographes, c'est-à-dire écrits de sa propre main.

Pendant ces découvertes – en cours de traduction –, Jeff continuait de fréquenter le campus de Berkeley pour se documenter sur la guerre de Trente Ans et sur Wallenstein, qui avait peu à peu coupé les ponts avec la réalité au cours de cette guerre, peut-être la pire de toutes avant celles de notre siècle. Je ne vais pas prétendre avoir établi quelle pulsion particulière, parmi toutes celles qui l'agitaient, a poussé mon mari à la mort, mais l'une l'a fait, si ce n'est toutes à la fois… il est mort et je n'étais même pas à ses côtés, et je ne m'attendais pas à ce qu'il se suicide. Mes premières craintes dataient du moment où j'avais appris la liaison clandestine entre Kirsten et Tim. J'avais dit alors ce que j'avais à dire ; j'étais allé à la cathédrale voir l'évêque qui m'avait mise sans grand effort à court d'arguments grâce à ses qualités professionnelles. Cela avait été une victoire verbale facile pour Tim Archer. Tant pis.

Si on a l'intention de se tuer, on n'a pas besoin d'une raison au sens habituel du terme ; de même qu'à l'inverse, quand on compte rester vivant, une raison verbale, exprimée, officielle n'est pas nécessaire, une dont on peut se saisir si la question se pose. Jeff avait été exclu. Je voyais bien qu'en réalité, sans Kirsten, il ne se serait pas intéressé à la guerre de Trente Ans ; il avait plus ou moins consciemment fait le lien entre l'origine scandinave de celle-ci et le rôle héroïque et victorieux de l'armée suédoise lors de cette guerre ; il avait donné un alibi intellectuel à ses penchants émotionnels et s'était retrouvé pris à son propre piège après le départ de Kirsten pour l'Angleterre. Il devait à présent affronter le fait qu'il se fichait pas mal de Tilly, de Wallenstein et du Saint-Empire romain germanique ; qu'il était en réalité amoureux d'une femme de l'âge de sa mère qui couchait avec son père… et à douze mille kilomètres de distance. Pour couronner le tout, elle participait avec son père, mais sans lui, à l'une des plus passionnantes découvertes archéologiques et théologiques de l'histoire, en la vivant au jour le jour à mesure qu'avançaient les traductions, que les mots émergeaient, un par un, des documents reconstitués et mis bout à bout, et qu'à maintes reprises le mot hébreu *anokhi* se manifestait, dans des contextes inhabituels, déroutants, autrement dit : nouveaux. Les documents étaient rédigés comme si *anokhi* était présent au *wadi*. Il était fait allusion à lui comme étant ici, et non là, comme existant *maintenant*, et non à un autre moment. *Anokhi* n'était pas quelque chose dont les Sadokites avaient une connaissance indirecte : *c'était quelque chose qu'ils possédaient.*

Il est très difficile de lire les livres de sa bibliothèque et d'écouter un disque de Donovan, si bon soit-il, quand une découverte de cette ampleur a lieu dans une autre partie du monde et que votre père et sa maîtresse, qu'à la fois vous aimez et détestez l'un et l'autre, y sont intimement mêlés. Ce qui me rendait malade, c'était que Jeff ne cessait de passer le premier album en solo de Paul McCartney ; il aimait particulièrement *Teddy Boy*. Quand il m'a quittée pour aller vivre seul à l'hôtel – dans la chambre où il a fini par se tuer – il a emporté l'album, mais il se trouvait qu'il n'avait pas de tourne-disque. Il m'a écrit un certain nombre de fois, me racontant qu'il continuait à participer à des happenings pacifistes. C'était probablement vrai. Mais je pense qu'en général, il se contentait de rester seul dans sa chambre à essayer d'y voir clair dans ses sentiments pour son père et, plus important encore, pour Kirsten. Ce devait être en 1971, puisque l'album de McCartney est sorti en 1970. Mais du coup, je me suis retrouvée moi aussi seule à la maison. Jeff est mort et j'ai gardé la maison. Je vous recommandais de ne pas vivre seuls, mais en réalité, c'est à moi que je parle. Vous ferez comme vous voulez, moi, je ne vivrai plus jamais seule. Je préférerais accueillir des sans-abri plutôt que de supporter cet isolement.

Qu'on ne me fasse plus entendre de disques des Beatles. C'est à peu près tout ce que je demande. Joplin, je peux la supporter, parce que je continue de trouver amusant que Tim l'ait crue noire et en vie plutôt que blanche et morte, mais je refuse d'écouter les Beatles ; ils sont liés à trop de chagrin, de douleur en moi, dans ma vie, dans ce qui est arrivé.

Je ne suis pas tout à fait rationnelle en ce qui concerne, spécifiquement, le suicide de mon mari. J'entends dans ma tête un mélange de John, de Paul et de George – plus Ringo en train de taper sur sa batterie dans le fond – avec des fragments de mélodies et leurs paroles, des termes critiques qui font référence aux âmes en grande souffrance, mais pas d'une manière que j'arrive à définir, à part, bien sûr, en ce qui concerne la mort de mon mari, puis celle de Kirsten et enfin celle de Tim Archer… mais je suppose que c'est suffisant. À présent que John Lennon s'est fait abattre, tout le monde est transpercé comme je l'ai été, alors je peux aussi bien cesser ce putain d'apitoiement sur moi-même et me joindre au reste des gens, qui ne sont ni pires ni meilleurs.

Souvent, quand je repense au suicide de Jeff, je m'aperçois que je réarrange les dates et les événements en séquences qui s'accordent mieux avec mon esprit ; autrement dit, je procède à un montage. Je condense, je coupe, je glisse sur mon rôle au point que je ne me souviens plus, par exemple, d'avoir vu et identifié le cadavre de Jeff. J'ai réussi à oublier le nom de l'hôtel où il a séjourné. Je ne sais pas combien de temps il y est resté. Autant que je m'en souvienne, il n'a pas traîné longtemps à la maison après le départ de Tim et Kirsten pour Londres ; une première lettre d'eux était vite arrivée, tapée à la machine et signée des deux, mais presque certainement écrite par Kirsten. Peut-être dictée par Tim. On y trouvait déjà des allusions à l'ampleur de la découverte. Je n'ai pas compris sur le moment ce qu'impliquait la nouvelle, mais Jeff, si. Il est peut-être donc parti juste après.

Ce qui m'a le plus surprise a été de comprendre, d'un seul coup, que Jeff avait eu envie de devenir prêtre, mais à quoi ça lui aurait servi, vu le rôle de son père ? Cela a toutefois laissé un vide. Car Jeff n'avait envie de rien devenir d'autre. Il ne *pouvait pas* être prêtre, mais aucune autre activité professionnelle ne le tentait. Aussi était-il demeuré ce qu'à Berkeley nous appelons un « étudiant professionnel » ; il n'avait jamais cessé d'aller à l'université. Ou bien, s'il avait cessé, il y était retourné. Notre mariage ne fonctionnait plus depuis un certain temps ; j'ai des trous de mémoire qui remontent à 1968, il me manque peut-être en tout une année entière. Jeff souffrait de problèmes émotionnels dont j'ai plus tard refoulé toute connaissance. Nous les avons tous deux refoulés. On trouve toujours de la psychothérapie gratuite dans la région de la Baie et nous en avons profité.

Je ne crois pas qu'on puisse qualifier – qu'on aurait pu qualifier – Jeff de malade mental ; il n'était simplement pas vraiment heureux. Ce n'est pas toujours une pulsion suicidaire qui vous pousse à la mort, mais une faille plus subtile, une inaptitude au bonheur. Il s'est détaché de la vie petit à petit. Et le jour où il est tombé sur une femme qu'il désirait pour de bon, la voilà qui devient la maîtresse de son père et part avec celui-ci en Angleterre, laissant Jeff en plan avec ses études sur une guerre qui ne l'intéressait pas, ramené à son point de départ, c'est-à-dire à zéro. Il ne s'y intéressait pas au départ, et finalement à l'arrivée non plus. Un des médecins a dit que, selon lui, Jeff s'était mis au LSD après m'avoir quittée. Ce n'est qu'une théorie. Mais après tout, contrairement à celle de l'homosexualité, elle aurait pu être vraie.

Des milliers de jeunes se tuent chaque année en Amérique, mais la coutume veut généralement qu'on classe leur mort comme accidentelle afin d'épargner aux familles la honte qui entache le suicide. Et il y a en effet quelque chose de scandaleux à ce qu'un jeune homme ou une jeune femme, parfois adolescent, ait envie de mourir et y parvienne, meure en quelque sorte avant d'avoir vécu, avant de naître. Des femmes se font battre par leurs maris ; des flics tuent des Noirs et des Latinos ; des vieux fouillent dans les poubelles ou mangent de la pâtée pour chiens… le scandale règne à tous les niveaux. Le suicide n'est qu'un événement scandaleux parmi une multitude d'autres. Il y a des adolescents noirs qui n'obtiendront jamais un emploi de toute leur vie, non parce qu'ils sont paresseux, mais parce qu'il n'y a pas de travail… et aussi parce que ces gosses des ghettos n'ont pas de compétences monnayables. Des enfants fuguent, se retrouvent dans les quartiers chauds de New York ou de Hollywood, se prostituent et finissent coupés en morceaux. Si l'envie vous prend de tuer les messagers spartiates annonçant l'issue de la bataille, la défaite des Thermopyles, allez-y, tuez-les. Je suis un de ces messagers et je vous annonce des choses que vous ne voulez sans doute pas entendre. Personnellement, je n'ai que trois morts à annoncer, mais c'est trois de trop. Aujourd'hui, John Lennon est mort ; vous voulez aussi tuer ceux qui vous en informent ? Comme le dit Çrī Krishna quand il assume sa forme véritable, sa forme universelle, celle du temps :

Tous ces hôtes doivent mourir ;
frappe et ne retiens pas ta main.
Fais semblant de tuer.
Par moi ces hommes sont déjà condamnés.

C'est une vision horrible. Ce qu'a vu Arjuna, il ne peut pas croire à son existence.

Léchant de tes langues embrasées,
Dévorant tous les mondes,
Tu perces les hauteurs des cieux
De rayons intolérables, ô Vichnou.

Ce que voit Arjuna était jadis son ami et son conducteur de char. Un homme comme lui. Mais ce n'était qu'un aspect, un déguisement bienveillant. Çrī Krishna voulait l'épargner, lui cacher la vérité. Arjuna a demandé à voir la vraie forme de Çrī Krishna et il l'a vue. Il ne sera plus ce qu'il était. Le spectacle l'a changé, et à jamais. Une telle connaissance, c'est le vrai fruit défendu. Çrī Krishna a longtemps attendu avant de montrer sa forme réelle à Arjuna. Il voulait l'épargner. Mais la vraie forme, celle du destructeur universel, a fini par émerger.

Je ne veux pas vous rendre malheureux en détaillant la souffrance, mais il y a une différence fondamentale entre la souffrance et la narration de celle-ci. Je vous raconte ce qui est arrivé. Si savoir vous fait souffrir par procuration, ne pas savoir représente un authentique danger, un risque colossal.

Quand Kirsten et l'évêque revinrent, non pas définitivement, mais pour s'occuper de la mort de Jeff et des problèmes qu'elle soulevait, je remarquai qu'ils avaient changé. Kirsten paraissait lasse et déprimée, et pas uniquement à cause du choc. Sa mauvaise santé physique sautait aux yeux. L'évêque Archer semblait en revanche plus dynamique qu'à son départ. Il prit entièrement en charge la situation, choisit la pierre tombale et le lieu de l'inhumation, prononça en tenue sacerdotale l'oraison funèbre ainsi que les autres rites et régla tous les frais des obsèques. C'est lui qui eut l'idée de l'inscription à graver sur la stèle. Il choisit une devise qui exprime l'idée fondamentale de l'école d'Héraclite : AUCUNE CHOSE NE DURE ; MAIS TOUTES LES CHOSES S'ÉCOULENT. Ce choix me parut fort acceptable. On m'avait enseigné en philo que la phrase était d'Héraclite lui-même, mais Tim m'expliqua qu'elle était postérieure à lui et provenait de ses disciples. Ils croyaient que seul le flux, c'est-à-dire le changement, est la réalité. Ils avaient peut-être raison.

Je me retrouvai avec Tim et Kirsten après l'enterrement et regagnai avec eux l'appartement à Tenderloin pour essayer de nous y mettre à l'aise. Un certain temps passa avant que l'un de nous prenne la parole.

Tim, sans raison apparente, se mit à parler de Satan. Il avait élaboré une nouvelle théorie sur l'ascension et la chute de Satan et voulait la mettre à l'essai sur Kirsten et sur moi, puisqu'il n'avait personne d'autre sous la main. Je supposai sur le moment qu'il comptait l'inclure dans le livre qu'il avait commencé à écrire.

« J'ai changé d'optique, sur le mythe de Satan. Il désirait connaître Dieu aussi pleinement que possible. Pour obtenir cette connaissance parfaite, il lui fallait devenir, être Dieu lui-même. Il s'y employa et y parvint, tout en sachant que sa punition serait l'exil permanent loin de Dieu. Mais il le fit quand même, car le souvenir d'avoir connu Dieu, de l'avoir vraiment connu comme personne d'autre ne l'avait jamais fait ou ne le ferait jamais, justifiait pour lui ce châtiment éternel. N'était-ce pas là aimer Dieu plus que quiconque ayant jamais existé ? Satan a accepté le châtiment et l'exil éternels simplement pour connaître Dieu – en devenant Dieu – un instant. Et il me vient une autre idée : Satan connaissait vraiment Dieu, mais peut-être Dieu ne connaissait-il pas ou ne comprenait-il pas Satan, sans quoi il ne l'aurait pas puni. Voilà pourquoi on dit que Satan s'est rebellé… ce qui signifie qu'il échappait au contrôle de Dieu, qu'il était en dehors du domaine de Dieu, comme dans un autre univers. Mais je pense qu'il accueillit volontiers sa punition, car c'était pour lui la preuve qu'il connaissait Dieu et l'aimait. Sinon, il aurait pu faire ce qu'il a fait pour être récompensé… s'il y avait eu une récompense. *Mieux vaut régner en enfer que servir dans les Cieux*, c'est un aboutissement, mais pas le vrai : le but ultime est de connaître Dieu pleinement et réellement, en comparaison de quoi tout le reste est de peu d'importance.

— Comme Prométhée », remarqua Kirsten d'un air absent. Elle fumait, le regard fixe.

Tim reprit : « Son nom signifie "Prévoyant". Il a participé à la création de l'homme. C'était aussi le plus tricheur de tous les dieux. Pandore fut envoyée sur Terre par Zeus pour punir Prométhée d'avoir dérobé le feu du ciel et de l'avoir apporté à l'homme. Pandore devait châtier en même temps l'espèce humaine tout entière. Épiméthée, ce qui signifie "qui réfléchit après coup", la prit pour épouse malgré les avertissements de Prométhée, puisque celui-ci pouvait prévoir les conséquences de ce mariage. C'est ce don absolu de la connaissance anticipée qui était considéré par les zoroastriens comme un attribut de Dieu, l'Esprit de Sagesse.

— Un vautour lui dévorait le foie», prononça Kirsten distraitement.

Tim hocha la tête en disant: «Zeus châtia Prométhée en l'enchaînant et en lui envoyant un vautour pour lui dévorer le foie, qui se régénérait sans cesse. Mais il fut délivré par Héraclès. Prométhée était sans aucun doute un ami de l'humanité. C'était un maître artisan. Il y a une affinité avec le mythe de Satan, c'est certain. Selon moi, on pourrait dire que Satan est allé dérober, non le feu, mais la vraie connaissance de Dieu. Sauf qu'il ne l'a pas apportée à l'homme comme Prométhée avec le feu. Peut-être le véritable péché de Satan a-t-il été de garder pour lui cette connaissance, de ne pas la *partager* avec l'humanité. C'est intéressant… en raisonnant ainsi, on pourrait avancer que nous serions en mesure d'acquérir une connaissance de Dieu par l'intermédiaire de Satan. C'est une théorie que je n'ai jamais entendu exposer.» Il se tut un instant, l'air de réfléchir. «Il faudrait que tu notes ça, reprit-il à l'adresse de Kirsten.

— Je m'en souviendrai, promit-elle d'un ton morne et apathique.

— L'homme doit donner l'assaut à Satan et s'emparer de cette connaissance, poursuivit Tim. Satan ne veut pas la livrer. C'est pour l'avoir dissimulée – et non pour l'avoir dérobée – qu'il a été puni. En un sens, en somme, les êtres humains peuvent racheter Satan en luttant avec lui pour lui arracher cette connaissance.

— Et ensuite ils n'auront plus qu'à s'en aller étudier l'astrologie », plaçai-je.

Tim se tourna vers moi : « Pardon ?

— Wallenstein, expliquai-je. Il passait son temps à tirer des horoscopes.

— Les racines grecques du mot *horoscope*, exposa Tim, sont *hôra*, qui signifie "heure", et *skopos*, qui signifie "celui qui examine". Littéralement, cela veut donc dire "qui examine l'heure". » Il alluma une cigarette ; depuis leur retour, Kirsten et lui semblaient fumer en permanence. « Wallenstein était un personnage fascinant, ajouta-t-il.

— C'est ce que dit Jeff, répondis-je. Enfin ce qu'il disait. »

Dressant la tête avec vivacité, Tim lança : « Jeff s'intéressait donc à Wallenstein ? Parce que j'ai…

— Vous ne le saviez pas ? m'étonnai-je.

— Je ne crois pas. » Il semblait perplexe.

Kirsten l'observait d'un regard impénétrable,

« Je possède plusieurs livres très intéressants sur Wallenstein, continua Tim. Vous savez, par bien des côtés, Wallenstein ressemblait à Hitler. »

Kirsten et moi gardâmes le silence.

« Wallenstein a contribué à la ruine de l'Allemagne. C'était un grand général. Friedrich von Schiller, vous le savez peut-être, a écrit une trilogie sur lui : *Le Camp de Wallenstein*, *Les Piccolomini* et *La Mort de Wallenstein*. Ce sont des pièces de théâtre profondément émouvantes. Cela soulève la question, bien entendu, du rôle de Schiller dans le développement de la pensée occidentale. Tenez, je vais vous lire quelque chose. » Il posa sa cigarette et alla prendre un livre dans la bibliothèque. « Voici qui peut apporter quelque lumière sur le sujet. En écrivant à son ami… voyons, j'ai son nom ici… en écrivant à Wilhelm von Humboldt, c'était vers la fin de sa vie, Schiller disait : *Après tout, nous sommes, vous et moi, des idéalistes et nous devrions avoir honte de laisser dire que le monde matériel nous a formés, au lieu d'être formé par nous*. L'essence de la vision de Schiller était, bien sûr, la liberté. Il était naturellement absorbé dans le grand drame et la révolte des Pays-Bas et… » Tim s'interrompit, pensif, le regard dans le vague, en remuant les lèvres. Sur le canapé, Kirsten fumait en silence, les yeux fixes. « Bon », dit enfin Tim en feuilletant le volume qu'il tenait à la main, « laissez-moi vous lire ceci. Ce sont des lignes que Schiller a écrites à trente-quatre ans. Elles résument peut-être la plus grande partie de nos aspirations les plus nobles. » Regardant le livre, il se mit à lire à haute voix : « *Maintenant que j'ai commencé à connaître et à employer comme il convient mes forces spirituelles, une maladie menace malheureusement de miner mes forces physiques. Néanmoins, je ferai ce que je peux, et quand à la fin l'édifice s'écroulera, j'aurai sauvé ce qui valait la peine d'être préservé.* » Tim referma le livre et le remit sur son étagère.

Nous ne dîmes rien. Je restais assise sans même penser.

« Schiller est très important pour le XXe siècle », déclara Tim en allant écraser son mégot. Il contempla longuement le cendrier.

« Je vais nous faire livrer une pizza, dit Kirsten. Je ne me sens pas en état de préparer à dîner.

— Très bien, dit Tim. Demande qu'ils y mettent du bacon canadien. Et s'ils ont des boissons non alcoolisées…

— Je peux m'occuper du repas », proposai-je.

Kirsten se leva pour aller téléphoner, me laissant seule avec Tim.

Tim reprit avec conviction : « C'est vraiment de la plus haute importance de connaître Dieu, de discerner l'Essence absolue, comme l'a qualifiée Heidegger. *Sein* est le terme qu'il emploie : Être. Ce que nous avons découvert au *wadi* sadokite défie toute description. » Je hochai la tête.

« Vous en êtes où, pour l'argent ? demanda Tim en portant la main à la poche intérieure de sa veste.

— Ça va, répondis-je.

— Vous travaillez toujours pour cette agence immobilière ? » Il se reprit. « Pour ce cabinet d'avocats ? Vous êtes leur secrétaire, n'est-ce pas ?

— Je ne suis que dactylo, précisai-je.

— Le métier d'avocat m'a paru éprouvant, mais gratifiant, dit Tim. À mon avis, vous devriez essayer de devenir secrétaire juridique, vous pourrez peut-être vous en servir ensuite comme tremplin pour devenir avocate ou juge.

— J'imagine.

— Est-ce que Jeff a discuté de l'*anokhi* avec vous ?

— Eh bien, vous nous avez écrit. Et nous avons vu les articles dans les journaux et les magazines.

— Les Sadokites utilisaient le terme dans un sens spécial, un sens technique. Il ne pouvait pas signifier l'Intelligence divine parce que la façon dont ils en parlent indique qu'ils le possédaient, au sens littéral. Il y a une ligne dans le document numéro six : Anokhi *meurt et renaît chaque année, et chaque année suivante* anokhi est *davantage*. Ou *plus grand* ; *davantage* ou *plus grand*, ce peut être l'un ou l'autre, ou bien *plus élevé*. C'est encore très obscur, mais les traducteurs sont à l'œuvre et on espère que ça va s'éclaircir dans les six mois qui viennent… Et puis, bien sûr, on n'a pas encore fini de rassembler les fragments, les manuscrits qui ont été détériorés. Comme vous le savez sans doute, je ne connais pas l'araméen. Je n'ai étudié que le grec et le latin… vous savez : *Dieu est le rempart ultime contre le non-Être*.

— Tillich, répliquai-je.

— Je vous demande pardon ?

— C'est Paul Tillich qui a dit ça.

— Je n'en suis pas certain. C'était sûrement un des théologiens protestants existentiels, en tout cas, peut-être Reinhold Niebuhr. Vous savez, il est américain, ou plutôt il était : il vient de mourir. Ce qui m'intéresse chez lui… » Tim marqua un temps d'arrêt. « Niemöller a servi dans la marine allemande pendant la Première Guerre mondiale. Il a milité activement contre les nazis et a continué à prêcher jusqu'en 1938. La Gestapo l'a arrêté et il a été déporté à Dachau. Niebuhr était pacifiste, au départ, mais il a exhorté les chrétiens à soutenir la guerre contre Hitler. J'ai l'impression qu'une des différences significatives entre Wallenstein et Hitler

– en réalité c'est une très grande similitude – réside dans les serments de loyauté que Wallenstein…

— Excusez-moi. » J'allai dans la salle de bains ouvrir l'armoire à pharmacie pour voir si le flacon de Dexamyl était toujours là. Il ne s'y trouvait plus : tous les médicaments avaient disparu. Emportés en Angleterre, pensai-je. Et à présent dans les bagages de Kirsten et Tim. Merde alors.

À mon retour, Kirsten était seule dans le salon. « Je suis fatiguée, terriblement fatiguée, dit-elle d'une voix faible.

— Ça se voit.

— Je ne vais même pas réussir à manger de la pizza sans vomir. Tu pourrais me faire des courses ? J'ai préparé une liste. Je voudrais du poulet désossé : tu sais, celui qui est vendu en bocal, et puis du riz ou des nouilles. Tiens, voilà la liste. » Elle me la tendit. « Tim va te donner l'argent.

— J'en ai. » Je regagnai la chambre à coucher, où j'avais laissé mon manteau et mon sac. J'enfilais mon manteau quand Tim surgit derrière moi, très désireux de parler encore.

« Ce qu'a vu Schiller en Wallenstein, c'est un homme qui s'est rendu complice du destin pour causer sa propre mort. Pour les romantiques allemands, ce devait être le péché suprême : être complice du destin, le destin envisagé comme la fatalité. » Je ressortis de la chambre et il me suivit dans le couloir. « L'idée maîtresse de Goethe, de Schiller et… des autres, leur orientation fondamentale, c'était que la volonté humaine pouvait triompher du destin. Pour eux, le destin ne devait pas être considéré comme inéluctable mais comme une chose qu'on laissait se produire. Vous voyez où je veux en venir ? Pour les Grecs, le destin était l'*anânkê*, une force absolument prédéterminée et impersonnelle ; ils l'assimilaient à Némésis, c'est-à-dire le destin vengeur, qui punit.

— Je suis désolée, il faut que j'aille faire des courses.

— On ne devait pas nous livrer une pizza ?

— Kirsten ne se sent pas bien. »

Se rapprochant de moi, Tim me confia à voix basse : « Angel, je m'inquiète beaucoup pour elle. Je n'arrive pas à la convaincre d'aller consulter. C'est soit l'estomac, soit la vésicule. Vous pourriez peut-être la persuader de passer des examens. Elle a peur des résultats. Vous savez, n'est-ce pas, qu'elle a eu une tumeur au cerveau il y a des années.

— Oui.

— Et une hystérocléisis.

— Qu'est-ce que c'est que ça ?

— Une intervention chirurgicale consistant à fermer le col de l'utérus. Elle a tellement d'angoisses dans cette région, je veux dire, liées à cette partie du corps ; il m'est impossible d'en discuter avec elle.

— Je lui parlerai.

— Kirsten se sent responsable de la mort de Jeff.

— Merde, m'exclamai-je. C'est ce que je craignais. »

Kirsten sortit du salon. « Tu peux ajouter du ginger ale à la liste, s'il te plaît ? me demanda-t-elle.

— D'accord. Dans quelle boutique tu…

— Tu prends à droite et tu tournes à gauche quatre rues plus loin, indiqua Kirsten. Tu trouveras une petite épicerie au premier carrefour. Tenue par des Chinois, mais ils ont ce que je veux.

— Tu as besoin de cigarettes ? demanda Tim.

— Oui, tu peux en acheter une cartouche, dit Kirsten. N'importe quelle marque dans les légères ; elles ont toutes le même goût.

— Entendu. »

M'ouvrant la porte, Tim déclara : « Je vais vous y conduire. » Nous sortîmes de l'immeuble, mais un peu plus loin, au moment de monter dans sa voiture de location, il s'aperçut qu'il avait oublié les clés. « On va devoir y aller à pied », dit-il. Nous marchâmes quelque temps en silence.

« Quelle belle soirée, dis-je enfin.

— Il y a une chose dont j'avais l'intention de discuter avec vous. Bien qu'en principe ce ne soit pas votre domaine.

— J'ignorais que j'en avais un.

— Ce n'est pas votre domaine d'expertise, je veux dire. Mais je ne sais pas trop à qui je devrais en parler. Par certains côtés, ces documents sadokites sont… » Il hésita. « Je devrais dire : affligeants. Pour moi personnellement, j'entends. Car ce que les traducteurs ont mis au jour, c'est une bonne partie des *logia* – des préceptes – de Jésus, mais énoncée deux cents ans avant lui.

— Je comprends.

— Mais ça signifie qu'il n'était pas le Fils de Dieu. Qu'il n'était pas, en fait, ce Dieu auquel la doctrine trinitaire nous demande de croire. Pour vous, Angel, c'est un point qui ne pose pas de problème particulier.

— Non, pas vraiment, acquiesçai-je.

— Les *logia* sont essentiels à notre compréhension et à notre perception de Jésus en tant que Christ :

c'est-à-dire le Messie ou l'Oint. S'il se révèle que les *logia* peuvent être retranchés de la personne de Jésus, alors il nous faut reconsidérer les Évangiles… pas seulement les Synoptiques, tous les quatre… en nous interrogeant sur ce que nous savons en réalité de Jésus, si tant est que nous en sachions quelque chose.

— Pourquoi ne pas partir du principe que Jésus était un Sadokite ? » C'était l'idée que j'avais retirée de la lecture des articles dans la presse. Au moment de la découverte des manuscrits de Qumrān, des manuscrits de la mer Morte, il y avait eu énormément de spéculations sur un lien entre Jésus et les Esséniens. Je ne voyais pas où était le problème. Je n'arrivais pas à comprendre ce qui inquiétait Tim tandis qu'il marchait près de moi sur le trottoir.

« Un certain nombre de documents sadokites, dit-il, mentionnent un personnage mystérieux. Les textes le désignent par un mot hébreu dont la meilleure traduction pourrait être un néologisme : l'“Exposeur”. C'est à ce personnage vague que sont attribués la plupart des *logia*.

— Eh bien, dans ce cas, Jésus a été son disciple, ou du moins a reçu un enseignement qui provenait de lui.

— Mais alors Jésus n'est pas le Fils de Dieu. Il n'est pas Dieu incarné, Dieu sous la forme d'un être humain. »

Je suggérai : « Peut-être que Dieu a révélé les *logia* à l'Exposeur.

— Par conséquent, c'est l'Exposeur le Fils de Dieu.

— D'accord.

— Ce sont là des problèmes qui me mettent au supplice… enfin le terme est exagéré. Disons qu'ils me préoccupent énormément. Et à raison. La plupart des paraboles relatées dans les Évangiles, voilà maintenant que nous les trouvons dans des manuscrits datant de deux cents ans avant Jésus. Je reconnais que la totalité des *logia* n'y figure pas, mais il y en a beaucoup, et souvent parmi les plus importants. Certaines doctrines cardinales concernant la résurrection sont aussi présentes, celles qui débutent par la formule bien connue “Je suis” utilisée par Jésus. Par exemple *Je suis le pain de vie*. Ou *Je suis la Voie*. Ou encore *Je suis la porte étroite*. Jusqu'à présent, on ne pouvait pas les séparer de Jésus-Christ. Tenez, prenez simplement la première : *Je suis le pain de vie. Celui qui mange ma chair et boit mon sang a la vie éternelle, et je le ressusciterai au dernier jour. Car ma chair est vraie nourriture et mon sang vraie boisson. Celui qui mange ma chair et boit mon sang demeure en moi et moi en lui*. Vous voyez où je veux en venir ?

— Bien sûr. C'est l'Exposeur sadokite qui l'a dit en premier.

— Alors, c'est l'Exposeur sadokite qui a conféré la vie éternelle, et précisément au moyen de l'Eucharistie.

— Je trouve ça formidable », dis-je.

Tim continua : « On avait toujours espéré, mais sans jamais s'y attendre, déterrer un jour Q ou quelque chose qui nous permettrait de le reconstituer, totalement ou en partie. Mais personne n'avait jamais osé rêver que se manifesterait une *Ur-Quelle* antérieure à Jésus, et de deux siècles. Et il y a également d'autres aspects singuliers... » Il marqua un temps. « Je veux que vous me promettiez de ne pas répéter ce que je vais vous dire, de n'en parler à personne. Cette partie-là n'a pas encore été communiquée aux médias.

— Croix de bois, croix de fer.

— Associées aux "Je suis", il y a certaines additions particulières qu'on ne trouve pas dans les Évangiles et que ne connaissaient pas les premiers chrétiens, apparemment. Du moins, aucune trace écrite sur ces choses, sur leur connaissance de ces choses, n'est arrivée jusqu'à nous. Je... » Il s'interrompit. « Les termes employés pour "pain" et "sang" laissent entendre qu'il s'agit de pain et de sang au sens littéral. Comme si les Sadokites avaient un pain et une boisson spécifiques qu'ils préparaient et qui constituaient par essence le corps et le sang de ce qu'ils nommaient l'*anokhi*, pour lequel l'Exposeur parlait et que l'Exposeur représentait.

— Eh bien, dis-je en hochant la tête.

— Où est cette boutique ? s'enquit Tim en regardant autour de lui.

— À une ou deux rues d'ici, je crois. »

Tim reprit avec gravité : « Quelque chose qu'ils mangeaient ; quelque chose qu'ils buvaient. Comme dans la Cène. Et ils croyaient que cela les rendait immortels ; que ce mélange de ce qu'ils mangeaient et buvaient leur donnait la vie éternelle. Il est évident que cela préfigure l'Eucharistie et que c'est en rapport avec la Cène. *Anokhi*. Toujours ce mot. Ils mangeaient *anokhi*, buvaient *anokhi* et, en conséquence, devenaient *anokhi*. Ils devenaient Dieu lui-même.

— C'est ce qu'enseigne le christianisme sur la cérémonie de la messe.

— Il y a des parallèles dans le zoroastrisme, souligna Tim. Les zoroastriens sacrifiaient du bétail qu'ils mangeaient en l'accompagnant d'une boisson enivrante appelée *haoma*. Mais il n'y a pas de raison de supposer qu'il en résultait chez eux une identification avec la divinité. Car c'est cela que produisent les sacrements pour le chrétien qui communie : il s'identifie avec Dieu représenté par le Christ. Il devient Dieu et ne fait plus qu'un avec Lui. Il s'unifie et s'assimile à Dieu. Une apothéose, en somme. Mais ici, chez les Sadokites, on obtient exactement le même résultat avec le pain et la boisson provenant de l'*anokhi*, et bien entendu le terme *anokhi* lui-même fait référence à la Pure Conscience de Soi, autrement dit la Pure Conscience de Yahweh, le Dieu du peuple hébreu.

— C'est ce qu'a le brahmane, remarquai-je.

— Pardon ? Le brahmane ?

— Je parle du brahmanisme en Inde. Le brahmane possède l'absolue conscience pure. Il est pure conscience, pur être, pure béatitude. Si je me souviens bien.

— En tout cas, la question reste entière. En quoi consiste cet *anokhi* qu'ils mangeaient et buvaient ?

— En le corps et le sang du Seigneur.

— Mais de quoi s'agit-il ? » Il fit un geste du bras. « Il ne suffit pas de dire avec désinvolture : "C'est le Seigneur", Angel, car c'est ce qu'en logique on appelle un sophisme *hystérôn-protérôn* : ce qu'on essaie de prouver est contenu dans les prémisses. Il est évident que c'est le corps et le sang du Seigneur :

le mot *anokhi* le signifie clairement ; mais cela ne suffit pas à…

— Oh ! je vois. C'est un raisonnement circulaire. En d'autres termes, vous affirmez que cet *anokhi* existe vraiment. »

Tim s'arrêta pour me fixer des yeux. « Bien entendu.

— Je comprends. Pour vous, c'est réel.

— Dieu est réel.

— Pas vraiment réel. Dieu est une affaire de croyance. Il n'est pas réel au sens où l'est cette voiture, expliquai-je en désignant une TransAm garée le long du trottoir.

— Vous ne pourriez vous tromper davantage. »

Je me mis à rire.

« D'où sortez-vous cette idée ? demanda Tim.

— Dieu est un… » J'hésitai. « Une façon de voir les choses. Une interprétation. Je veux dire qu'il n'existe pas. Pas au sens où les objets existent. On ne pourrait pas, disons, se cogner à lui comme on se cogne à un mur.

— Est-ce qu'un champ magnétique existe ?

— Bien sûr, dis-je.

— Vous ne pouvez pas vous cogner à lui. »

Je répondis : « Mais sa présence se manifestera si on répand de la limaille de fer sur une feuille de papier.

— Les hiéroglyphes de Dieu sont partout autour de vous, affirma Tim. Dans le monde et hors du monde.

— Ce n'est qu'une opinion. Ce n'est pas la mienne.

— Mais vous voyez bien le monde.

— Je vois le monde mais je n'y vois aucune trace de Dieu.

— Mais il ne peut y avoir de création sans créateur.

— Qui dit que c'est une création ?

— Là où je veux en arriver, coupa Tim, c'est que si les *logia* précèdent Jésus de deux cents ans, alors les Évangiles sont suspects, et s'ils sont suspects, nous n'avons pas de preuve que Jésus était Dieu, le Dieu incarné, ce qui sape les fondements de notre religion. Jésus devient simplement le porte-parole d'une certaine secte juive qui mangeait et buvait une sorte de… d'on ne sait quoi appelé *anokhi* pour obtenir l'immortalité.

— Pour s'imaginer obtenir l'immortalité, rectifiai-je. Ce n'est pas la même chose. Certaines personnes croient qu'on peut guérir le cancer avec des plantes, mais ce n'est pas vrai pour autant. »

Nous venions d'arriver devant la petite épicerie et nous nous arrêtames quelques instants.

« Je vois que vous n'êtes pas chrétienne.

— Enfin, Tim, vous le savez depuis des années. Je suis votre belle-fille.

— Je ne suis pas sûr moi-même d'être chrétien. En fait, je ne suis même plus certain que le christianisme existe. Et il faut que je continue à remplir les devoirs de ma charge, tout en sachant ce que je sais. En sachant que Jésus n'était pas Dieu mais un prédicateur dont l'enseignement n'était même pas original, puisqu'il s'agissait des croyances collectives de toute une secte.

— Mais cela pouvait quand même venir de Dieu,

si c'était Dieu qui l'avait révélé aux Sadokites. Qu'est-ce qu'on sait d'autre sur l'Exposeur ?

— Qu'il revient aux Jours derniers et tient le rôle du Juge eschatologique.

— Très bien.

— Ça se trouve également dans le zoroastrisme. Il y a beaucoup de choses qui semblent remonter aux religions iraniennes… les juifs ont développé un aspect proprement iranien dans leur religion durant l'époque où… » Il se tut ; plongé dans ses pensées, il m'avait oubliée, ainsi que la boutique et les courses à faire.

« Les traducteurs et les érudits trouveront peut-être d'autres détails sur cet *anokhi*, dis-je pour tenter de lui remonter le moral.

— Ils trouveront Dieu, fit-il écho en se parlant à lui-même.

— C'est peut-être une chose qui pousse. Une racine ou un arbre.

— Pourquoi ? » Il avait l'air en colère. « Pour quelle raison dites-vous ça ?

— Pour avoir du pain, il faut bien partir de quelque chose. On ne fait pas de pain en partant de rien.

— Jésus usait de métaphores. Il ne parlait pas de pain au sens propre.

— Lui, peut-être pas, mais les Sadokites, si, apparemment.

— J'y ai déjà pensé. C'est d'ailleurs l'avis de certains des traducteurs : qu'il s'agit très littéralement d'une boisson et d'un pain. *Je suis la porte de la bergerie.* Quand il prononçait ces mots, il est évident que Jésus ne voulait pas prétendre qu'il était en bois.

Et il disait aussi : *Je suis la vigne véritable et mon Père est le vigneron. Tout sarment en moi qui ne porte pas de fruit, il l'enlève, et tout sarment qui porte des fruits, il l'émonde pour qu'il en porte encore davantage.*

— Eh bien, c'est une vigne, alors. Voilà ce qu'il faut chercher.

— C'est absurde et matérialiste.

— Pourquoi ? »

Tim lança violemment : « *Je suis la vigne, vous les sarments.* Faut-il vraiment supposer que c'est bien d'une plante qu'il est fait mention ? Que c'est une chose matérielle et non spirituelle ? Une chose qui pousse dans le désert de la mer Morte ? » Il agita les bras. « *Je suis la lumière du monde*. Doit-on comprendre qu'on pourrait lire son journal sous cette lumière ? Comme sous ce lampadaire ?

— Pourquoi pas. Dionysos était bien une vigne, pour ainsi dire. Ses adorateurs s'enivraient et ensuite Dionysos prenait possession d'eux, et ils couraient par monts et par vaux et tuaient les vaches pour les manger. Ils dévoraient les animaux vivants.

— Oui, il y a certaines ressemblances », concéda Tim.

Nous pénétrâmes ensemble dans la petite épicerie.

6

Avant que Tim puisse repartir en Angleterre avec Kirsten, le synode épiscopal se réunit pour se pencher sur ses hérésies éventuelles. Les évêques à la con – j'imagine qu'il serait plus poli de dire : conservateurs – qui l'accusaient se couvrirent de ridicule en se montrant incapables d'étayer correctement leurs arguments. Tim sortit du synode officiellement blanchi. Bien entendu, les journaux et les magazines en parlèrent. Cette affaire n'avait jamais tracassé Tim. De toute manière, le suicide de son fils lui attirait énormément de sympathie. Il en avait toujours reçu, mais cette tragédie dans sa vie privée lui en valait encore davantage.

Platon dit quelque part que si on veut s'en prendre au roi, il faut être sûr de le tuer. En échouant dans leur tentative contre Tim, les évêques conservateurs n'avaient fait que renforcer sa position ; c'est ce qui arrive en cas de défaite et qu'on appelle le retour de flamme. Tim savait désormais que personne au sein de l'Église épiscopalienne des États-Unis d'Amérique ne pouvait l'abattre. S'il devait se trouver détruit un jour, ce ne pouvait être que de sa propre main.

Quant à moi, je me retrouvais propriétaire de la maison que Jeff et moi avions achetée. Sur l'insistance de son père, Jeff avait rédigé un testament. Tout me revenait, même si ce n'était pas beaucoup. Comme c'était moi qui avais subvenu aux besoins du ménage, je n'avais pas de difficultés financières. Je continuais à travailler au cabinet d'avocats et boutique de bougies. Je crus quelque temps que, une fois Jeff mort, je perdrais peu à peu le contact avec Tim et Kirsten. Ce ne fut pas le cas. Tim semblait trouver en moi quelqu'un à qui parler. J'étais l'une des rares personnes à connaître sa liaison avec sa secrétaire et impresario, après tout. Et j'étais bien entendu à l'origine de leur rencontre.

D'autre part, Tim n'était pas du genre à abandonner ceux qui étaient devenus ses amis. J'étais d'ailleurs bien davantage : il existait entre nous beaucoup d'amour et, par conséquent, de compréhension. Nous étions littéralement bons amis, plus ou moins à la manière traditionnelle. L'évêque de Californie, qui en public exposait tant de points de vue radicaux et avançait des théories si folles, était dans sa vie quotidienne un être humain à l'ancienne, dans le meilleur sens du terme. S'il était votre ami, il vous manifestait et vous conservait sa loyauté, comme j'en informerais Jane Marion des années plus tard, longtemps après que Kirsten et Tim eurent rejoint Jeff dans la mort. On a trop oublié, je crois, combien cet homme aimait ses amis et leur restait fidèle, même s'il n'y avait aucun intérêt personnel en termes de carrière, de situation sociale ou d'avantages pratiques. Je n'étais rien en ce monde qu'une jeune dactylo employée dans un modeste cabinet d'avocats. Tim n'avait rien à gagner sur le plan stratégique en restant en rapport avec moi, mais c'est ce qu'il fit jusqu'à sa mort.

Au cours de cette période qui suivit le suicide de Jeff, la condition physique de Kirsten empira jusqu'au jour où les médecins diagnostiquèrent enfin une péritonite, affection pouvant s'avérer fatale. L'évêque paya tous ses frais médicaux, qui atteignirent une somme astronomique : elle se languit dix jours dans l'unité de soins intensifs de l'un des meilleurs hôpitaux de San Francisco, en se plaignant amèrement que personne ne lui rendait visite ou ne se souciait d'elle. En tournée de conférences dans tous les États-Unis, Tim passait la voir aussi souvent que possible, mais c'était loin de lui suffire. J'en faisais autant de mon côté, mais, comme pour Tim, elle estimait que c'était une réaction très insuffisante à sa maladie. Lors de la plupart de mes visites, elle ne faisait que se plaindre de Tim et de tout le reste. Elle avait vieilli.

« On n'a que l'âge que l'on ressent » ne signifie pas grand-chose de mon point de vue, puisque ce sont en réalité la vieillesse et la maladie qui finissent toujours par avoir le dessus, et cette phrase stupide ne s'applique qu'aux personnes n'ayant pas subi le même genre de traumatismes que Kirsten Lundborg. Son fils Bill avait révélé une immense aptitude à la folie, ce dont Kirsten se sentait responsable ; elle savait aussi que sa liaison avec le père de Jeff avait beaucoup compté dans le suicide de celui-ci. Cela la rendait dure et cruelle envers moi, comme si la culpabilité – sa culpabilité – la poussait régulièrement à me maltraiter, moi qui étais la première à souffrir de cette mort.

Nous n'avions plus beaucoup d'amitié à partager, elle et moi, mais j'allais quand même la voir à l'hôpital, chaque fois en me mettant sur mon trente et un et en lui apportant de la nourriture qu'elle ne pouvait pas manger, un vêtement qu'elle ne pouvait mettre ou un objet dont elle ne pouvait pas se servir.

« On ne me laisse pas fumer, me dit-elle une fois en guise de bonjour.

— Évidemment, tu mettrais le feu à tes draps. Comme l'autre fois. » Elle avait failli s'asphyxier, quelques semaines avant d'entrer à l'hôpital.

Kirsten reprit : « Apporte-moi du fil de laine.

— Du fil de laine ?

— Je vais tricoter un pull. Pour l'évêque. » Elle avait prononcé ce dernier mot d'un ton glacé ; Kirsten parvenait à faire passer dans ses paroles une hostilité d'une espèce rare. « L'évêque, ajouta-t-elle, a besoin d'un pull. »

Son animosité s'expliquait par le fait que Tim s'était révélé très capable, en son absence, de gérer ses affaires ; il était à ce moment-là en train de prononcer un discours au Canada. Kirsten soutenait depuis un certain temps que Tim ne survivrait pas une semaine sans elle. Son séjour à l'hôpital lui avait donné tort.

« Pourquoi les Mexicains ne veulent-ils pas que leurs enfants épousent des Noirs ? demanda Kirsten.

— Parce qu'ils auraient des gosses trop paresseux pour devenir voleurs, répondis-je.

— Quand un Noir se change-t-il en nègre ?

— Quand il quitte la pièce. » Je m'installai sur la chaise en plastique face à son lit. « Quelle est la période la plus sûre pour conduire ta voiture ? »

Elle me jeta un regard méchant.

« Tu vas bientôt sortir, dis-je pour lui remonter le moral.

— Je ne sortirai jamais d'ici. L'évêque doit être en train de… oh ! et puis je m'en fous. De s'envoyer en l'air à Montréal ou je ne sais où. Est-ce que je t'ai dit qu'il m'avait fait coucher avec lui la deuxième fois qu'on s'est rencontrés ? La première fois, c'était dans un restaurant à Berkeley.

— Je sais, j'y étais.

— Alors, la première fois, il ne pouvait pas. S'il avait pu, il l'aurait fait. Ça ne te surprend pas, de la part d'un évêque ? Si je te racontais certaines choses… mais je ne les raconterai pas. » Elle se tut pour me regarder d'un air mauvais.

« Tant mieux, dis-je.

— Quoi, tant mieux ? Que je ne te les raconte pas ?

— Si tu commences à me les dire, je me lève et je m'en vais. Mon psy m'a ordonné de garder mes distances avec toi.

— Oh ! c'est vrai que tu en fais partie. Des gens qui suivent une thérapie. Comme mon fils. Vous devriez vous mettre ensemble, lui et toi. Vous pourriez faire des escargots en argile en thérapeutique occupationnelle.

— Je pars, annonçai-je en me levant.

— Oh ! bon, ça va, s'irrita Kirsten. Rassieds-toi.

— Tu sais ce qu'est devenu le crétin mongoloïde suédois qui s'était échappé de l'asile à Stockholm ?

— Non.

— On l'a retrouvé instituteur en Norvège. »

Kirsten se mit à rire. « Va donc te faire foutre.

— Pas besoin. Je me débrouille très bien toute seule.

— Je m'en doute. » Elle hocha la tête. « J'aimerais être toujours à Londres. Tu n'y es jamais allée.

— Il n'y avait pas assez d'argent dans les fonds discrétionnaires de l'évêque. Pour Jeff et moi.

— Ah, oui, j'ai tout dépensé.

— Presque tout. »

Kirsten poursuivit : « Je ne savais pas quoi faire de moi. Pendant que Tim traînait avec ces vieux traducteurs pédés. Il t'a dit que Jésus était un imposteur ? Stupéfiant. On découvre au bout de deux mille ans que tous les *logia* et ces déclarations "Je suis" sont de quelqu'un d'autre. Je n'ai jamais vu Tim si abattu ; il restait jour après jour assis à regarder par terre. »

Je ne dis rien.

« Tu crois que c'est grave ? questionna Kirsten. Que Jésus soit un imposteur ?

— Pas pour moi.

— Et ils n'ont pas divulgué le plus important. L'histoire du champignon. Ils vont la garder secrète aussi longtemps que possible. Mais ça finira par…

— Quel champignon ?

— L'*anokhi.* »

Je dis avec incrédulité : « L'*anokhi* est un champignon ?

— Exactement. Enfin c'en était un à l'époque. Les Sadokites le cultivaient dans des grottes.

— Vingt dieux !

— Et avec, ils faisaient du pain et du bouillon. Ils mangeaient le pain et buvaient le bouillon. C'est l'origine de la communion sous les deux espèces, le corps et le sang. C'était apparemment un champignon vénéneux, mais les Sadokites avaient trouvé un moyen de le rendre comestible, du moins en partie, suffisamment pour qu'il ne les tue pas. Il leur donnait juste des hallucinations. »

J'éclatai de rire. « En somme, c'étaient des…

— Eh oui, des drogués. » Malgré elle, Kirsten se mit à rire aussi. « Et il faut que Tim distribue la communion tous les dimanches à la cathédrale en sachant ça, en sachant qu'ils se faisaient juste des trips psychédéliques, comme les gamins à Haight-Ashbury. Quand il a appris ça, j'ai bien cru qu'il n'allait pas s'en remettre.

— Jésus était donc un trafiquant de drogue, en fait. »

Elle hocha la tête. « Et les douze apôtres, ses disciples, se sont fait prendre (c'est du moins la théorie) en introduisant clandestinement l'*anokhi* à Jérusalem. Ça confirme ce que disait John Allegro… mais je ne sais pas si tu connais son livre. C'est l'un des plus grands spécialistes des langues du Proche-Orient… il a été le traducteur officiel des manuscrits de Qumrān.

— Je n'ai pas lu son livre, mais je sais qui c'est. Jeff me parlait de lui.

— Allegro a découvert que les premiers chrétiens s'adonnaient à un culte secret du champignon ; il l'a déduit d'éléments internes au Nouveau Testament. Et il a trouvé une fresque murale, une peinture qui montrait certains de ces premiers chrétiens avec un énorme champignon, l'*Amania muscaria*…

— *Amanita muscaria*, rectifiai-je. C'est la rouge. Terriblement vénéneuse. Les premiers chrétiens avaient donc trouvé aussi comment la rendre comestible.

— C'est ce qu'affirme Allegro. Et ça leur donnait des visions. » Elle pouffa.

« Il existe vraiment un champignon *anokhi* ? » demandai-je. Je m'y connaissais un peu en champignons, ayant fréquenté un mycologue amateur avant mon mariage avec Jeff.

« Eh bien, il a sans doute existé, mais de nos jours personne ne le connaît. On n'en a pas encore trouvé de description dans les documents sadokites. Impossible de déterminer lequel c'était ou s'il existe toujours.

— Il ne provoquait peut-être pas que des hallucinations.

— Quoi d'autre ? »

Une infirmière vint alors me trouver. « Il faut que vous partiez.

— D'accord. » Je me levai, pris mon manteau et mon sac.

Kirsten dit : « Penche-toi. » Elle me faisait signe de m'approcher ; elle me chuchota dans l'oreille : « Je sais : des orgies. »

Je l'embrassai et quittai l'hôpital.

Je rentrai en car à Berkeley, et alors que je remontais l'allée menant à la vieille petite maison de ferme dans laquelle Jeff et moi avions vécu, je vis un jeune homme accroupi dans le coin de la véranda ouverte ; je m'immobilisai, sur mes gardes, en me demandant de qui il s'agissait.

Rondelet, les cheveux clairs, il se penchait pour caresser mon chat Magnificat, béatement roulé en boule devant la porte d'entrée. Je les regardai quelques instants en pensant : C'est un représentant de commerce ou quoi ? Le jeune homme portait un pantalon trop grand pour lui et une chemise de couleur vive. Il cajolait Magnificat avec l'expression la plus douce que j'aie jamais vue ; ce garçon, qui n'avait manifestement jamais rencontré mon chat, rayonnait d'une sorte de tendresse, d'amour palpable, qui était pour moi quelque chose de nouveau. Certaines des plus anciennes statues du dieu Apollon laissent voir ce même sourire plein de douceur. Complètement absorbé par les caresses qu'il prodiguait à Magnificat, il ne s'apercevait pas de ma présence toute proche ; je continuai à l'observer avec fascination, d'autant plus surprise que Magnificat était un vieux matou bagarreur qui, en temps ordinaire, ne se laissait pas approcher par des étrangers.

Le garçon leva soudain les yeux et se redressa gauchement avec un sourire timide. « Salut.

— Salut. » Je marchai vers lui avec précaution, très lentement.

« J'ai trouvé ce chat. » Il plissa les paupières sans cesser de sourire ; il avait des yeux bleus candides, sans la moindre ruse à l'intérieur.

« C'est le mien.

— Comment il s'appelle ?

— Magnificat.

— Il est très beau.

— Qui êtes-vous ?

— Bill. Le fils de Kirsten. »

Ça expliquait les yeux bleus et les cheveux blonds. « Angel Archer, me présentai-je.

— Je sais. On s'est déjà rencontrés. Mais c'était... »

Il hésita. « Je ne me rappelle plus il y a combien de temps. On m'a fait des électrochocs… je n'ai pas très bonne mémoire.

— Oui, j'imagine qu'on se connaît déjà. Je viens de voir votre mère à l'hôpital.

— Je peux me servir de vos toilettes ?

— Bien sûr. » Je sortis mes clés de mon sac et ouvris la porte. « Excusez le désordre. Je travaille ; je ne suis pas assez à la maison pour la tenir propre. C'est au fond, après la cuisine. Droit devant vous. »

Bill Lundborg ne referma pas la porte derrière lui ; je l'entendis uriner bruyamment. Je remplis la bouilloire et la posai sur le gaz. Étrange, pensai-je. Voici le fils qu'elle tourne en ridicule. Comme elle nous tourne tous en ridicule.

Bill Lundborg réapparut et s'immobilisa gauchement en m'adressant un sourire anxieux, l'air visiblement mal à l'aise. Il n'avait pas tiré la chasse d'eau. Je pensai alors, subitement : Il vient de sortir de l'hôpital psychiatrique, j'en suis sûre.

« Vous voulez du café ? proposai-je.

— D'accord. »

Magnificat pénétra dans la cuisine.

« Quel âge a-t-il ? questionna Bill.

— Je n'en ai aucune idée. Je l'ai sauvé des crocs d'un chien, mais il était déjà adulte. Il devait vivre quelque part dans le quartier.

— Comment va Kirsten ?

— Très bien », dis-je. Je désignai une chaise. « Asseyez-vous.

— Merci. » Il s'installa et posa les bras sur la table de la cuisine, les doigts croisés. Il avait la peau très pâle. À force de vivre enfermé, pensai-je. En cage. « J'aime bien votre chat, dit-il.

— Vous pouvez lui donner à manger, si vous voulez. » J'ouvris le réfrigérateur dont je sortis la boîte de pâtée pour chat.

Je le regardai préparer avec soin l'écuelle de Magnificat, tout à sa tâche, comme s'il accomplissait quelque chose de très important. Et en examinant le vieux chat, il eut à nouveau ce sourire qui me touchait tant, qui déclenchait un déclic en moi.

Bats mon cœur en brèche, ô Dieu, me dis-je, la mémoire me revenant étrangement pour une raison ou pour une autre. Bats et tue-moi : ils se sont attaqués à ce doux enfant et n'ont presque rien laissé de lui. Ils ont fait griller ses circuits sous prétexte de le soigner. Les putains de sadiques, qu'est-ce qu'ils connaissent du cœur humain ? J'avais envie de pleurer.

Et il va y retourner, pensai-je, comme disait Kirsten. Il va passer le reste de sa vie en séjours à l'hôpital. Les salopards, les enculés.

Battez mon cœur en brèche, ô Dieu en trois personnes,
Qui jusqu'ici frappez, soufflez, brillez pour amender !
Pour me mettre dehors, terrassez-moi ! Usez
De votre force : brisez, broyez, brûlez pour recréer !
Je suis votre cité, par un autre usurpée,
Et je m'efforce en vain de me rouvrir à vous,
Car votre vice-reine, qui me devrait défendre,
La raison, prisonnière, est débile ou sans foi.
Je vous aime pourtant et voudrais être aimé,

Mais à votre ennemi mon âme est fiancée :
Prononcez le divorce et défaites ce nœud,
Serrez-moi contre vous, emprisonnez-moi, car,
À moins d'être asservi je ne serai point libre,
Ni jamais chaste, à moins d'être ravi par vous.

Mon poème préféré de John Donne, il est venu en moi, dans mon esprit, tandis que j'observais Bill Lundborg nourrir mon vieux chat usé.

Je ris de Dieu, me dis-je. Les croyances et les enseignements de Tim, les tourments qu'il éprouve sur ces différents sujets, tout ça n'a aucun sens pour moi. Mais je m'abuse moi-même : à ma manière laborieuse, je comprends. Voyez ce gosse qui nourrit ce chat ignorant. Il aurait pu être vétérinaire, s'ils ne l'avaient pas mutilé, s'ils ne lui avaient pas déchiqueté l'esprit. Qu'est-ce que Kirsten racontait, déjà ? Qu'il a peur de conduire, qu'il cesse de sortir les ordures, qu'il ne se lave plus et qu'ensuite il pleure. Moi aussi, je pleure, et il m'arrive parfois de laisser les ordures s'entasser, et un jour j'ai failli me faire emboutir sur Hoffman et j'ai dû m'arrêter au bord de la chaussée. Je suis donc bonne à enfermer ; nous le sommes tous. C'est donc ça, le drame de Kirsten : avoir ce garçon comme fils ?

Bill demanda : « Je peux lui donner autre chose ? Il a encore faim.

— Tout ce que vous trouverez au frigo. Mais vous, vous ne voulez pas manger ?

— Non merci. » De nouveau il caressa l'affreux vieux matou, ce chat qui fuyait les gens. Il l'avait dompté, comme on l'avait lui-même dompté.

« Vous êtes venu ici en car ? demandai-je.

— Oui. » Il hocha la tête. « On m'a retiré mon permis. Autrefois je conduisais, mais… » Il se tut.

« J'ai pris le car, moi aussi.

— J'avais une vraiment grosse voiture. Une Chevrolet 1956. Boîte manuelle et moteur huit cylindres, le gros moteur qu'ils faisaient ; ce n'était que la deuxième année que Chevrolet sortait une huit cylindres, après 1955.

— Ce sont des voitures de grande valeur.

— Et Chevrolet avait changé de style, pour la carrosserie, après les modèles hauts et courts qu'ils ont fait si longtemps. La différence entre la 55 et la 56, c'est la calandre : si les clignotants sont intégrés dans la calandre, on sait que c'est une 56.

— Où habitez-vous ? San Francisco ?

— Nulle part. Je suis sorti de l'hôpital de Napa la semaine dernière. Ils m'ont laissé sortir parce que Kirsten est malade. J'ai fait la route en stop. Il y a un type qui m'a pris dans sa Corvette. » Il sourit. « Les Corvette, il faut les faire rouler toutes les semaines sur autoroute, sinon elles ont du carbone qui se dépose dans le moteur. Ce type n'a pas arrêté d'en cracher ! Ce que je n'aime pas dans les Corvette, c'est la carrosserie en fibre de verre ; ça ne peut pas vraiment se réparer. » Il ajouta : « Mais c'est sûr qu'elles ont belle allure. La sienne était blanche. Il m'a dit l'année, sauf que j'ai oublié. On est monté à cent soixante, mais les flics vous filent pas mal le train quand vous êtes dans une Corvette, ils espèrent que vous allez dépasser la limite. On a eu une voiture de patrouille derrière nous pendant une partie du trajet, ensuite le flic a dû mettre sa sirène et partir à cause d'une urgence quelque part. On lui a fait un doigt d'honneur quand il nous a doublés. Il était vraiment dégoûté, mais il ne pouvait pas nous sanctionner, il était trop pressé. »

Je lui demandai avec le plus de tact possible pourquoi il était venu.

« J'avais une question à vous poser, répondit-il. J'ai rencontré votre mari, un jour. Vous n'étiez pas à la maison, vous travailliez ou je ne sais quoi. En tout cas, il était ici, tout seul. Il s'appelait bien Jeff ?

— Oui.

— Ce que je voulais savoir, c'est... » Bill hésita. « Vous pourriez me dire pourquoi il s'est tué ?

— Il y a toujours beaucoup de facteurs en jeu, dans des situations de ce genre. » Je vins m'asseoir en face de lui à la table de la cuisine.

« Je sais qu'il était amoureux de ma mère.

— Ah. Vous le savez.

— Oui, Kirsten me l'a dit. C'était la raison principale ?

— Peut-être.

— Il y en avait d'autres ? »

Je gardai le silence.

« Vous voulez bien me dire une chose ? Une chose en particulier ? Est-ce qu'il souffrait de maladie mentale ?

— Il avait suivi une thérapie. Mais pas une thérapie intensive.

— J'y ai réfléchi, déclara Bill. Il était furieux contre son père à cause de Kirsten. Ça a beaucoup compté dans cette histoire. Vous savez, quand on est à l'hôpital – à l'hôpital psychiatrique –, on connaît des tas de gens qui ont tenté de se suicider. On voit les cicatrices sur leurs poignets. C'est toujours à ça qu'on les reconnaît. La meilleure façon de s'y prendre, quand on veut le faire, c'est de remonter le bras dans le sens des veines. » Il me montra son bras nu en mimant le geste. « La plupart des gens font l'erreur de couper à angle droit par rapport aux veines, au niveau du poignet. On a eu un jour un type qui s'était ouvert le bras sur une vingtaine de centimètres en long et… » Il se tut le temps de calculer. « … peut-être six ou sept millimètres de large. Mais ils sont quand même arrivés à le recoudre. Il est resté des mois. Il a dit une fois en thérapie de groupe que tout ce qu'il voulait, c'était n'être plus que deux yeux sortant du mur, histoire de pouvoir regarder tout le monde sans être vu. Être simplement là en observateur, sans participer. Juste observer et écouter. Encore qu'il lui aurait aussi fallu être deux oreilles. »

Je ne trouvai absolument rien à rétorquer.

« Les paranoïaques ont peur qu'on les regarde, continua Bill. Si bien que l'invisibilité compte beaucoup, pour eux. Il y avait aussi cette dame qui ne pouvait manger devant personne. Elle emportait toujours son plateau dans sa chambre. Je suppose qu'elle trouvait sale de manger. » Il eut un sourire que je parvins à lui retourner.

Quel moment étrange, pensai-je. C'est une conversation troublante, comme si elle n'avait pas vraiment lieu.

« Jeff était vraiment hostile, reprit Bill. Il en voulait à la fois à son père et à Kirsten, et peut-être aussi à vous, mais pas autant, je crois. Nous avons parlé de vous, le jour où je suis passé le voir. J'ai oublié quand c'était. J'avais eu droit à une sortie de deux jours. Là aussi, j'avais fait du stop. C'est pas si dur que ça, l'auto-stop. C'était un poids lourd qui m'avait pris, pourtant il avait un panneau NE PREND AUCUN PASSAGER. Il transportait des produits chimiques, mais pas du genre toxique. S'ils transportent des matières toxiques ou inflammables, ils ne font pas monter les auto-stoppeurs, parce que s'il y a un accident et que leur passager est tué ou empoisonné, ça annule leur assurance. »

Une fois de plus, aucune réponse ne me vint à l'esprit et je me contentai de hocher la tête.

« Si un auto-stoppeur est blessé ou tué dans un accident, dit Bill, la loi considère qu'il voyageait à ses risques et périls. À cause de ça, quand on fait du stop, on ne peut pas se retourner contre le conducteur s'il se passe quelque chose. En tout cas en Californie. Je ne connais pas la loi des autres États.

— Oui, dis-je tardivement. Jeff était très en colère contre Tim.

— Et vous, vous en voulez à ma mère ? »

Je pris le temps de bien réfléchir avant de répondre : « Oui. Je lui en veux vraiment.

— Pourquoi ? Ce n'était pas sa faute. Quand quelqu'un se tue, il doit en assumer toute la responsabilité. On nous l'a appris. On apprend beaucoup de choses, à l'hôpital. Des tas de choses que les gens de l'extérieur ne sauront jamais. C'est un cours intensif de réalité, ce qui est l'ultime… (il fit un geste de la main) paradoxe. Car les gens qui sont là, c'est *a priori* parce qu'ils ne peuvent pas regarder la réalité en face, si bien qu'ils se retrouvent à l'hôpital psychiatrique, un hôpital public comme Napa, et ensuite ils sont tout à coup obligés de faire face à bien plus de réalité que les autres gens dans la vie courante. Et ils y réussissent très bien. J'ai assisté à des choses dont j'ai été très fier, des malades aidant d'autres malades. Un jour, une dame – elle devait avoir dans les cinquante ans – m'a demandé : "Je peux vous confier un secret ?" Elle m'a fait jurer de ne le répéter à personne. Je lui ai donné ma parole. Et elle m'a dit : "Je vais me tuer ce soir." Elle m'a expliqué comment elle comptait s'y prendre. Comme on n'était pas en service fermé, elle pouvait sortir librement. Sa voiture était garée au parking et la dame avait une clé de contact sans que les médecins le sachent, ils croyaient avoir pris toutes les clés, mais elle en avait gardé une. Alors, qu'est-ce qu'il fallait que je fasse ? Que je mette le docteur Gutman au courant ? C'est lui qui dirigeait le service. Non, je me suis glissé dans le parking – je savais quelle voiture elle avait – et j'ai retiré le câble qui relie la bobine au delco. Impossible de faire démarrer un moteur sans lui. Il est facile à enlever. Quand on gare sa voiture dans un quartier mal famé et qu'on a peur de se la faire voler, on peut ôter ce câble, il s'enlève tout seul. Elle a actionné le démarreur jusqu'à ce qu'elle n'ait plus de batterie et elle est revenue à l'hôpital. Elle était furieuse, mais plus tard elle m'a remercié. » Il resta un instant songeur avant de dire, à moitié pour lui-même : « Elle voulait percuter une voiture venant en sens inverse sur le Bay Bridge. Alors j'ai aussi sauvé la vie du conducteur de l'autre voiture. Qui aurait pu être un break plein d'enfants.

— Mon Dieu, fis-je faiblement.

— C'était une décision que j'ai dû prendre très

vite, enchaîna Bill. Dès que j'ai su qu'elle avait cette clé, j'étais obligé de faire quelque chose. C'était une grosse Mercedes. Gris métallisé. Presque neuve. Elle avait beaucoup d'argent. Dans une situation pareille, ne pas agir revient à les aider à se supprimer. »

J'objectai : « Il aurait peut-être mieux valu prévenir le médecin.

— Non, répliqua-t-il en secouant la tête. Parce que alors elle aurait… enfin, c'est difficile à expliquer. Elle savait que j'avais agi pour lui sauver la vie, pas pour lui attirer des ennuis. Si j'avais averti le personnel, et surtout le docteur Gutman, elle aurait cru que j'essayais de la faire boucler deux mois de plus. Mais comme ils n'ont rien su, ils l'ont relâchée à la date prévue. Quand je suis sorti – après elle –, elle est venue me voir un jour chez moi… je lui avais donné mon adresse… bref, elle est venue. Elle conduisait toujours la même Mercedes ; je l'ai reconnue quand elle s'est garée. Elle voulait savoir comment j'allais.

— Et vous alliez comment ?

— Pas bien du tout. Je n'avais pas de quoi payer mon loyer et on allait m'expulser. Elle, elle avait beaucoup d'argent ; son mari était riche. Ils étaient propriétaires d'un tas d'immeubles résidentiels un peu partout en Californie. Elle est retournée à sa voiture et, en revenant, elle m'a donné ce que j'ai cru être un rouleau de pièces de cinq *cents*. Quand j'ai ouvert le rouleau après son départ, j'ai vu que c'étaient des pièces d'or. Elle m'a expliqué plus tard qu'elle gardait en or une bonne partie de sa fortune. Ces pièces venaient d'une ancienne colonie anglaise. Elle m'a conseillé, quand je les vendrais à un marchand spécialisé, de préciser qu'elles n'avaient jamais été mises en circulation ; ça leur donne beaucoup plus de valeur. J'en ai obtenu dans les douze dollars chacune, quand je les ai vendues. J'en avais gardé une, mais je l'ai perdue. Le rouleau m'a rapporté à peu près six cents dollars, sans compter la pièce qui manquait. » Se retournant, il examina la cuisinière. « Votre eau est en train de bouillir. »

Je me levai pour aller verser l'eau dans la cafetière.

« Le café filtre est bien meilleur que celui qu'on obtient avec un percolateur, quand il monte tout en haut pour recommencer le cycle, observa Bill.

— C'est vrai.

— J'ai beaucoup pensé à la mort de votre mari. Il avait l'air vraiment gentil. Ça pose un problème, des fois.

— Pourquoi ?

— Les maladies mentales apparaissent souvent chez des gens qui refoulent leur hostilité et essaient d'être gentils, trop gentils. On ne peut pas refouler sans cesse l'hostilité. Tout le monde en a, il faut bien qu'elle se manifeste.

— Jeff était très calme, il se mettait difficilement en colère. Quand on se disputait, en général, c'était moi qui me fâchais.

— Kirsten dit qu'il prenait de l'acide.

— Je ne crois pas.

— Quand les gens perdent la boule, c'est souvent à cause des drogues. On en voit beaucoup, à l'hôpital. Ils ne restent pas tout le temps comme ça, malgré ce qu'on raconte. En général, c'est dû à la malnutrition : les drogués oublient de manger, et quand ils mangent, c'est des cochonneries. Ils ont des fringales.

Tous les drogués en ont, sauf ceux qui marchent aux amphètes, bien entendu, qui ne mangent plus du tout. Ce qui ressemble à des lésions cérébrales chez les camés au speed n'est en fait qu'une déficience de leurs électrolytes galvaniques. Qui se remplacent facilement.

— Quel genre de travail vous faites ? » Bill paraissait à présent plus à l'aise, s'exprimait avec davantage d'assurance.

« Je peins.

— Dans quel style ?

— Des carrosseries de voitures. » Il eut un petit sourire. « Au pistolet. Chez Leo Shine, à San Mateo. *Pour 49,50 dollars je donne à votre voiture la couleur de votre choix, garantie six mois.* » Il se mit à rire et je l'imitai ; j'avais vu les publicités de Leo Shine à la télé.

« J'aimais beaucoup mon mari.

— Est-ce qu'il allait devenir ministre du culte ?

— Non. Je ne sais pas ce qu'il allait devenir.

— Peut-être qu'il n'allait rien devenir du tout. Je suis des cours de programmation informatique. En ce moment, j'étudie les algorithmes. Un algorithme n'est rien d'autre qu'une recette, comme pour faire cuire un gâteau. C'est une suite d'étapes qui utilisent parfois des répétitions intégrées : certains points doivent être réitérés. Une des caractéristiques importantes d'un algorithme, c'est qu'il doit avoir une signification. C'est très facile de poser sans le faire exprès à un ordinateur une question à laquelle il ne peut répondre ; pas parce que l'ordinateur est idiot, juste parce que la question n'a pas de réponse.

— Je vois.

— Par exemple, cette question-là, est-ce que vous estimez qu'elle a un sens ? Donnez-moi le plus grand nombre au-dessous de deux.

— Oui, elle a un sens.

— Non. » Il secoua la tête. « Ce nombre n'existe pas.

— Je le connais. C'est un virgule neuf, plus... » Je m'interrompis.

« Il faudrait poursuivre la série de chiffres jusqu'à l'infini. La question n'est pas intelligible. Donc l'algorithme est défectueux. Vous demandez à l'ordinateur de faire une chose impossible. Si l'algorithme n'est pas intelligible, l'ordinateur ne peut pas répondre, mais il essaiera en général de fournir tout de même une réponse.

— Données erronées en entrée, données erronées en sortie.

— Exactement. » Il hocha la tête.

« Je vais moi aussi vous poser une question, dis-je. Je vais vous citer un proverbe, un proverbe usuel. Si vous ne le connaissez pas...

— J'aurai combien de temps ? coupa-t-il.

— Ce n'est pas minuté. Dites-moi juste ce que signifie le proverbe : *Chat échaudé craint l'eau froide.* »

Après un silence, Bill répondit : « Ça veut dire que si votre chat est monté sur la cuisinière et qu'il s'est brûlé en renversant votre bouilloire, ensuite, il aura peur de la bouilloire même si l'eau n'est pas chaude.

— Un autre sur le chat : *Quand le chat n'est pas là, les souris dansent.* »

Il garda une nouvelle fois le silence quelques instants, le front plissé. « Eh bien, dit-il enfin, si vous avez des souris chez vous, votre chat les chasse ; mais s'il s'en va ailleurs, les souris sont contentes parce qu'elles ont la paix.

— *Qui veut voyager loin ménage sa monture.* » Mais je savais déjà à quoi m'en tenir. Bill Lundborg ne pensait pas correctement, il était incapable d'expliquer les proverbes, qu'il se contentait de paraphraser en termes concrets, correspondant aux termes mêmes de son énoncé.

« Quand on se déplace à cheval et qu'on a un long trajet à faire, dit-il avec hésitation, il ne faut pas fatiguer le cheval.

— *Vanité, ton nom est femme.*

— Les femmes sont vaines. Mais ce n'est pas un proverbe. C'est une citation de quelque chose.

— Exactement, dis-je. Vous vous en êtes bien tiré. » Mais en vérité – en vérité, je vous le dis, comme l'aurait formulé Tim, comme le formulait Jésus, et peut-être avant lui les Sadokites – j'avais en face de moi quelqu'un de complètement schizophrène, à en croire le test des proverbes de Benjamin. J'en éprouvai une douleur vague et obsédante, en voyant devant moi ce garçon si jeune et physiquement si sain, et en même temps si inapte à déchiffrer un symbole, à penser de manière abstraite. Il souffrait du trouble cérébral schizophrénique classique : son raisonnement se limitait au concret.

Tu peux dire adieu à une carrière de programmeur, me dis-je. Tu continueras à peindre des carrosseries jusqu'à ce que le Juge eschatologique arrive et nous libère de nos tourments, tous autant que nous sommes. Qu'il te libère et me libère moi ; qu'il libère chacun de nous. Alors ton esprit endommagé serat-il sans doute guéri, ce jour-là. Projeté dans le corps d'un cochon de passage, pour être précipité dans le vide. Là où est sa place.

« Excusez-moi », dis-je. Je sortis de la cuisine et m'éloignai le plus possible de Bill Lundborg, puis m'appuyai contre le mur en enfouissant le visage au creux de mon bras. Je sentis couler mes larmes – des larmes tièdes –, mais je ne fis aucun bruit.

7

Je repensai à Jeff : comme il l'avait fait un jour, je pleurais toute seule dans un coin de la maison, je pleurais sur quelqu'un qui comptait pour moi. Où est-ce que ça va se terminer ? me demandai-je. Il faut bien que ça se termine quelque part. Mais il semble que non, que ça continue : suite d'explosions, comme l'ordinateur de Bill Lundborg qui essaie de calculer – tâche impossible – le nombre le plus élevé inférieur à un nombre entier donné.

Kirsten sortit peu après de l'hôpital et se rétablit petit à petit de sa maladie digestive, et après sa guérison Tim et elle retournèrent en Angleterre. Avant leur départ des États-Unis, elle m'apprit que son fils Bill avait été mis en prison. Le Service postal l'avait embauché, puis renvoyé ; licenciement auquel il avait réagi en brisant de ses poings nus les baies vitrées de la succursale de San Mateo. Il était évident qu'il était redevenu fou. Si tant est qu'il avait jamais cessé de l'être.

Je perdis donc tout le monde de vue : je ne revis plus Bill après sa visite chez moi ; je rencontrai plusieurs fois Kirsten et Tim – elle plus souvent que lui –, puis me retrouvai seule, et pas très heureuse, à m'interroger sur la signification profonde du monde, à supposer qu'il en ait une. La chose était aussi douteuse que les périodes de santé mentale de Bill Lundborg.

Le cabinet d'avocats/magasin de bougies cessa un jour ses activités. Mes deux employeurs furent inculpés dans une affaire de drogue. C'était prévisible. La cocaïne rapporte davantage que les bougies. À cette époque, elle n'était pas aussi populaire et à la mode que maintenant, mais il y avait quand même assez de demande pour que mes employeurs cèdent à la tentation. Les autorités parvinrent à gérer leur incapacité à dire non à l'argent facile en leur octroyant cinq ans de prison chacun. Pendant quelques mois, je fus à la dérive et vécus uniquement de mon allocation chômage, puis je trouvai une place de vendeuse dans le magasin de disques de Telegraph Avenue, Musik Shop, où je travaille toujours.

La psychose peut revêtir bien des formes. On peut être psychotique sur tout, ou sur un sujet bien particulier. Bill représentait le cas de la démence omniprésente : la folie s'était infiltrée dans toutes les parcelles de son existence, du moins à ce que je présume.

L'idée fixe est un type de folie fascinant, quand on s'intéresse à quelque chose qui existe sans pourtant avoir de forme concrète. La notion de *survalence* concerne les possibilités dans l'esprit humain, les possibilités que quelque chose se passe mal, qu'on ne pourrait supposer s'il n'existait pas. Je veux dire simplement par là qu'il faut avoir vu une idée survalente à l'œuvre pour en apprécier pleinement la force. L'ancien terme est *idée fixe*[1], mais je trouve le concept mieux exprimé par *idée survalente*, parce que ce mot vient de la mécanique, de la chimie et de la biologie : c'est un mot parlant qui inclut la notion de *puissance*. L'essence de la valence est la puissance et c'est de ça que je parle : d'une idée qui, une fois à l'intérieur d'un esprit humain, c'est-à-dire de l'esprit d'un être humain donné, non seulement n'en ressort jamais, mais consume tout ce que cet esprit contient d'autre, si bien que la personnalité finit par disparaître, l'esprit en tant que tel aussi, il ne reste que l'idée survalente.

De quelle manière commence un tel processus ? Et à quel moment ? Jung parle quelque part – j'ai oublié dans quel livre – d'une personne, une personne normale, dans l'esprit de laquelle arrive une certaine idée qui n'en repart jamais. De plus, précise Jung, après l'apparition de cette idée dans l'esprit de la personne en question, plus rien de nouveau n'arrive jamais à cet esprit ; pour lui, le temps s'arrête et il est mort. L'esprit en tant qu'entité vivante et croissante est mort. Et pourtant la personne, en un sens, continue de vivre.

Quelquefois, je suppose, une idée fixe pénètre dans l'esprit sous forme d'un problème, ou d'un problème imaginaire. Ce n'est pas si rare. Vous vous apprêtez à vous coucher, tard le soir, et brusquement l'idée vous vient que vous avez oublié d'éteindre les phares de votre voiture. Vous regardez par la fenêtre – votre voiture est garée, bien visible, devant chez vous – et

1. En français dans le texte.

vous constatez que les phares ne sont pas allumés. Sauf que vous vous dites alors : peut-être que je les ai laissés allumés et qu'ils ont fini par décharger la batterie ; pour en être sûr, il faut que j'aille vérifier. Vous enfilez votre robe de chambre, vous sortez, vous ouvrez la portière et vous actionnez la manette d'éclairage. Les phares s'allument. Vous les éteignez, vous ressortez de la voiture, vous verrouillez la portière et vous regagnez la maison. Ce qui s'est passé, c'est que vous êtes devenu fou ; vous êtes devenu psychotique. Parce que vous n'avez pas tenu compte du témoignage de vos sens ; vous aviez vu par la fenêtre que les feux n'étaient pas allumés, mais vous êtes quand même sorti vérifier. C'est là le facteur primordial : vous avez vu, mais vous n'avez pas cru. Ou, à l'inverse, vous n'avez pas vu quelque chose, mais vous y avez cru tout de même. En théorie, vous pourriez aller et venir entre votre chambre à coucher et votre voiture jusqu'à la fin des temps, prisonnier d'une boucle fermée infinie consistant à ouvrir la portière, tester les phares et retourner dans la maison... à cet égard, vous êtes une machine. Vous n'êtes plus humain.

L'idée survalente peut également se présenter, non comme un problème réel ou imaginaire, mais comme une solution.

Si elle survient sous forme de problème, votre esprit la repoussera, car personne ne veut ni n'apprécie les problèmes, mais si elle survient sous forme de solution, une solution fausse, bien sûr, alors vous ne la rejetterez pas, car elle aura une grande valeur utilitaire : c'est quelque chose dont vous avez besoin et que vous avez fait surgir pour répondre à ce besoin.

S'il est très peu probable que vous passiez le reste de votre vie à faire la navette entre votre voiture et votre chambre à coucher, il est par contre fort possible, au cas où vous seriez tourmenté par la culpabilité, la douleur et le doute – et par d'immenses flots d'auto-accusation qui déferlent sans relâche jour après jour –, qu'une idée fixe se présentant comme une solution demeure en vous après son apparition. Voilà ce que je décelai chez Kirsten et Tim, quand ils revinrent une seconde fois d'Angleterre. Durant leur séjour à Londres après celui de Kirsten à l'hôpital, une idée, une idée survalente, s'était un jour imposée à leur esprit, et le tour avait été joué.

Kirsten était revenue quelques jours avant Tim. Je ne la rencontrai pas à l'aéroport mais dans sa chambre au dernier étage du St. Francis, sur la même noble colline de San Francisco qui abrite la Grace Cathedral. Je la trouvai occupée à défaire ses nombreux bagages, et ma première pensée fut : Mon Dieu, comme elle paraît jeune ! Par rapport à la dernière fois où je l'ai vue… elle rayonne. Que s'est-il passé ? Son visage était moins ridé, ses mouvements étaient plus agiles et, quand j'entrai dans la chambre, elle releva la tête et me sourit, sans la moindre trace des sous-entendus acerbes, des diverses accusations larvées dont elle m'avait donné l'habitude.

« Salut, lança-t-elle.

— Mais dis-moi, tu as l'air en pleine forme », m'exclamai-je.

Elle hocha la tête. « J'ai arrêté de fumer. » Elle retira un paquet enveloppé d'une valise posée devant elle sur le lit. « Je t'ai rapporté des cadeaux. D'autres arriveront par la poste ; je n'ai pris que ce qui pouvait tenir dans mes bagages. Tu veux les ouvrir tout de suite ?

— Je n'en reviens pas de te voir aussi bien.

— Tu ne crois pas que j'ai perdu du poids ? » Elle alla se regarder dans un miroir.

« Ça y ressemble.

— J'ai aussi une grande malle qui arrive par bateau. Oh ! mais tu l'as vue. Tu m'avais aidée pour mes bagages. J'ai plein de choses à te raconter.

— Au téléphone, tu as fait des allusions…

— Oui », confirma Kirsten. Elle s'assit sur le lit, saisit son sac, l'ouvrit et en sortit un paquet de Player's ; en me souriant, elle alluma une cigarette.

« Je croyais que tu avais arrêté. ».

Elle reposa machinalement la cigarette. « J'en prends une de temps en temps, par habitude. » Elle souriait toujours, d'un sourire débordant d'un mystère pourtant masqué.

« Bon, qu'est-ce qu'il y a ? m'enquis-je.

— Regarde là-bas sur la table. »

Je regardai et vis un gros cahier.

« Ouvre-le, dit Kirsten.

— D'accord. » J'ouvris le cahier. Certaines pages étaient blanches, mais la plupart étaient couvertes de griffonnages : je reconnus l'écriture de Kirsten.

« Jeff nous est revenu. Il est revenu de l'autre monde », dit Kirsten.

Si à ce moment-là j'avais répondu : Ma pauvre, tu perds complètement la boule… ça n'aurait rien changé, et je ne me reproche pas de ne pas l'avoir fait. « Ah, dis-je en hochant la tête. Eh bien, ça alors. » J'essayais de déchiffrer son écriture, sans y parvenir. « Qu'est-ce que tu veux dire au juste ?

— Des phénomènes, expliqua Kirsten. C'est comme ça que Tim et moi les appelons. Il m'enfonce des épingles sous les ongles le soir et il règle toutes les pendules sur 6 h 30, l'heure exacte de sa mort.

— Diable.

— On a tout mis par écrit. On ne voulait pas t'en parler par courrier ou au téléphone, mais te le dire face à face. C'est pour ça que j'ai attendu jusqu'à maintenant. » Elle leva les bras avec excitation. « Angel, il est revenu parmi nous !

— Ben merde, dis-je mécaniquement.

— Il s'est passé des centaines d'incidents, des centaines de phénomènes. Descendons prendre un verre au bar. Ça a commencé juste après qu'on est reparti en Angleterre. Tim est allé voir un médium. Le médium a dit que c'était vrai. On le savait, personne n'avait besoin de nous le dire, mais on voulait en être vraiment sûrs parce qu'on pensait possible – juste possible – que ce ne soit qu'un poltergeist. Mais ce n'en est pas un ! C'est Jeff !

— La vache.

— Tu crois que je plaisante ?

— Non, répondis-je sincèrement.

— Parce qu'on en a été témoins tous les deux, tu sais. Tout comme les Winchell, nos amis à Londres. Et maintenant que nous sommes de retour aux États-Unis, nous voulons que tu en sois témoin aussi et que tu le consignes par écrit, pour le nouveau livre de Tim. Il écrit un livre là-dessus, parce que ça n'a pas qu'une signification pour nous, ça en a une pour tout le monde : c'est la preuve que l'homme continue d'exister dans l'autre monde après sa mort sur cette terre.

— Oui, dis-je, descendons au bar.

— Le livre de Tim s'intitule *Messages de l'autre monde*. Il a déjà reçu une avance de dix mille dollars pour l'écrire ; son éditeur pense que ce sera son livre qui se vendra le mieux.

— Tu me vois confondue.

— Je sais que tu ne me crois pas. » Elle avait parlé avec une raideur teintée de colère.

« Pourquoi me viendrait-il à l'idée de ne pas te croire ?

— Parce que les gens n'ont pas la foi.

— Peut-être après que j'aurai lu le cahier.

— Il – Jeff, je veux dire – a mis seize fois le feu à mes cheveux.

— Waouh.

— Et il a brisé tous les miroirs de notre appartement. Plusieurs fois. On les trouvait cassés en nous levant, mais ni Tim ni moi n'avions rien entendu. D'après le docteur Mason – le médium qu'on est allés voir –, Jeff voulait nous faire comprendre qu'il nous pardonne. Et il te pardonne à toi aussi.

— Ah.

— Ne sois pas sarcastique avec moi, lança Kirsten.

— Je vais vraiment essayer de ne pas être sarcastique. Comme tu peux le voir, c'est une grande surprise pour moi. Je reste sans voix. Je vais sûrement m'en remettre, plus tard. » Je me dirigeai vers la porte.

Edgar Barefoot, dans l'une de ses conférences diffusées sur KPFA, avait parlé d'une forme de logique inductive développée en Inde par l'école hindouiste. Elle est très ancienne et a été beaucoup étudiée, en Inde mais aussi en Occident. C'est le second moyen de la connaissance par lequel l'homme obtient la cognition exacte ; on l'appelle *anumāna*, ce qui signifie en sanscrit « mesure par rapport à autre chose, inférence ». Elle comporte cinq stades dont je ne parlerai pas parce que c'est compliqué, l'important étant que si ces cinq stades sont convenablement exécutés – et le système inclut des contrôles qui permettent de le déterminer avec précision –, on est certain, en partant d'une prémisse, de parvenir à une conclusion correcte.

Ce qui donne un éclat particulier à l'*anumāna*, c'est la troisième étape, l'illustration (*udāharana*) ; elle nécessite ce qu'on nomme une concomitance invariable (*vyāpti*, soit littéralement « invasion »). Le raisonnement inductif par *anumāna* ne réussira que si vous avez la certitude absolue de posséder le *vyāpti* : non une simple concomitance mais une concomitance invariable. Par exemple, vous entendez tard le soir des pétarades à l'extérieur et vous vous dites : « Ce doit être une voiture qui a des ratés, le bruit est du même genre. » Or, c'est précisément là que le raisonnement inductif – celui qui remonte de l'effet à la cause – ne fonctionne pas. Voilà pourquoi de nombreux logiciens occidentaux trouvent suspect le raisonnement inductif et ne veulent se fier qu'au raisonnement déductif. Mais l'*anumāna* indien recherche ce qu'on appelle un terrain suffisant ; l'illustration exige une observation permanente réelle – et non supposée –, de sorte qu'aucune concomitance ne peut être admise *si elle n'est pas démontrée*.

En Occident, nous ne possédons pas de syllogisme exactement équivalant à l'*anumāna*, ce qui est regrettable, car si nous disposions d'une formule aussi rigoureuse pour vérifier notre raisonnement inductif, l'évêque Timothy Archer l'aurait connue et il aurait su qu'il ne suffisait pas que sa maîtresse se réveille avec les cheveux roussis pour prouver que l'esprit de son fils mort était revenu de l'autre monde, par-delà la tombe. L'évêque Archer pouvait vous balancer des termes comme *hystérôn-protérôn* parce que ce faux raisonnement appartient à la pensée de la Grèce antique… autrement dit à la pensée occidentale. Mais l'*anumāna* nous vient d'Inde. Les logiciens hindous distinguaient un terrain fallacieux typique qui brisait l'*anumāna*, ils l'appelaient *hetvābhāsa* (« simplement l'apparence d'un terrain »), et ça ne concerne qu'une seule des cinq étapes de l'*anumāna*. Ils avaient trouvé des tas de solutions pour faire foirer cette structure à cinq étages, et un homme aussi intelligent et cultivé que l'évêque Archer aurait été capable d'appliquer n'importe laquelle. Qu'il ait pu croire qu'une simple succession d'événements bizarres et inexpliqués suffisait à prouver, non seulement que Jeff était toujours en vie (quelque part), mais aussi qu'il communiquait (en quelque sorte) avec le monde des vivants, démontre que, comme Wallenstein et son engouement pour l'astrologie durant la guerre de Trente Ans, la faculté de cognition exacte est variable et dépend, en dernier ressort, de ce qu'on a envie de croire et non de ce qui est. Un logicien hindou d'il y a plusieurs siècles aurait décelé d'emblée la fausseté fondamentale du raisonnement concluant à l'immortalité de Jeff. C'est ainsi que la volonté de croire triomphe de l'esprit rationnel, chaque fois que l'un et l'autre entrent en conflit. C'est tout ce que je peux supposer, en me basant sur ce à quoi j'assistais.

Sans doute sommes-nous tous capables de nous comporter de la sorte, et souvent, mais c'était trop énorme pour ne pas en tenir compte. Le fils fou de Kirsten, manifestement schizophrène, pouvait démontrer pourquoi demander à un ordinateur le plus grand nombre inférieur à deux était une question inintelligible, mais l'évêque Timothy Archer, ancien avocat, érudit, adulte sain d'esprit, voyait une épingle sur les draps près de sa maîtresse et en concluait aussitôt que son défunt fils communiquait avec lui depuis l'autre monde ; il allait même inclure tout cela dans un livre, un livre qui serait publié et lu ; non seulement il croyait à des absurdités, mais il le faisait publiquement.

« Attendez que tout le monde soit au courant », déclaraient l'évêque Archer et sa maîtresse. Peut-être remporter son procès en hérésie l'avait-il convaincu qu'il ne pouvait se tromper ; ou, s'il se trompait, que personne ne pouvait l'abattre. Il faisait erreur dans les deux cas : il pouvait se tromper et on pouvait le démolir. Il pouvait se démolir lui-même, de toute manière.

Tout cela m'est très clairement apparu ce jour-là où j'étais installée avec Kirsten dans l'un des bars de l'hôtel St. Francis. Et je ne pouvais rien faire. N'étant pas un problème mais une solution, leur idée fixe ne pouvait être chassée par l'emploi de la raison, même si elle se soldait en fin de compte par un problème supplémentaire. Ils avaient tenté de résoudre un problème par un nouveau problème. Ce n'est pas la bonne façon de s'y prendre : on ne vient pas à bout d'un problème à l'aide d'un autre plus important. C'est de cette méthode que Hitler, dont la similitude avec Wallenstein était si étrange, s'était servi pour essayer de gagner la Seconde Guerre mondiale. Tim pouvait me reprocher tant qu'il voulait mon raisonnement *hystérôn-protérôn*... et se retrouver ensuite victime du fatras de croyances occultes absurdes issues des livres populaires. Il aurait tout aussi bien pu croire que Jeff avait été ramené sur Terre par des astronautes d'un autre système stellaire.

Ça me faisait mal d'y penser. Mal dans les jambes ; mal partout. L'évêque Archer, qui me parlait de l'*hystérôn-protérôn* dans la rue – lui, évêque éminent et moi simple jeune femme avec un petit diplôme universitaire en sciences humaines... Et pour avoir entendu un soir Edgar Barefoot parler de l'*anumāna*, j'en savais davantage que lui ; ce qui ne servait à rien car il ne m'écouterait pas plus que n'importe qui, à part sa maîtresse : tous deux étaient trop enfoncés dans la culpabilité, trop plongés dans les intrigues et les mensonges résultant de leurs rapports secrets, pour arriver encore à raisonner lucidement. Bill Lundborg, à présent en prison, aurait pu les remettre sur le droit chemin. N'importe quel chauffeur de taxi aurait pu leur dire qu'ils détruisaient délibérément leur vie... non seulement en croyant une chose pareille, même si c'était en soi suffisamment destructeur, mais en comptant la publier. Très bien. Allez-y. Bousillez votre existence. Faites des cartes des étoiles, dressez des horoscopes pendant que la guerre la plus destructrice des temps modernes fait rage. Ça vous vaudra une place dans les livres d'histoire : celle d'un benêt. Vous vous assiérez sur le tabouret dans le coin ; vous porterez le bonnet d'âne ; vous anéantirez toutes les conneries d'activisme social que vous avez entreprises avec les plus grands esprits du siècle. C'est pour ça que Martin Luther King est mort. C'est pour ça que vous avez participé à la marche de Selma : pour croire – et annoncer publiquement que vous croyez – que le fantôme de votre fils mort vient planter des épingles sous les ongles de votre maîtresse pendant son sommeil. Ne vous gênez surtout pas pour publier tout ça. Faites donc.

L'erreur logique, bien sûr, c'est que Kirsten et Tim raisonnaient en remontant de l'effet à la cause ; ils ne voyaient pas la cause, mais seulement ce qu'ils appelaient des « phénomènes » et ils concluaient de ceux-ci que Jeff était la cause invisible opérant depuis « l'autre monde ». La structure de l'*anumāna* démontre que ce type de raisonnement inductif ne constitue pas un raisonnement à proprement parler ; avec l'*anumāna* on part d'une prémisse et on progresse en cinq étapes jusqu'à une conclusion, et chaque étape est en étroite relation avec celle qui la précède et celle qui la suit ; en revanche, il n'y a aucune logique en jeu quand, à partir de miroirs brisés, de cheveux roussis, de pendules arrêtées et de tout le reste, on prétend avoir la preuve d'une autre réalité où les morts ne sont pas morts ; tout ce que ça prouve, en fait, c'est que vous êtes crédule et que vous fonctionnez avec un âge mental de six ans : vous ne testez pas la réalité, vous êtes perdu dans un fantasme de réalisation de vos désirs, dans une forme d'autisme. Mais c'est un autisme d'un type inquiétant puisqu'il tourne entièrement autour d'une unique idée : il n'envahit pas la totalité de votre champ de conscience, il ne mobilise pas l'ensemble de votre attention. En dehors de cette prémisse fausse, de cette induction erronée, vous restez lucide et sain d'esprit. C'est une folie localisée, qui vous permet de parler et d'agir normalement le reste du temps. Si bien que personne ne vous enferme, puisque vous pouvez continuer à gagner votre vie, à prendre des bains, à conduire une voiture, à sortir vos ordures. Vous n'êtes pas fou à la manière de Bill Lundborg, et en un sens (tout dépend de la définition qu'on donne au mot « fou ») vous n'êtes même pas fou du tout.

L'évêque Archer continuait de pouvoir exercer son ministère et Kirsten de pouvoir s'acheter des vêtements dans les meilleures boutiques de San Francisco. Aucun d'eux n'aurait brisé de ses poings nus les vitres d'une succursale de la poste. On ne peut pas arrêter quelqu'un sous prétexte qu'il croit que son fils communique avec nous depuis l'autre monde, ou tout simplement parce qu'il croit à l'existence d'un autre monde. C'est ici que l'idée fixe se fond généralement dans la religion ; elle devient partie intégrante de cette propension à croire à un autre monde qui caractérise les religions révélées de la Terre entière. Quelle différence y a-t-il entre croire à un Dieu qu'on ne voit pas et à un fils mort qu'on ne voit pas ? Qu'est-ce qui distingue une invisibilité d'une autre ? Il y a néanmoins une différence, mais épineuse. Elle a trait à ce qui relève de l'opinion générale, un terrain glissant : beaucoup de gens croient en Dieu, mais très peu de gens croient que Jeff Archer enfonce des épingles sous les ongles de Kirsten Lundborg pendant son sommeil… voilà la différence, et exposée ainsi, sa subjectivité saute aux yeux. Après tout, Kirsten et Tim ont pour eux les épingles, les cheveux brûlés et les miroirs brisés, sans parler des pendules arrêtées. Malgré tout, ils commettent une erreur de logique. J'ignore si les personnes qui croient en Dieu se trompent, car leur système de croyance ne peut être testé d'une manière ou d'une autre. Il repose simplement sur la foi.

Et à présent, on me demandait officiellement de tenir le rôle du témoin qui assisterait à de futurs autres « phénomènes », et s'ils se produisaient je pourrais, en même temps que Tim et Kirsten, me porter garante de ce que j'aurais vu et ajouter mon nom au futur livre de Tim… livre qui, d'après les prévisions de son éditeur, se vendrait sûrement mieux que tous ses précédents ouvrages fondés sur des thèmes moins sensationnels. Mais je ne pouvais me désintéresser de l'affaire. Jeff avait été mon mari. Je l'aimais. J'avais envie de croire. Pire, je décelais le moteur psychologique qui poussait Kirsten et Tim à croire ; je ne voulais pas détruire leur foi – ou leur crédulité – parce que je voyais quel effet le cynisme aurait sur eux : il les laisserait sans rien… sans rien sinon, une fois encore, une culpabilité à laquelle ni l'un ni l'autre ne pouvait faire face. Je me trouvais donc dans une position où j'étais obligée de céder, du moins en apparence. Je devais prétendre partager leur croyance, leur intérêt, leur excitation. La neutralité ne suffirait pas : c'est l'enthousiasme qu'on exigeait de moi. Le mal avait été fait en Angleterre, avant que je sois mêlée à la situation. La décision était déjà prise. Si je leur disais que toutes ces histoires n'étaient que des foutaises, ils n'en continueraient pas moins, mais avec l'amertume au cœur.

Alors tant pis, il faut renoncer au cynisme, avais-je pensé ce jour-là au bar du St. Francis avec Kirsten. Il n'y a rien à gagner et beaucoup à perdre, et de toute façon, qu'est-ce que ça changerait ? Avec ou sans moi, le livre de Tim sera écrit et publié.

Ce n'est pas un bon raisonnement. Qu'une chose semble inévitable n'implique pas qu'on doit l'accepter. Mais c'est le raisonnement que je me tenais. Je me disais aussi que si je révélais à Kirsten et à Tim ce que j'en pensais vraiment, je ne les reverrais sans doute plus jamais ; ils rompraient tout lien avec moi et me laisseraient tomber, si bien que je me retrouverais sans autre perspective dans l'existence que mon travail au magasin de disques… mon amitié avec l'évêque Archer serait révolue. Or, elle comptait trop pour moi ; je ne pouvais accepter de m'en passer.

Voilà ce qui fut *ma* mauvaise motivation, la satisfaction de mon désir. Je voulais continuer de les voir. Je décidai donc d'entrer dans leur jeu en sachant fort bien que je jouais la comédie. Oui, ce jour-là au St. Francis, je décidai de me taire et de garder pour moi mes opinions, et je donnai mon accord pour consigner par écrit les phénomènes attendus, m'incluant ainsi dans cette affaire que je savais ridicule. L'évêque Archer ruina sa carrière et pas une fois je n'essayai de l'en dissuader. Après tout, j'avais bien tenté sans le moindre succès de le dissuader de voir Kirsten. Cette fois-ci, il ne se serait pas contenté de me mettre à court d'arguments, il m'aurait laissée tomber. Pour moi, c'était trop cher payer.

Je ne partageais pas leur idée fixe. Mais j'ai agi comme ils agissaient et parlé comme ils parlaient. Je suis citée dans le livre de l'évêque Archer ; il me remercie pour « l'assistance inappréciable » que je lui ai apportée « en notant et en enregistrant au jour le jour les manifestations de Jeff », manifestations qui n'existaient pas. C'est là, je crois, le principal moteur qui fait tourner le monde : la faiblesse. Tout cela remonte au poème dans lequel Yeats parle des « meilleurs qui manquent de toute conviction », ou quelque chose comme ça. Vous le connaissez, ce poème, vous n'avez pas besoin que je vous le cite.

Si on veut s'en prendre au roi, il faut être sûr de le tuer. Quand on projette de dire à un homme mondialement célèbre qu'il se comporte en imbécile, on doit se résigner à perdre ce qu'on ne peut se résoudre de perdre. Je fermai donc ma gueule, je bus mon verre, je payai ma consommation et celle de Kirsten, j'acceptai les cadeaux qu'elle m'avait rapportés de Londres, et je promis de jouer le rôle de témoin des phénomènes ultérieurs et de tout nouveau développement éventuel.

Et si jamais c'était à refaire, je le referais, parce que j'aimais beaucoup à la fois Kirsten et Tim. Mon amour pour eux dépassait de loin le souci que j'avais de ma probité. À l'ombre envahissante de l'amitié, l'importance de la probité – et par conséquent la probité elle-même – diminuait au point de disparaître entièrement. J'ai dit adieu à mon intégrité et maintenu en vie mes amitiés. Quelqu'un d'autre aura à juger si j'ai agi comme il fallait, car je ne suis toujours pas objective. Je continue à ne voir qu'une chose : deux amis de retour après de longs mois à l'étranger, des amis qui m'avaient manqué, surtout une fois Jeff mort… des amis sans qui je ne pouvais survivre, et, tout au fond de moi, un autre facteur subtil qui m'influençait, même si je ne me le suis pas avoué ce jour-là : je me sentais fière d'être l'intime d'un homme qui avait fait la marche de Selma avec Martin Luther King, d'un homme célèbre qui se faisait interviewer par David Frost et dont les opinions avaient contribué à façonner le monde intellectuel moderne. Voilà, nous y sommes, on est au cœur de la chose. Je me définissais à mes propres yeux – je définissais mon identité – comme belle-fille et amie de l'évêque Archer.

Oui, c'est une mauvaise motivation, et j'en étais la prisonnière. « Je connais l'évêque Timothy Archer », me chuchotait mon esprit dans l'obscurité de la nuit. Je me murmurais ces mots qui soutenaient mon amour-propre ; je me sentais moi aussi coupable à cause du suicide de Jeff, et en participant à l'existence, aux activités de l'évêque Archer, je ne me sentais plus – ou moins – douter de moi-même.

Mais il y avait une erreur logique – ainsi qu'éthique – dans *mon* raisonnement, une erreur que je n'avais pas décelée : par sa crédulité et sa sottise superstitieuse, l'évêque de Californie se proposait de vendre son influence, son pouvoir de contrôle sur l'opinion publique, ce pouvoir qui justement m'attirait vers lui. Si j'avais eu la faculté de me projeter dans le temps ce jour-là au St. Francis, j'aurais prévu l'avenir… et fait un choix différent. Il ne resterait pas longtemps un grand homme ; il se tendait à lui-même le piège qui allait le faire tomber de son piédestal et le réduire à l'état d'excentrique. Une bonne partie de ce qui m'attirait vers lui allait donc bientôt disparaître. Et, à cet égard, j'étais tout autant que lui victime d'illusions. C'est une vision des choses qui ne me vint pas à l'esprit ce jour-là. J'avais de lui son image présente, pas celle qui serait la sienne quelques années plus tard. Moi aussi, je fonctionnais avec un âge mental de six ans. Je n'ai pas fait vraiment de mal, mais je n'ai pas fait vraiment de bien non plus, et je me suis en réalité abaissée inutilement ; rien de bon n'est sorti de mon choix et, avec le recul, je regrette amèrement de ne pas avoir eu à l'époque ma perspicacité d'aujourd'hui. L'évêque Archer nous a entraînés avec lui parce que nous l'aimions et avions foi en lui, même quand nous savions qu'il se trompait, et c'est terrible de s'en rendre compte, il y a de quoi en éprouver une terreur à la fois morale et spirituelle. C'est ce qui en résulte à présent, mais je ne le ressentis pas de cette manière sur le moment : la terreur m'est venue plus tard, avec le recul.

Ce sont peut-être là pour vous des bavardages fastidieux, mais pour moi, c'est le désespoir de mon cœur.

8

Les autorités ne gardèrent pas longtemps Bill Lundborg en prison. L'évêque Archer fit état de sa maladie mentale chronique pour obtenir sa mise en liberté, et le jeune homme arriva quelques jours plus tard à leur appartement à Tenderloin, une expression terne sur son visage joufflu, vêtu de son pantalon bouffant et d'un pull de laine tricoté par Kirsten.

Je fus heureuse de le revoir. J'avais souvent pensé à lui, me demandant comment il allait. Il ne semblait pas avoir souffert de sa détention. Peut-être ne faisait-il pas la différence avec ses séjours périodiques forcés à l'hôpital. Pour ce que j'en savais, elle n'était pas énorme ; je n'avais été enfermée ni dans l'un ni dans l'autre.

« Salut, Angel », me dit-il quand j'entrai dans l'appartement ; j'avais dû aller changer de place ma nouvelle Honda pour éviter une contravention. « C'est quoi, votre voiture ?

— Une Honda Civic.

— Bon moteur, estima Bill. Qui ne tourne pas en surrégime comme la plupart des petits modèles.

Bonne suspension aussi. Vous avez celle à quatre ou cinq vitesses ?

— Quatre », répondis-je en enlevant mon manteau et en l'accrochant dans la penderie du vestibule.

« Pour une voiture à l'empattement aussi réduit, elle roule vraiment bien. Mais en cas de collision – si une voiture américaine vous rentrait dedans – vous seriez fichue. Vous feriez sans doute des tonneaux. »

Il me parla alors des statistiques d'accidents mortels sur la route. Elles n'étaient guère brillantes en ce qui concernait les petites voitures étrangères, et mes chances de m'en tirer étaient incomparablement moindres que si je conduisais par exemple une Mustang. Il se lança ensuite dans une description enthousiaste de la nouvelle Oldsmobile à traction avant, selon lui un progrès décisif en matière de tenue de route. Il était à l'évidence persuadé que je devrais me procurer une voiture plus grosse ; il se montra inquiet de ma sécurité. Je trouvai cela touchant, et de plus il savait de quoi il parlait. Deux de mes amis s'étaient tués dans une Coccinelle Volkswagen partie en tonneaux quand les roues arrière s'étaient cambrées. Bill expliqua qu'il s'agissait d'un vice de conception corrigé en 1965 en remplaçant les essieux oscillants par des fixes, qui limitaient le carrossage.

Je crois ne pas me tromper sur les termes techniques. En ce qui concerne ce genre d'informations sur les automobiles, je dépends de Bill. Kirsten écoutait avec apathie ; l'évêque Archer semblait quant à lui attentif, mais j'avais l'impression qu'il simulait. Il me paraissait impossible qu'il puisse s'intéresser au discours de Bill, ou même le comprendre : des sujets comme le carrossage devaient représenter pour lui l'équivalent des questions métaphysiques pour nous : un objet de spéculation, de surcroît superficiel.

Quand Bill partit chercher une bière dans la cuisine, les lèvres de Kirsten formèrent en silence un mot à mon intention.

« Quoi ? fis-je en mettant ma main en cornet.

— Obsession », prononça-t-elle avec un hochement de tête solennel et une grimace de dégoût.

Bill revint avec sa Coors. « Votre vie dépend de la suspension de votre voiture, dit-il. Une suspension à barres de torsion transversales vous permet…

— Si j'entends encore parler de voitures, interrompit Kirsten, je hurle.

— Désolé, dit Bill.

— Bill, intervint l'évêque Archer, si je devais acheter une nouvelle voiture, laquelle devrais-je prendre ?

— Ça dépend de la somme que vous voulez y mettre.

— J'ai l'argent qu'il faut.

— Une BMW, indiqua Bill. Ou une Mercedes-Benz. L'avantage avec une Mercedes, c'est que personne ne peut vous la voler. » Il décrivit alors le système de verrouillage incroyablement complexe des Mercedes. « Même leurs conducteurs ont parfois du mal à y entrer. Quelqu'un peut voler six Cadillac et trois Porsche dans le temps qu'il faut pour pénétrer dans une Mercedes. Du coup, les voleurs préfèrent ne pas s'en occuper ; comme ça, on peut laisser son autoradio à l'intérieur au lieu de l'emporter comme avec n'importe quelle autre voiture. » Et il se mit à nous raconter que c'était Carl Benz qui avait conçu et fabriqué la première automobile propulsée par un moteur à explosion. En 1926, Benz avait fusionné sa firme avec Daimler Motoren Gesellschaft pour former Daimler-Benz, qui allait construire les Mercedes. Le nom de « Mercedes » était celui d'une petite fille que Carl Benz avait connue, mais Bill avait oublié si Mercedes avait été la fille de Benz, sa petite-fille ou quelqu'un d'autre.

« Ainsi donc, remarqua Tim, Mercedes n'était pas le nom d'un constructeur de voitures ou d'un inventeur, mais celui d'une enfant. Et le nom de cette enfant est désormais associé à l'une des meilleures automobiles du monde.

— Exactement », dit Bill. Il nous raconta sur les voitures une autre histoire que peu de gens connaissaient. Ferdinand Porsche, le concepteur de la Volkswagen, et bien entendu de la Porsche, n'avait pas inventé le modèle avec moteur placé à l'arrière et refroidi par air : il était tombé dessus dans une firme automobile en Tchécoslovaquie quand les Allemands avaient envahi ce pays en 1939. Bill ne se souvenait pas du nom de cette voiture tchécoslovaque, mais c'était une huit (et non quatre) cylindres, très puissante et très rapide, qui faisait si facilement des tonneaux qu'on avait fini par l'interdire aux officiers allemands. Porsche avait modifié le modèle huit cylindres à hautes performances sur l'ordre personnel de Hitler. « Hitler voulait un moteur à refroidissement par air, indiqua Bill, parce qu'il comptait se servir des Volkswagen sur les *Autobahnen* en Union soviétique une fois que l'Allemagne l'aurait envahie, et là-bas, avec le froid…

— Je pense que tu devrais t'acheter une Jaguar, interrompit Kirsten en s'adressant à Tim.

— Oh ! non, surtout pas ! se récria Bill. La Jaguar est l'une des voitures les plus instables du monde et elle n'attire que des ennuis ; elle est beaucoup trop compliquée et il faut tout le temps la conduire au garage. Bien sûr, elle a un fabuleux moteur à double arbre à cames en tête, sans doute ce qu'on a fait de mieux depuis les voitures de tourisme à seize cylindres des années 1930.

— Seize cylindres ? dis-je avec stupeur.

— Elles tournaient très bien, reprit Bill. Il y avait un fossé énorme entre les tacots des années 1930 et les grosses voitures de tourisme très chères. Ce fossé n'existe plus, aujourd'hui : il y a un éventail complet entre, disons, votre Honda Civic – le moyen de transport de base – et le haut de gamme qu'est la Rolls. Le prix et la qualité augmentent par petits incréments, maintenant, et tant mieux. Ça permet de voir à quel point la société a changé. » Il se mit alors à nous parler des voitures à vapeur et à nous expliquer pourquoi elles n'avaient pas eu de succès. Kirsten se leva et le fusilla du regard.

« Je crois que je vais aller me coucher », annonça-t-elle.

Tim lui demanda : « À quelle heure dois-je prononcer mon discours au Lions' Club, demain ?

— Oh ! bon Dieu. Je ne l'ai pas fini, déclara Kirsten.

— Je peux improviser.

— Il est sur bande. Il ne me reste qu'à le transcrire.

— Tu peux t'en occuper demain matin. » Elle le dévisagea.

« Mais comme je disais, je peux improviser. »

Kirsten s'adressa à Bill et moi : « "Il peut improviser". » Elle continua de dévisager l'évêque, qui s'agita, l'air mal à l'aise. « Bon Dieu, s'exclama-t-elle.

— Qu'est-ce qui ne va pas ? questionna Tim.

— Rien. » Elle se dirigea vers la chambre à coucher. « Je vais finir de le transcrire. Il vaudrait mieux que tu ne… Je ne sais pas pourquoi on continue à en parler. Promets-moi de ne pas te lancer dans une de tes diatribes sur les zoroastriens. »

D'une voix faible mais ferme Tim répliqua : « Si je dois retracer les origines de la pensée patristique…

— Je ne crois pas que les gens du Lions' Club aient envie d'entendre parler des Pères du désert et de la vie monastique au IIe siècle.

— Si bien que cela devrait précisément être le sujet de mon discours », déclara Tim. Il s'adressa à Bill et moi : « On chargea un moine d'apporter un médicament à un saint homme souffrant… les noms n'ont pas d'importance ; ce qui compte, c'est que le malade était quelqu'un de très saint, parmi les plus aimés et les plus révérés du nord de l'Afrique. Quand le moine arriva en ville, après un long voyage dans le désert, il…

— Bonne nuit, coupa Kirsten en passant dans la chambre.

— Bonne nuit », répondîmes-nous tous.

Après un silence, Tim poursuivit à voix basse : « Quand il entra dans la ville, le moine ne sut pas où aller. Il chercha son chemin à tâtons – il faisait nuit – et rencontra un mendiant très malade. Le moine, après avoir réfléchi aux aspects spirituels du problème, secourut le mendiant, lui administra le médicament, et l'homme ne tarda pas à montrer des signes de guérison. Mais le moine n'avait plus de remède à porter au saint homme. Il regagna donc son monastère en ayant très peur de la réaction du Père supérieur. Il lui raconta ce qu'il avait fait et le Père supérieur répondit : "Tu as agi comme il fallait." » Tim se tut et personne ne dit rien.

« Et alors ? » demanda enfin Bill.

Tim répondit : « Le christianisme ne fait pas de distinction entre les humbles et les grands, les pauvres et les moins pauvres. En donnant le médicament au premier malade venu au lieu de le préserver pour le grand saint homme, le moine avait vu dans le cœur de son Sauveur. Il y avait un terme de mépris utilisé à l'époque de Jésus pour désigner les gens ordinaires… on les rejetait en les traitant d'*Am ha-aretz*, mot hébreu qui signifie simplement "gens de la terre", et donc sans importance. C'était à ces gens, les *Am ha-aretz*, que Jésus s'adressait, c'était à eux qu'il se mêlait, avec eux qu'il mangeait et dormait… dans leurs maisons, je veux dire, même s'il lui arrivait aussi de dormir chez des riches, car même les riches ne sont pas exclus. » Je remarquai qu'il semblait quelque peu abattu.

« Le Monseigneur, dit Bill en souriant. C'est comme ça que Kirsten vous appelle quand vous avez le dos tourné. »

Tim ne répondit pas. Nous entendions Kirsten dans la chambre à côté ; un objet tomba et elle poussa un juron.

« Qu'est-ce qui vous fait penser qu'il y a un Dieu ? » demanda Bill.

Tim garda un instant le silence. Il paraissait très

fatigué, et pourtant je sentais qu'il essayait de formuler une réponse. Il se frotta les yeux avec lassitude. « Il y a la preuve ontologique… murmura-t-il. L'argument ontologique de saint Anselme, selon lequel si un tel Être peut être imaginé… » Il s'interrompit, leva la tête, battit des paupières.

« Je peux taper votre discours, proposai-je. C'était mon travail au cabinet d'avocats ; je suis bonne dactylo. » Je me levai. « Je vais prévenir Kirsten.

— Il n'y a pas de problème, assura Tim.

— Il ne vaudrait pas mieux que vous le prononciez en ayant une transcription sous les yeux ?

— Je veux leur parler de… » À nouveau, il s'interrompit. « Vous savez, Angel, reprit-il, j'aime vraiment Kirsten… Elle a beaucoup fait pour moi. Et si elle n'avait pas été là après la mort de Jeff… je ne sais pas ce que j'aurais fait ; je suis sûr que vous comprenez. » Il se tourna vers Bill. « Je tiens énormément à votre mère. Il n'y a personne au monde de plus proche de moi.

— Est-ce qu'il y a une preuve de l'existence de Dieu ? » demanda Bill.

Observant une nouvelle pause, Tim finit par répondre : « Un certain nombre d'arguments sont donnés. Le meilleur est peut-être l'argument biologique, proposé par exemple par Teilhard de Chardin. L'évolution – l'existence même de l'évolution – semble indiquer un concepteur. Il y a aussi l'argument de Morrison basé sur l'hospitalité remarquable de notre planète pour les formes complexes de vie. Les chances pour qu'une telle situation se soit produite par hasard sont très minces. Je regrette. » Il secoua la tête. « Je ne me sens pas bien. Nous en discuterons une autre fois. Je dirais pourtant, en bref, que l'argument téléologique, celui du dessein dans la nature, du but dans la nature, est pour moi le plus fort.

— Bill, dis-je, l'évêque est fatigué. »

Désormais en robe de chambre et mules, Kirsten ouvrit la porte de la chambre pour lancer : « L'évêque est fatigué. L'évêque est toujours fatigué. L'évêque est trop fatigué pour répondre quand on lui demande s'il y a une preuve de l'existence de Dieu. Non, il n'y a pas de preuve. Où est l'Alka-Seltzer ?

— J'ai pris le dernier, dit Tim d'un ton distant.

— J'en ai dans mon sac », indiquai-je.

Kirsten referma la porte de la chambre. Bruyamment.

« Il y a des preuves, déclara Tim.

— Mais Dieu ne parle à personne, objecta Bill.

— Non. » Tim reprit alors des forces : je le vis se redresser. « Toutefois, l'Ancien Testament nous fournit de nombreux exemples de Yahweh s'adressant à son peuple par l'intermédiaire des prophètes. Mais cette source de révélation a fini par se tarir. Dieu ne parle plus à l'homme. C'est ce qu'on appelle “le long silence”. Il dure depuis deux mille ans.

— Mais si Dieu parlait aux gens dans la Bible, insista Bill, pourquoi est-ce qu'il ne leur parle plus, maintenant ? Pourquoi il a arrêté ?

— Je ne sais pas », répondit Tim. Il n'ajouta rien. Vous ne devriez pas en rester là, pensai-je. Il ne faut pas conclure de cette manière.

« Je vous en prie, continuez, dis-je.

— Quelle heure est-il ? » questionna Tim ; son regard fit le tour du salon. « Je n'ai pas ma montre. »

Bill changea de sujet : « Qu'est-ce que c'est que ces absurdités sur Jeff qui serait revenu de l'autre monde ? »

Oh ! mon Dieu, me dis-je en fermant les yeux.

« Je voudrais vraiment que vous m'expliquiez ça, poursuivit Bill. Parce que c'est impossible. Pas simplement improbable : impossible. » Il attendit une réponse. « Kirsten m'a raconté tout ça, reprit-il. C'est la chose la plus stupide que j'aie jamais entendue.

— Jeff a communiqué avec nous deux, exposa Tim. Par des phénomènes intermédiaires. Bien des fois et de bien des façons. » Il rougit brusquement, se redressa, et l'autorité qu'il y avait au fond de lui apparut à la surface : l'homme d'âge moyen fatigué par ses problèmes personnels dont il avait donné l'apparence se transforma sous nos yeux en l'incarnation même de la force, la force de la conviction exprimée sous forme de mots. « C'est Dieu en personne qui agit sur nous et à travers nous pour amener un jour plus lumineux. Mon fils est maintenant avec nous ; il est avec nous dans cette pièce. Il ne nous a jamais quittés. Ce qui est mort était un corps matériel. Tout ce qui est matériel périt. Les planètes périssent. L'univers physique lui-même périra. Allez-vous soutenir pour autant que rien n'existe ? Parce que c'est à cette conclusion que vous mènera votre logique. Il est impossible de prouver l'existence d'une réalité externe. Descartes l'a découvert ; c'est la base de la philosophie moderne. Tout ce dont vous pouvez être certain, c'est que votre esprit, votre conscience existe. Vous pouvez dire : "Je suis", rien de plus. Et c'est ce que Yahweh a dit à Moïse de répondre à ceux qui lui demanderaient à qui il avait parlé. “Je suis”, a dit Yahweh. *Ehyeh*, en hébreu. Vous aussi, vous pouvez le dire, et c’est tout ce que vous pouvez dire ; point final. Ce que vous voyez n’est pas le monde, mais une représentation formée dans et par votre esprit. Tout ce que vous connaissez, vous le savez par la foi. Mais il se peut aussi que vous soyez en train de rêver. Y avez-vous songé ? Platon raconte qu’un sage vieillard, sans doute un orphique, lui avait déclaré : “Maintenant nous sommes morts et dans une sorte de prison.” Platon n’a pas jugé absurde cette déclaration ; il nous confie qu’elle est probante et donne à réfléchir. “Maintenant nous sommes morts.” Il est possible qu’il n’y ait pas de monde du tout. Nous possédons autant de preuves, votre mère et moi, du retour de Jeff que j’en ai de l’existence du monde. Nous ne supposons pas qu’il est revenu ; nous le savons par l’expérience. Nous vivons cette expérience. Ce n’est donc pas simplement notre opinion. C’est réel.

— Réel pour vous, objecta Bill.

— Que peut offrir de plus la réalité ?

— Ce que je veux dire, poursuivit Bill, c’est que je n’y crois pas.

— Le fond du problème ne se situe pas au niveau de notre expérience, mais de votre système de croyance. Dans les limites de votre système de croyance, une chose pareille est impossible. Mais qui peut dire, vraiment dire, ce qui est possible ? Nous n’avons pas la connaissance de ce qui est possible et de ce qui ne l’est pas ; nous ne fixons pas les bornes… c’est Dieu qui les fixe. » Tim pointa vers Bill un index insistant. « En dernier ressort, ce que l’on croit et ce que l'on sait dépendent de Dieu : ce n'est pas vous qui décidez de donner ou de refuser votre consentement ; c'est un don de Dieu, un exemple de notre dépendance à son égard. Dieu nous accorde un monde et force notre consentement à ce monde ; il le rend réel pour nous, c'est l'un de ses pouvoirs. Croyez-vous que Jésus était le Fils de Dieu, qu'il était Dieu en personne ? Vous ne le croyez pas non plus. Alors, comment puis-je vous prouver que Jeff nous est revenu de l'autre monde ? Je ne peux même pas démontrer que le Fils de l'Homme a marché sur cette Terre il y a deux mille ans, qu'il a vécu pour nous et qu'il est mort pour nous, pour nos péchés, avant de ressusciter le troisième jour. J'ai raison, n'est-ce pas ? Cela aussi, vous le niez ? Mais à quoi croyez-vous ? À des objets dans lesquels vous montez pour faire le tour du pâté de maisons. Il se peut que ces objets et ce pâté de maisons n'existent pas ; quelqu'un faisait remarquer à Descartes qu'un démon malveillant pourrait nous faire adhérer à un monde qui serait inexistant, qu'il pourrait nous faire accepter une contrefaçon comme la représentation ostensible du monde. Si cela se produisait, nous n'en saurions rien. Nous devons avoir confiance ; nous devons avoir foi en Dieu. Je fais confiance à Dieu pour qu'il ne me trompe pas ; je juge le Seigneur fidèle, sincère et incapable de duperie. Pour vous la question ne se pose même pas, puisque vous n'admettez pas qu'il existe. Vous demandez une preuve. Si je vous disais à l'instant même que j'ai entendu la voix de Dieu me parler, vous le croiriez ? Bien sûr que non. Pour nous, ceux qui s'adressent à Dieu sont pieux, mais ceux à qui Dieu s'adresse sont fous. C'est une époque de peu de foi. Ce n'est pas Dieu qui est mort, mais notre foi.

— Mais enfin… » Bill fit un geste vague. « Ça n'a aucun sens. Pourquoi reviendrait-il ?

— Dites-moi d'abord pourquoi Jeff a vécu, répondit Tim. Je pourrai peut-être vous expliquer ensuite pourquoi il est revenu. Pourquoi vivez-vous ? Dans quel but avez-vous été créé ? Vous ne savez pas qui vous a créé – à supposer que quelqu'un l'ait fait – ni pourquoi – à supposer qu'il y ait une raison. Peut-être que personne ne vous a créé et que votre vie n'a aucun but. Pas de monde, pas de but, pas de Créateur, et Jeff n'est pas revenu parmi nous. Est-ce là votre logique ? Est-ce là ce que l'Être, au sens où l'entendait Heidegger, représente pour vous ? C'est une vision appauvrie d'un Être sans authenticité. Je trouve cela fragile, stérile et, en fin de compte, vain. Il doit y avoir quelque chose en quoi vous pouvez croire, Bill. Croyez-vous en vous-même ? Admettrez-vous que vous, Bill Lundborg, vous existez ? Vous l'admettrez ; très bien. Cela nous donne un point de départ. Examinez votre corps. Avez-vous des organes sensoriels ? Disposez-vous de la vue, de l'ouïe, du goût, du toucher et de l'odorat ? Il est donc probable que ce système de perceptions a été conçu pour recevoir des informations. Dans ce cas, on peut raisonnablement supposer qu'il existe des informations. Et s'il existe des informations, elles se rattachent sans doute à quelque chose. Il est probable – probable, pas certain – qu'il y a un monde, auquel vous êtes relié par l'intermédiaire de vos organes sensoriels. Est-ce que vous créez ce que vous mangez ? De vous-même, de votre corps, produisez-vous la nourriture dont vous avez besoin pour rester en vie ? La réponse est non. Par conséquent, il est logique d'en déduire que vous êtes dépendant de ce monde extérieur, de l'existence duquel vous ne possédez qu'une connaissance probable, et non une connaissance nécessaire ; pour nous le monde est seulement une vérité contingente, pas une vérité inéluctable. En quoi consiste ce monde ? Qu'est-ce qu'il y a là-bas ? Est-ce que vos sens mentent ? S'ils mentent, pourquoi existent-ils ? Avez-vous créé vos organes sensoriels ? Non, ils ont été créés par quelqu'un ou quelque chose d'autre. Qui est ce quelqu'un qui n'est pas vous ? Apparemment, vous n'êtes pas seul, vous n'êtes pas l'unique réalité existante ; il en existe visiblement d'autres, dont l'une ou plusieurs vous ont conçu et construit, vous et votre corps, de même que Carl Benz a conçu et construit la première voiture à moteur. Comment sais-je qu'il y a eu un Carl Benz ? Parce que vous me l'avez dit. Moi, je vous ai dit que mon fils Jeff était revenu…

— C'est Kirsten qui me l'a dit, rectifia Bill.

— Est-ce qu'elle vous ment, en temps normal ?

— Non.

— Qu'est-ce qu'elle et moi avons à gagner en affirmant que Jeff est revenu de l'autre monde ? Beaucoup de gens ne nous croiront pas. Vous-même, vous ne nous croyez pas. Nous le disons parce que nous croyons que c'est vrai. Et nous avons des raisons de le croire. Nous avons tous les deux assisté à des choses. Je ne vois pas Carl Benz dans cette pièce, mais je crois qu'il a existé autrefois. Je crois que la Mercedes-Benz tient son nom d'une petite fille et d'un homme. J'ai été avocat : je connais bien les critères par lesquels on passe des données au crible. Nous, Kirsten et moi, avons la preuve de la présence de Jeff : ce sont les phénomènes.

— Oui, mais ces phénomènes que vous avez vus, tous ces phénomènes ne prouvent rien. Vous supposez simplement que c'est Jeff qui les a causés. Vous n'en avez pas la preuve.

— Laissez-moi vous donner un exemple. Vous regardez sous votre voiture et vous découvrez une flaque d'eau. Vous ne savez *pas* que cette eau vient de votre moteur ; c'est une chose que vous êtes obligé de supposer. Mais en l'occurrence, vous avez une preuve. En tant qu'avocat, je sais ce qui constitue une preuve. Vous, en tant que mécanicien auto…

— Est-ce que la voiture est garée sur votre place de parking réservée ? demanda Bill. Ou bien dans un parking public, comme celui d'une grande surface ? »

Légèrement décontenancé, Tim garda un instant le silence avant de répondre : « Je ne vous suis pas.

— Si c'est dans votre garage ou sur votre place de parking, expliqua Bill, là où personne d'autre ne va, alors ça vient sans doute de votre voiture. Mais pas du moteur, en tout cas, plutôt du radiateur, de la pompe à eau ou d'une durite.

— Mais c'est une chose que vous supposez, reprit Tim, en vous fondant sur la preuve.

— Ça pourrait aussi être du liquide de direction assistée. Il ressemble beaucoup à de l'eau, mais en un peu rose. Et la transmission, si elle est automatique, se sert du même genre du liquide. Vous avez la direction assistée ?

— Sur quoi ? demanda Tim.

— Sur votre voiture.

— Je n'en sais rien. Je parle d'une voiture hypothétique.

— Ou alors, ça pourrait être de l'huile de moteur, auquel cas ce ne serait pas rose. Il faut bien distinguer si c'est de l'eau, du liquide de direction assistée, de l'huile ou un autre liquide. Si vous voyez une flaque sous votre voiture dans un parking public, ça ne veut pas dire grand-chose de toute façon, vu que plein d'autres voitures se garent au même endroit ; ça pourrait venir de celle qui était là juste avant vous. Le mieux à faire, c'est de…

— Mais vous ne pouvez que supposer, coupa Tim. Vous ne pouvez pas savoir que cela vient de votre voiture.

— Vous ne pouvez pas le savoir tout de suite, mais vous pouvez le découvrir. Bon, supposons que c'est dans votre garage et que personne d'autre ne se gare à cet endroit. La première chose à faire, c'est de savoir de quel liquide il s'agit. Alors vous passez la main sous la voiture – il faudra peut-être que vous la reculiez d'abord – pour tremper un doigt dans la flaque. Bon, c'est rose ? Brun ? C'est de l'huile ? De l'eau ? Disons que c'est de l'eau. Déjà, ça pourrait être normal : quand vous coupez votre moteur, l'eau du radiateur continue parfois à chauffer, elle se dilate et le trop-plein sort par le tuyau d'écoulement.

— Même si vous pouvez déterminer que c'est de l'eau, s'obstina Tim, vous ne pouvez pas être sûr qu'elle vient de votre voiture.

— D'où par ailleurs voulez-vous qu'elle vienne ?

— C'est un facteur inconnu. Vous vous fondez

sur une preuve indirecte ; vous n'avez pas vu l'eau s'écouler de votre voiture.

— Bon, alors, dans ce cas, démarrez le moteur, laissez-le tourner et regardez s'il y a des gouttes qui tombent.

— Est-ce que ça ne prendrait pas longtemps ? demanda Tim.

— Eh bien, il faut savoir. Vous devriez vérifier aussi le niveau de votre liquide de direction assistée, votre niveau d'huile et votre niveau d'eau, ainsi que la boîte automatique ; c'est le genre de contrôle à faire régulièrement. Tant que vous y êtes, vous pourriez en profiter. Certains doivent se faire avec le moteur en marche. Vous pouvez aussi contrôler la pression de vos pneus. Vous les gonflez à combien ?

— Je gonfle quoi ? questionna Tim.

— Vos pneus. » Bill eut un sourire. « Vous en avez cinq. En comptant celui de la roue de secours. Et celui-là, vous oubliez sans doute de le vérifier en même temps que les autres. Et le jour où vous aurez un pneu crevé, vous vous apercevrez peut-être qu'il est dégonflé. Est-ce que votre cric s'adapte à l'essieu ou au pare-chocs ? Au fait, quelle marque de voiture avez-vous ?

— Une Buick, je crois.

— Non, une Chrysler, précisai-je doucement.

— Ah ? » fit Tim.

Une fois Bill reparti, nous laissant seuls, Tim et moi, dans le salon de l'appartement à Tenderloin, l'évêque s'ouvrit à moi avec franchise. « Kirsten et moi rencontrons quelques difficultés. » Il était assis à côté de moi sur le canapé et parlait à voix basse pour que Kirsten ne l'entende pas de la chambre.

« Elle prend beaucoup de barbituriques ? demandai-je.

— Je ne sais pas vraiment. Son docteur lui donne tout ce qu'elle veut. Des centaines de Seconal. Et elle a aussi de l'Amytal. Je crois que l'Amytal vient d'un autre médecin.

— Il faudrait que vous sachiez combien elle en prend. »

Tim changea de sujet. « Pourquoi Bill ne veut-il pas accepter que Jeff est de retour parmi nous ?

— Dieu seul le sait.

— Le but de mon livre est de procurer du réconfort aux cœurs brisés par la perte d'un être cher. Quoi de plus rassurant que de savoir qu'il y a une vie après le traumatisme de la mort, tout comme il y en a une avant celui de la naissance ? Jésus nous assure qu'une vie future nous attend ; toute la promesse du salut en dépend. *Je suis la Résurrection. Celui qui croit en moi vivra, même s'il meurt, et tout homme qui vit et croit en moi ne mourra jamais.* Jésus demande ensuite à Marthe : *Crois-tu cela ?* Et elle répond : *Oui, Seigneur. Je crois que tu es le Christ, le Fils de Dieu, qui devait venir dans le monde.* Plus tard, Jésus dit : *Car mes paroles ne viennent pas de moi ; non, ce que j'ai à dire m'est prescrit par le Père qui m'a envoyé, et je sais que son commandement signifie la vie éternelle.* Attendez, je prends ma Bible. » Il saisit le volume qui se trouvait au bout du canapé. « Première Épître aux Corinthiens, chapitre XV, verset 12. *Or, si l'on prêche que le Christ est ressuscité des morts, comment certains parmi vous peuvent-ils dire qu'il n'y a pas de résurrection des morts ? S'il n'y a pas de résurrection des morts, le Christ non plus n'est pas ressuscité, et si le Christ n'est pas ressuscité, alors notre prédication est vaine et votre foi aussi ; en vérité, nous sommes même des faux témoins de Dieu, car nous avons juré devant lui qu'il avait ressuscité le Christ. Car si les morts ne ressuscitent pas, le Christ non plus n'est pas ressuscité, et si le Christ n'est pas ressuscité, vous êtes encore dans vos péchés. Et plus grave, tous ceux qui sont morts dans le Christ ont péri. Si c'est seulement pour cette vie que nous espérons dans le Christ, nous sommes les plus misérables de tous les hommes. Mais le Christ a bien ressuscité d'entre les morts, les prémices de tous ceux qui se sont endormis.* » Il referma sa Bible. « C'est énoncé clairement, conclut-il. Il ne peut y avoir le moindre doute.

— J'imagine.

— On a trouvé tellement de preuves dans le *wadi* sadokite. Tant de choses qui jettent de la lumière sur tout le *kêrygma* des débuts du christianisme. Nous en savons tellement, désormais. Saint Paul ne parlait absolument pas par métaphores ; l'homme ressuscite littéralement d'entre les morts. Ils possédaient les techniques. C'était une science. Aujourd'hui, nous appellerions cela de la médecine. Ce qu'ils avaient, au *wadi*, c'était l'*anokhi*.

— Le champignon. »

Il me dévisagea. « Oui, le champignon.

— Le pain et le bouillon, dis-je.

— Oui.

— Mais nous ne l'avons plus, maintenant.

— Nous avons l'Eucharistie.

— Mais vous savez tout comme moi que la

substance n'est pas présente dans l'Eucharistie. C'est comme les cultes du cargo où les indigènes construisent de faux avions.

— Pas du tout.

— En quoi est-ce différent ?

— Le Saint-Esprit… commença-t-il, avant de s'interrompre.

— C'est ce que je veux dire. »

Tim déclara : « Je crois que le Saint-Esprit est responsable du retour de Jeff.

— Vous jugez donc que le Saint-Esprit existe toujours, qu'il a toujours existé et qu'il est Dieu, l'une des formes de Dieu.

— Maintenant, oui, répondit Tim. Maintenant que j'ai vu les preuves. Je n'y croyais pas avant d'avoir vu les preuves, les pendules arrêtées à l'heure de la mort de Jeff, les miroirs brisés, les cheveux roussis de Kirsten, les épingles sous ses ongles. Vous avez vu ses vêtements complètement en désordre l'autre jour ; nous vous avons fait venir pour que vous le constatiez par vous-même. Ce n'est pas nous qui les avons dérangés. Personne au monde n'a pu ; nous n'irions pas fabriquer des preuves. Vous nous croyez capables de manigancer une supercherie ?

— Non.

— Et le jour où ces livres ont jailli de l'étagère pour tomber par terre… il n'y avait personne. Vous les avez vus de vos propres yeux.

— Pensez-vous que le champignon, l'*anokhi*, existe toujours ?

— Je l'ignore. On trouve un champignon appelé *Vita verna* dans le livre VIII de l'*Histoire naturelle* de Pline l'Ancien, qui vivait au Ier siècle…

l'époque concorde. Et il n'en cite pas l'existence d'après Théophraste ; c'est un champignon qu'il a vu de ses yeux, dont il a connaissance par ses observations des jardins de Rome. Ce pourrait être l'*anokhi*. Mais ce n'est qu'une supposition. » À ce moment-là, comme à son habitude, il changea de sujet : l'esprit de Tim ne s'attardait jamais longtemps sur le même. « Bill est schizophrène, n'est-ce pas ?

— Ouais.

— Mais il est capable de travailler pour gagner sa vie.

— Quand il n'est pas à l'hôpital. Ou en train de rechuter.

— Pour l'instant, il n'a pas l'air d'aller mal. Mais je note chez lui une… certaine inaptitude à théoriser.

— Il a des difficultés avec les abstractions.

— Je me demande comment il va finir. Le pronostic… n'est pas très bon, à ce que m'a dit Kirsten.

— Il est absolument négatif. Bill ne guérira jamais. Mais il est assez malin pour ne pas toucher aux drogues.

— Il n'a pas l'avantage d'avoir de l'instruction.

— Je ne suis pas sûre que ce soit un avantage. Je n'ai pas trouvé mieux qu'une place de vendeuse dans un magasin de disques. Et pas grâce à mes connaissances universitaires.

— J'avais l'intention de vous demander quel enregistrement du *Fidelio* de Beethoven nous devrions acheter, dit Tim.

— Celui de Klemperer. Chez Angel. Avec Christa Ludwig dans le rôle de Leonora.

— J'aime beaucoup son aria.

— *Abscheulicher! Wo eilst du hin?* Elle réussit ça très bien. Mais personne ne peut égaler l'enregistrement réalisé par Frida Leider il y a des années. C'est une pièce de collection... il a peut-être été repiqué sur 33 tours, mais dans ce cas je ne l'ai jamais vu. Je l'ai entendu sur KPFA, une fois. Je n'ai jamais oublié.

— Beethoven était le plus grand génie, le plus grand artiste créateur que le monde ait jamais connu. Il a transformé la conception que l'homme se faisait de lui-même.

— Oui. Les prisonniers dans *Fidelio*, quand ils ressortent à la lumière... c'est l'un des plus beaux passages de toute la musique.

— Cela va au-delà de la beauté, dit Tim. Ce qui est en jeu, c'est une compréhension de la nature de la liberté elle-même. Comment une musique purement abstraite, comme celle de ses derniers quatuors à cordes, peut-elle sans un mot transformer les êtres humains dans la conscience qu'ils ont d'eux-mêmes, dans leur nature ontologique ? Schopenhauer croyait que l'art, en particulier la musique, avait, a le pouvoir d'obliger la volonté irrationnelle, celle qui lutte, à se retourner contre elle-même et à cesser sa lutte. Il considérait cela comme une expérience religieuse, même si elle n'était que temporaire. En somme, l'art, et spécialement la musique, a la faculté de changer l'être irrationnel qu'est l'homme en une sorte d'entité rationnelle qui n'est plus commandée par des impulsions biologiques, impulsions qui par définition ne peuvent être satisfaites. Je me rappelle quand j'ai entendu pour la première fois le dernier mouvement du treizième quatuor de Beethoven… pas la grande fugue, l'allegro qu'il a ajouté plus tard à la place. C'est une petite pièce si étrange, cet allegro… si vive et légère, si ensoleillée.

— J'ai lu que c'était la dernière chose qu'il avait écrite. Ce petit allegro aurait été la première œuvre de la quatrième période de Beethoven, s'il avait vécu. Ce n'est pas un morceau qui appartient vraiment à la troisième période.

— Où Beethoven a-t-il puisé ce concept, entièrement nouveau et original, de la liberté humaine que sa musique exprime ? demanda Tim. Était-il cultivé ?

— Il a vécu à la même période que Goethe et Schiller. Celle de l'*Aufklärung*, des Lumières germaniques.

— Encore Schiller. On en revient toujours à lui. Et de Schiller à la rébellion des Hollandais contre les Espagnols, la guerre des Pays-Bas. Qui apparaît dans la deuxième partie du *Faust* de Goethe, là où Faust trouve enfin quelque chose qui le satisfera et ordonne à l'instant de s'immobiliser. Pour voir les Hollandais conquérir par assèchement les basses terres de la mer du Nord. J'ai traduit ce passage, un jour : aucune des traductions anglaises disponibles ne me satisfaisait. Je ne sais pas ce que j'en ai fait… C'était il y a des années. Vous connaissez la traduction de Bayard Taylor ? » Il se leva et s'approcha d'une rangée de livres, trouva le bon volume, le rapporta tout en l'ouvrant.

Un marais s'étend au pied des montagnes
Empestant tout le terrain déjà conquis ;
Saigner encore ce bourbier infect

Serait faire la dernière et la plus belle des conquêtes ;
J'ouvre à des millions d'hommes des espaces
Où ils habiteront non pas avec sécurité, il est vrai, mais dans une libre activité.
Vertes et fertiles sont les campagnes ; homme et troupeaux
Aussitôt à l'aise sur le nouveau sol,
S'établissent à la base solide de la colline
Élevée par une peuplade hardie et laborieuse.
Ici, à l'intérieur, un pays paradisiaque ;
Là, dehors, que le flot se déchaîne jusqu'au rivage ;
S'il va au-delà pour se frayer violemment un passage,
D'un commun élan on s'empresse de refermer la brèche.
Oui, je me livre tout entier à cette pensée
Qui est l'arrêt suprême de la sagesse :
Celui-là seul mérite la liberté et la vie…

Je continuai : « *Qui doit chaque jour les conquérir.*

— Oui. » Tim referma son exemplaire du *Second Faust*. « Je regrette d'avoir perdu cette traduction que j'avais écrite. » Il rouvrit le livre. « Vous permettez que je lise le reste ?

— Je vous en prie.

— Ainsi environnés de dangers,
L'enfant, l'homme, le vieillard passeront ici vaillamment leurs années.
Je voudrais voir une foule animée d'une telle activité,

Je voudrais être sur une terre libre avec un peuple libre ;
Je pourrais alors dire au Moment :
Demeure donc, tu es si beau !

— À ce point, coupai-je, Dieu a gagné le pari au paradis.

— Oui. » Tim hocha la tête.

La trace de mes jours terrestres ne peut être anéantie dans les Éons…
Dans le pressentiment d'une si grande félicité
Je jouis maintenant du plus sublime moment.

— C'est une très belle traduction, limpide, estimai-je.

— Goethe a écrit le *Second Faust* un an seulement avant sa mort. Je ne me souviens que d'un mot allemand, dans ce passage : *verdienen.* « Mériter ». *Mériter sa liberté.* J'imagine que « liberté » doit être *Freiheit.* C'était peut-être *Verdient seine Freiheit…* » Il s'interrompit. « Je ne peux pas faire mieux. *Mérite la liberté et la vie, qui doit chaque jour les conquérir… les* conquérir : la liberté et la vie. Le sommet de ces Lumières germaniques. Sommet d'où ils sont si tragiquement tombés. De Goethe, Schiller et Beethoven au IIIe Reich et à Hitler. Cela paraît impossible.

— C'était pourtant figuré d'avance dans Wallenstein.

— Oui, l'homme qui choisissait ses généraux en fonction des présages astrologiques. Comment un homme intelligent, éduqué, un grand homme en vérité, l'un des plus puissants de son époque…

comment a-t-il pu se mettre à croire à cela ? C'est pour moi un mystère. Une énigme qui ne sera peut-être jamais résolue. »

Constatant sa fatigue, je récupérai mon manteau et mon sac, souhaitai bonne nuit à Tim et partis.

Il y avait un PV glissé sous mes essuie-glaces. Merde, me dis-je en le retirant pour le fourrer dans ma poche. Pendant que nous lisions Goethe, Rita la jolie contractuelle[1] s'occupait de ma voiture. Quel monde étrange, pensai-je. Ou plutôt quels mondes étranges, au pluriel. Ils ne se rejoignent pas.

1. Référence à *Lovely Rita*, chanson des Beatles consacrée à une contractuelle.

9

Après bien des prières et des méditations, après un abondant usage de ses brillantes facultés analytiques, l'évêque Timothy Archer parvint à la conclusion qu'il n'avait pas d'autre choix que d'abandonner l'épiscopat pour entrer, selon ses termes, dans le secteur privé. Il en discuta longuement avec Kirsten et moi.

« Je n'ai plus foi dans la réalité du Christ, nous informa-t-il. Je ne peux en bonne conscience continuer de prêcher le *kêrygma* du Nouveau Testament. Chaque fois que je prends la parole devant les membres de ma congrégation, j'ai l'impression de leur mentir.

— Vous disiez pourtant à Bill Lundborg, l'autre soir, que le retour de Jeff prouvait justement la réalité du Christ, objectai-je.

— Non, répondit Tim, il ne la prouve pas. J'ai minutieusement examiné la situation et je m'aperçois que ce n'est pas une preuve.

— C'est la preuve de quoi, alors ? demanda Kirsten.

— De la vie après la mort, précisa Tim. Mais pas

de la réalité du Christ. Jésus était un professeur dont les enseignements n'étaient même pas originaux. J'ai ici le nom d'un médium, un certain docteur Garret qui habite à Santa Barbara. Je vais faire un saut là-bas en avion pour le consulter, pour essayer de parler à Jeff. C'est le docteur Mason qui me l'a recommandé. » Il consulta une feuille de papier. « Oh ! C'est une femme. Rachel Garret. Hmmm... J'étais persuadé que c'était un homme. » Il nous demanda si nous voulions l'accompagner à Santa Barbara. Son intention était (expliqua-t-il) d'interroger Jeff sur le Christ. Jeff pourrait lui dire, par l'intermédiaire du médium, Rachel Garret, si le Christ était réel ou non, s'il était vraiment le Fils de Dieu et tout ce que l'Église enseigne. Ce serait un déplacement important : la décision de Tim d'abandonner ses fonctions d'évêque en dépendait.

En outre, la foi même de Tim était en cause. Il avait passé des dizaines d'années dans l'Église épiscopalienne, mais il s'interrogeait à présent sérieusement sur la validité du christianisme. C'était le terme qu'il employait, « validité ». Je le trouvais faible et branché, tragiquement limité par rapport à l'ampleur des forces aux prises dans le cœur et l'esprit de Tim. En tout cas, Tim utilisa bien ce mot-là ; il parlait d'un ton calme, sans la moindre surexcitation, comme s'il envisageait de s'acheter ou non un costume.

« Le Christ, nous déclara-t-il, est un rôle, non une personne. Le mot est une translittération défectueuse de l'araméen *mâschiâkh*, autrement dit le Messie, ce qui signifie littéralement l'Oint, c'est-à-dire le Choisi. Le Messie, bien sûr, vient à la fin du monde et inaugure l'âge d'or qui remplace l'âge de fer, celui dans lequel nous vivons actuellement. On en trouve la plus belle expression dans la quatrième églogue de Virgile. Voyons… je l'ai ici. » Il se dirigea vers ses livres comme il le faisait toujours dans les moments graves.

« Nous n'avons pas besoin d'écouter Virgile, dit Kirsten d'une voix acerbe.

— Voilà, dit Tim sans faire attention à elle. *Ultima Cumaei venitiam carminis aetas ; magnus…*

— Ça suffit », coupa Kirsten brusquement.

Il lui jeta un coup d'œil perplexe.

Kirsten continua : « Je trouve d'une imbécillité et d'un égoïsme insensés que tu veuilles renoncer à être évêque.

— Laisse-moi te traduire l'églogue, au moins, dit Tim. Tu comprendras mieux ensuite.

— Tout ce que je comprends, riposta Kirsten, c'est que tu détruis ta vie et la mienne. Qu'est-ce que je deviens, moi ? »

Il secoua la tête. « Je vais trouver un poste à la Fondation des institutions libres.

— Qu'est-ce que c'est encore que ça ? interrogea Kirsten.

— Un groupe de réflexion, signalai-je. À Santa Barbara.

— Tu vas profiter de ce que tu seras là-bas pour les rencontrer ? s'enquit Kirsten.

— Oui. » Tim hocha la tête. « J'ai rendez-vous avec Pomeroy, qui en a la responsabilité… Felton Pomeroy. Je serais leur conseiller en questions théologiques.

— Ils ont très bonne réputation », précisai-je.

Kirsten me décocha un regard qui aurait fait se flétrir un arbre.

« Rien n'est encore décidé, poursuivit Tim. De toute façon, comme nous allons voir Rachel Garret, pourquoi ne pas profiter du voyage ? Cela m'évitera d'y aller une seconde fois.

— C'est moi qui suis censée prendre tes rendez-vous, rappela Kirsten.

— En fait, indiqua Tim, il s'agira d'une discussion purement informelle. Nous déjeunerons ensemble et je rencontrerai les autres conseillers. Je visiterai les bâtiments et les jardins. Ils ont des jardins ravissants. Je les ai vus il y a plusieurs années et je m'en souviens encore. » Il s'adressa à moi : « Vous adorerez leurs jardins, Angel. Toutes les variétés de roses y sont représentées, et surtout la Madame Antoine Meilland. Puis-je vous lire à toutes les deux la traduction de l'églogue de Virgile ? » Et il enchaîna sans attendre notre réponse :

Le dernier âge est là qu'a prédit la Sibylle.
Recommence et renaît le grand ordre du temps ;
Jà, la Vierge revient ; revient ta paix, Saturne !
Déjà du haut du ciel vient une race nouvelle.
Mais sur l'enfant promis, chaste Lucine, veille.
Rompant l'âge de fer, il fonde l'âge d'or,
À tous offert ; déjà règne ton Apollon.

Kirsten et moi échangeâmes un regard. Je vis bouger ses lèvres, mais aucun son n'en sortit. Dieu seul sait ce qu'elle disait et pensait à ce moment, en voyant Tim détruire sa carrière et sa vie par conviction… ou plutôt par manque de conviction, par manque de foi envers le Sauveur.

Le problème de Kirsten, c'était qu'elle ne discernait tout simplement pas en quoi il y avait problème. À ses yeux, le dilemme de Tim était un dilemme fantôme, confectionné sur des bases livresques. Selon son raisonnement, il avait la possibilité de se débarrasser du problème à l'instant de son choix ; elle estimait simplement que Tim s'était lassé de son rôle d'évêque et voulait passer à autre chose ; pour elle, il affirmait avoir perdu sa foi dans le Christ pour justifier son changement de carrière. Et comme c'était un changement de carrière stupide, elle ne l'approuvait pas. Après tout, elle bénéficiait grandement du statut de Tim ; comme elle l'avait dit, il ne pensait pas à elle : il ne pensait qu'à lui.

« On m'a vivement recommandé le docteur Garret », déclara Tim d'une voix presque plaintive, comme pour en appeler au soutien de l'une ou l'autre d'entre nous.

« Tim, dis-je, je crois vraiment que…

— Tu penses avec ton entrejambe, lâcha Kirsten.

— Quoi ? m'exclamai-je.

— Tu m'as parfaitement entendue. Je suis au courant de vos petites conversations, tous les deux, celles que vous avez quand je suis partie me coucher. Quand vous vous retrouvez seuls. Et je suis au courant des rencontres.

— Lesquelles ? demandai-je.

— Les vôtres.

— Bon Dieu, m'écriai-je.

— Bon Dieu, répéta Kirsten. Toujours à invoquer le Tout-Puissant pour justifier votre égoïsme et vos combines. Je trouve ça écœurant ; je vous trouve tous les deux écœurants. » Elle continua à l'intention de Tim : « Je sais que tu es allé la voir dans son fichu magasin de disques la semaine dernière.

— Pour acheter un album, protesta Tim. *Fidelio.*

— Tu aurais pu le trouver chez n'importe quel disquaire. Ou j'aurais pu te l'acheter. »

Tim dit : « Je voulais voir si elle avait...

— Elle n'a rien que je n'aie pas, coupa Kirsten.

— ... la *Missa solemnis* », acheva Tim faiblement ; il paraissait hébété ; d'un ton presque implorant, il me demanda : « Vous pouvez la raisonner ?

— Je peux me raisonner moi-même, lança Kirsten. Et comprendre par le raisonnement ce qui se passe exactement.

— Tu ferais mieux d'arrêter les barbituriques, Kirsten, dis-je.

— Et toi, d'arrêter de te défoncer cinq fois par jour. » Son regard véhiculait tant de fureur et de haine que je n'arrivais pas à en croire mes sens. « Tu fumes assez d'herbe pour... » Elle s'interrompit. « Plus que la police de San Francisco n'en utilise en un mois. Je regrette, je ne me sens pas bien. Excusez-moi. » Elle pénétra dans la chambre à coucher, dont la porte se referma en silence derrière elle. Nous l'entendîmes tourner en rond. Puis se rendre dans la salle de bains, où elle ouvrit un robinet : elle prenait un comprimé, sans doute un barbiturique.

Je dis à Tim, resté ébahi et immobile : « Les barbituriques provoquent ce genre d'altération de la personnalité. Ce sont les médicaments qui parlent par sa bouche.

— Je pense... » Il reprit le dessus. « J'ai vraiment

envie d'aller voir ce docteur Garret à Santa Barbara. Croyez-vous que ce soit le fait que c'est une femme ?

— Kirsten ? demandai-je. Ou Garret ?

— Garret. J'aurais juré que c'était un homme, je viens juste de remarquer le prénom. J'ai dû me tromper. C'est peut-être ce qui la tracasse. Elle se calmera. Nous irons ensemble. D'après le docteur Mason, c'est une infirme âgée en semi-retraite, si bien que Kirsten ne se sentira pas du tout menacée, une fois qu'elle l'aura vue. »

Pour changer de sujet, je dis : « Avez-vous écouté le disque de la *Missa solemnis* que je vous ai vendu ?

— Non, répondit Tim vaguement. Je n'ai pas eu le temps.

— Ce n'est pas le meilleur enregistrement. Les prises de son de Columbia sont particulières, avec une dispersion des micros dans tout l'orchestre pour essayer de faire ressortir les instruments individuels. L'idée est bonne, mais ça n'a plus rien à voir avec l'acoustique d'une salle de concert.

— Je crois que ce qui l'ennuie, c'est que j'abandonne mes fonctions d'évêque.

— Vous ne devriez pas vous décider sans y réfléchir davantage. Êtes-vous sûr que c'est ce médium que vous avez envie de consulter ? N'y a-t-il personne dans votre Église que vous allez voir quand vous avez une crise spirituelle ?

— C'est Jeff que je vais aller consulter. Le médium a un rôle d'agent passif, très semblable à celui d'un téléphone. » Il entreprit alors de m'expliquer à quel point les médiums étaient des gens incompris ; je l'écoutai d'une oreille distraite, n'étant ni impressionnée ni intéressée. L'hostilité de Kirsten m'avait beaucoup troublée, même si j'y étais habituée : il y avait là davantage que sa mauvaise humeur chronique. Je reconnais l'effet des pilules, me dis-je. Le changement de personnalité, la réaction explosive. La paranoïa. Elle nous chie dessus, songeai-je, elle est en train de couler, et le pire, c'est qu'elle a planté ses ongles en nous et qu'elle nous entraîne avec elle. Bordel, me dis-je, c'est affreux : un homme comme Tim Archer ne devrait pas tolérer ça. Et *moi* non plus.

Kirsten ouvrit la porte de la chambre. « Viens ici, dit-elle à Tim.

— Une minute, répondit-il.

— Non, tout de suite.

— Je vais partir, dis-je.

— Non, réagit Tim, vous n'allez pas partir. J'ai d'autres choses à discuter avec vous. Vous soutenez que je dois continuer à être évêque ? Quand mon livre sur Jeff sortira, je serai obligé de démissionner. L'Église ne permettra pas qu'un de ses membres publie un ouvrage qui prête autant à controverse. C'est trop radical pour eux, ou plutôt, ce sont eux qui sont trop réactionnaires pour l'accepter. Ma position est en avance sur mon époque et eux sont en retard. Il n'y a pas de différence entre ma position actuelle et celle que j'avais sur la guerre du Vietnam ; je m'étais opposé à l'ordre établi sur ce conflit, et je devrais pouvoir en faire autant sur la vie après la mort. Sauf que sur la guerre j'avais le soutien de la jeunesse américaine, alors que là, je serai seul. »

Kirsten intervint : « Tu as mon soutien, mais ça t'est bien égal.

— Je parlais de soutien public. Du soutien de

ceux qui sont en place, ceux qui malheureusement contrôlent les esprits.

— Mon soutien ne signifie rien pour toi, insista Kirsten.

— Il compte plus que tout, déclara Tim. Je n'aurais jamais osé écrire le livre sans toi ; je n'aurais même pas *cru* sans toi. C'est toi qui me donnes la force. La capacité de comprendre. Et de Jeff, quand nous aurons pris contact avec lui, j'apprendrai d'une façon ou d'une autre la vérité sur Jésus-Christ. Il me dira si les documents sadokites indiquent bien que Jésus se contentait de répéter ce qu'on lui avait enseigné… ou peut-être me dira-t-il que le Christ est avec lui, ou lui avec le Christ, dans l'autre monde, le royaume supérieur, où nous finirons tous par aller et où il se trouve actuellement, tout en faisant son possible pour nous atteindre, que Dieu le bénisse.

— En somme, dis-je, vous considérez cette histoire de Jeff comme une sorte d'occasion. D'opportunité de dissiper vos doutes sur la signification des documents sadokites…

— Je pense l'avoir exprimé clairement, coupa Tim d'un ton maussade. C'est pour ça que lui parler est si capital pour moi. »

Comme c'est étrange, constatai-je intérieurement. De se servir de son fils – de faire un usage calculé de son fils mort – pour déterminer une question historique. Mais ça va plus loin : c'est le corpus entier de la foi de Tim Archer, la récapitulation, pour lui, de la croyance même. La croyance ou la perte de la croyance. Ce qui est en jeu ici, c'est le combat et la croyance contre le nihilisme… Pour Tim, perdre le Christ, c'est tout perdre. Et il a perdu le Christ ; ses déclarations à Bill l'autre soir, c'était peut-être la dernière défense de la forteresse avant la chute de celle-ci. Ou peut-être était-elle même déjà tombée avant ; Tim menait la discussion de mémoire, comme s'il citait un livre. Un discours écrit sous ses yeux, comme quand il lisait son missel en célébrant la Cène.

Le fils, le sien, mon mari, subordonné à une question intellectuelle… je n'arriverais pour ma part jamais à l'envisager ainsi. Ça revient à dépersonnaliser Jeff Archer ; il est converti en un instrument, en un dispositif d'enseignement… en un livre qui parle, même ! Comme tous ces livres que Tim va toujours consulter, surtout dans les moments de crise. Tout ce qui est bon à savoir peut se trouver dans un livre ; inversement, si Jeff est important, il ne l'est pas en tant qu'individu mais en tant que livre ; ce sont les livres pour l'amour des livres, et pas même la connaissance pour l'amour de la connaissance. Le livre est la réalité. Pour que Tim aime et apprécie son fils, il doit, aussi impossible que ça paraisse, pouvoir le considérer comme une espèce de livre. Aux yeux de Tim Archer, l'univers est un vaste ensemble d'ouvrages de référence dans lequel il puise et sélectionne, à mesure que son esprit insatiable vire de bord, toujours en quête du nouveau, toujours se détournant de l'ancien. C'est l'exact opposé du passage de *Faust* qu'il a lu : Tim n'a pas trouvé le moment où il dit *Demeure donc* : ce moment lui échappe encore, se déplace encore.

Et je ne suis guère différente de lui, m'aperçus-je, avec mes diplômes universitaires de littérature anglaise… Tim et moi sommes de la même race.

Mon identité n'a-t-elle pas été déterminée par ma première lecture du chant final de *La Divine Comédie* de Dante ? Le chant XXXIII du *Paradis*, pour moi un point culminant, où Dante dit :

> Dans sa profondeur je vis que se trouve réuni, comme lié par l'amour en un seul livre, tout ce qui est épars dans l'univers, la substance et l'accident, et leurs propriétés, rassemblés de telle manière que ce que j'en dis n'est que simple lueur.

La magnifique traduction de Laurence Binyon, et le commentaire de C.H. Grandgent sur ce passage :

> Dieu est le Livre de l'Univers.

Ce à quoi un autre commentateur – j'ai oublié lequel – a répondu : « C'est une notion platonicienne. » Que ce soit platonicien ou non, ce sont en tout cas ces suites de mots qui m'ont construite, qui ont fait de moi ce que je suis : c'est *ma* source, cette vision et ce récit, ce point de vue sur les choses finales. Je ne me considère pas chrétienne, mais je ne peux pas oublier cette merveille. Je me rappelle la nuit où j'ai lu ce dernier chant du *Paradis*, où je l'ai lu – vraiment lu – pour la première fois ; je souffrais atrocement à cause d'une dent infectée et j'étais restée debout toute la nuit à boire du bourbon – pur – en lisant Dante, puis, à neuf heures du matin, j'étais allée sans rendez-vous chez le dentiste, sans avoir téléphoné, j'étais arrivée à son cabinet le visage ruisselant de larmes et en suppliant que le docteur Davidson s'occupe de moi… ce qu'il a fait. Voilà pourquoi ce dernier chant m'a tellement marquée : il est associé à une douleur terrible, une douleur de plusieurs heures, en pleine nuit, et donc sans personne à qui parler ; et j'en étais sortie pour sonder les choses ultimes à ma façon, une façon ni formelle ni officielle, mais une façon quand même.

> Celui qui apprend doit souffrir. Et même dans notre sommeil une douleur qui ne peut s'oublier coule goutte à goutte sur le cœur, et dans notre désespoir, contre notre volonté, nous arrive la sagesse par la terrible grâce de Dieu.

Ou quelque chose comme ça. Eschyle ? Je ne me souviens plus. En tout cas, c'est de l'un des trois qui ont écrit les tragédies grecques.

Ce que je peux donc affirmer en toute sincérité, c'est que le moment de compréhension absolue où j'ai enfin appréhendé la réalité spirituelle est lié pour moi à une irrigation radiculaire d'urgence, à deux heures passées dans le fauteuil du dentiste. Et à douze heures à boire du bourbon – du mauvais, en plus –, à lire simplement Dante sans écouter de musique ni manger – je ne pouvais pas manger –, à souffrir, et tout ça en valait la peine ; jamais je ne l'oublierai. *Je ne suis donc pas différente de Timothy Archer*. Pour moi aussi, les livres sont réels et vivants ; des voix d'êtres humains en émanent et forcent mon consentement, de la même manière que Dieu force notre consentement à ce monde, comme le disait Tim. Quand on a été dans un tel état de détresse, on ne va pas oublier ce qu'on a fait, vu, pensé et lu par une nuit pareille ; je n'ai rien fait, rien vu, rien pensé ; j'ai simplement lu et mémorisé ; je n'ai pas lu de bandes dessinées underground comme *Howard the Duck* ou *The Fabuleux Freak Brothers* ou *Snatch Comix* cette nuit-là ; j'ai lu *La Divine Comédie* de Dante, de *L'Enfer* en passant par *Le Purgatoire*, jusqu'à ce qu'enfin j'arrive aux trois anneaux de lumière colorés… et il était alors neuf heures du matin, je pouvais sauter dans ma putain de voiture et foncer dans la circulation jusqu'au cabinet du docteur Davidson, en pleurant et en jurant du début à la fin du trajet, sans avoir pris de petit déjeuner, pas même un café, empestant la sueur et le bourbon, un spectacle vraiment désolant et qui laissa bouche bée la réceptionniste du dentiste.

D'une certaine façon inhabituelle – et pour certaines raisons inhabituelles –, les livres et la réalité ne font qu'un, pour moi : ils fusionnent par l'intermédiaire d'un incident, une certaine nuit de ma vie : ma vie intellectuelle et ma vie matérielle se sont assemblées – car rien n'est plus réel qu'une rage de dents – et ne se sont ensuite jamais vraiment séparées. Si je croyais en Dieu, je dirais qu'il m'a montré quelque chose, cette nuit-là, qu'il m'a montré la totalité : la douleur, la douleur physique, goutte à goutte, puis, de par sa terrible grâce, l'accès à la compréhension… Et qu'avais-je compris ? Que *tout* est réel, ma dent gâtée et l'irrigation radiculaire ni plus ni moins que :

Trois cercles m'apparurent, de trois couleurs et d'une même dimension.

Telle était la manière dont Dante voyait Dieu en tant que Trinité. La plupart des gens qui essaient de lire *La Divine Comédie* s'enlisent dans *L'Enfer* et s'imaginent y trouver la vision de Dante du cabinet des horreurs : les gens tête en haut ou en bas dans la merde, et un lac de glace (qui laisse penser à des influences arabes, car c'est là l'enfer musulman), mais ce n'est que le début du voyage. J'ai lu *La Divine Comédie* jusqu'au bout cette nuit-là avant de me précipiter dans le cabinet du docteur Davidson, et j'en suis sortie transformée. Je ne suis jamais redevenue celle que j'étais avant. Donc, pour moi aussi les livres sont bien réels ; ils ne me relient pas seulement avec d'autres esprits mais avec la *vision* d'autres esprits, avec ce que comprennent et voient ces autres esprits. Je vois leurs mondes aussi clairement que je vois le mien. La douleur, les pleurs, la sueur malodorante et le mauvais bourbon Jim Beam ont été mon *Enfer* et il n'était pas imaginaire ; ce que je lisais était étiqueté « Paradis » et c'était bien *Le Paradis*. C'est là le triomphe de la vision de Dante : tous les royaumes sont réels, aucun moins que les autres, aucun davantage que les autres. Et ils se fondent l'un dans l'autre par l'intermédiaire de ce que Bill appellerait « incréments graduels », ce qui est bel et bien l'expression exacte. Il y a une harmonie là-dedans, parce que – comme pour les voitures contemporaines que Bill comparait avec celles des années 1930 – il y a continuité d'un bout à l'autre de la gamme.

Dieu m'a préservée d'une autre nuit comme celle-ci. Mais bon sang, si je ne l'avais pas vécue, si je ne l'avais pas passée à boire, pleurer, lire et souffrir, je ne serais jamais venue au monde, je n'aurais pas connu ma vraie naissance. Ce fut le moment de ma naissance au monde réel ; et pour moi, le monde réel est un mélange de douleur et de beauté, et c'est l'interprétation correcte qu'on doit en tirer, car ce sont là les composants dont est fabriquée la réalité. Et je les avais tous cette nuit-là, y compris une boîte de comprimés antidouleur à emporter chez moi en sortant de chez le dentiste, après la fin de mon supplice. Je suis rentrée à la maison, j'ai pris un comprimé, bu du café, et je suis allée me coucher.

Et pourtant… j'ai l'impression que c'est ce que Tim n'avait pas fait ; il n'avait intégré ni le livre ni la souffrance, ou alors il s'y était mal pris. Il avait la mélodie mais pas les paroles. Plus exactement, il avait les paroles, dont les mots ne se rapportaient toutefois pas au monde mais à d'autres mots, ce qui est un vice de régression à en croire les livres de philosophie et les articles sur la logique. Il est dit parfois dans ce genre de livres et d'articles que « de nouveau une régression menace », ce qui signifie que le sujet qui pense a pénétré dans un circuit fermé et court un grand danger. D'ordinaire, il ne le sait pas. Il faut un commentateur critique à la vue et l'esprit pénétrants pour le lui faire remarquer. Pour Tim Archer, je ne pouvais pas jouer le rôle de ce commentateur critique. Qui le pouvait, d'ailleurs ? Bill le Dingue s'y était essayé et avait été renvoyé à ses pénates pour y réfléchir.

« Jeff possède les réponses à mes questions », déclarait Tim. Oui, aurais-je dû répondre, mais Jeff n'existe pas. Et il est très probable que les questions elles-mêmes sont tout aussi irréelles.

Ce qui laissait Tim seul. Et il s'activait à préparer son livre traitant du retour de Jeff de l'autre monde, le livre dont il savait qu'il mettrait fin à sa carrière dans l'Église épiscopalienne… et qu'il lui enlèverait aussi toute influence sur l'opinion publique. C'est un prix élevé à payer ; c'est un très grave vice de régression. Et cela constituait bien une menace. En fait, celle-ci était à portée de la main ; le moment du voyage à Santa Barbara pour rendre visite au docteur Rachel Garret, le médium, était venu.

Pour moi, il n'y a pas d'endroit plus touchant de beauté dans toute la Californie que Santa Barbara. Bien que, techniquement (c'est-à-dire géographiquement), la ville fasse partie de la Californie du Sud, ce n'est pas le cas sur le plan spirituel ; ou alors c'est que dans le Nord nous ne comprenons rien à rien aux gens du Sud. Il y a quelques années, des étudiants pacifistes de l'université de Californie à Santa Barbara ont incendié la Bank of America, au grand ravissement secret de chacun ; la ville n'est donc pas coupée du temps et du monde, elle n'est pas isolée, même si ses merveilleux jardins suggèrent une persuasion plus policée que violente.

Nous décollâmes tous trois de l'aéroport international de San Francisco pour atterrir sur le petit aéroport de Santa Barbara : nous dûmes voler dans un bimoteur à hélices, la piste étant trop courte pour les avions à réaction. La loi exige que le style des constructions en adobe, autrement dit le style colonial espagnol, soit préservé. Dans le taxi qui nous conduisait vers notre hébergement, je notai à quel point tout était extraordinairement espagnol, y compris les centres commerciaux avec leurs arcades, et je me dis que c'était un endroit où je pourrais assez bien vivre, si jamais un jour je quittais la Baie.

Nous logions chez des amis de Tim, des gens réservés, distingués, aisés, qui ne me firent aucune impression. Ils avaient des domestiques. Kirsten et Tim dormaient dans une chambre ; moi dans une autre, plus petite et qui ne devait servir qu'en dernier recours.

Le lendemain matin, Tim, Kirsten et moi allâmes en taxi rendre visite au docteur Rachel Garret, qui allait sans nul doute nous mettre en contact avec les morts, avec l'autre monde, soigner les malades, changer l'eau en vin et accomplir tous les autres prodiges nécessaires. Tim et Kirsten paraissaient excités ; pour ma part je n'éprouvais aucun sentiment particulier, ou peut-être une conscience vague de ce que nous avions prévu, de ce qui nous attendait ; je ne ressentais pas même de curiosité : je devais avoir à peu près l'état d'esprit d'une étoile de mer au fond d'une flaque laissée par la marée.

Rachel Garret se révéla être une petite vieille irlandaise plutôt vive, portant un tricot rouge par-dessus son chemisier – alors qu'il faisait chaud –, des chaussures plates et le genre de jupe fonctionnelle laissant penser qu'elle entretenait elle-même sa maison.

« Et qui êtes-vous, déjà ? » s'enquit-elle, la main en cornet. Elle n'arrivait même pas à comprendre qui se tenait devant elle sur sa véranda. Ce n'est pas un début encourageant, me dis-je.

Nous ne tardâmes pas à nous retrouver tous les quatre installés dans le salon assombri, où nous bûmes un thé en écoutant Rachel Garret discourir avec enthousiasme sur l'héroïsme de l'IRA, auquel – nous apprit-elle fièrement – elle versait tout l'argent que lui rapportaient ses séances de spiritisme. Elle tint toutefois à nous informer que « séances de spiritisme » n'était pas le terme qui convenait, car il touchait trop à l'occultisme. Ce qu'elle faisait, elle, appartenait au domaine du parfaitement naturel et on pouvait à bon droit parler de science. J'aperçus dans un coin du salon, parmi d'autres meubles archaïques, un radio-phonographe Magnavox des années 1940, un gros modèle, celui avec deux haut-parleurs de trente centimètres de diamètre. De chaque côté du Magnavox s'empilaient des 78 tours : on distinguait des disques de Bing Crosby et de Nat King Cole ainsi que toutes les autres cochonneries de cette époque. Je me demandai si Rachel Garret les écoutait encore. Je me demandai également si, par des voies surnaturelles, elle avait entendu parler de l'existence des microsillons et des chanteurs d'aujourd'hui. Sans doute que non.

« Et vous, vous êtes leur fille ? me demanda-t-elle.

— Non, répondis-je.

— C'est ma belle-fille, précisa Tim.

— Vous avez un guide indien, me déclara joyeusement Rachel Garret.

— Vraiment, murmurai-je.

— Il se tient juste derrière vous, à votre gauche. Il a les cheveux très longs. Et du côté droit, derrière vous, il y a votre arrière-grand-père paternel. Il ne vous quitte pas, il est toujours avec vous.

— C'est bien l'impression que j'avais », fis-je.

Kirsten m'adressa un de ses regards chargés de sous-entendus ; je n'insistai pas. Je m'adossai aux nombreux coussins du canapé, remarquai une fougère qui poussait dans un énorme pot en argile près des portes menant au jardin, passai en revue les tableaux peu instructifs qui garnissaient les murs, dont plusieurs horreurs des années 1920.

« C'est au sujet de votre fils ? s'enquit Rachel Garret.

— Exactement », répondit Tim.

J'eus la sensation de me retrouver dans l'opéra de Gian Carlo Menotti, *Le Médium*, qui se déroule, comme le décrit le compositeur dans ses commentaires sur la pochette du disque sorti chez Columbia, « dans l'étrange petit salon miteux de Mme Flora ». Voilà le danger quand on a de la culture, pensai-je. On est déjà allé partout, on a tout vu par procuration ; tout vous est déjà arrivé. Nous sommes M. et Mme Gobineau rendant visite à Mme Flora, une folle et charlatan. M. et Mme Gobineau assistent aux séances de spiritisme – pardon, scientifiques – de Mme Flora toutes les semaines depuis près de deux ans, si je me souviens bien. Quelle barbe. Le pire, c'est que l'argent que Tim lui versera servira à tuer des soldats anglais, puisqu'elle collecte des fonds pour les terroristes. Super.

« Comment s'appelle votre fils ? » demanda Rachel Garret. Elle était confortablement assise dans un vieux fauteuil en osier, les mains jointes, et ses yeux se fermaient lentement. Elle s'était mise à respirer par la bouche, comme le font les gens très malades ; sa peau ressemblait à celle d'un poulet, avec des petites touffes de poils ici et là comme des plantes en manque d'arrosage. Il régnait à présent dans la pièce une atmosphère végétale qui manquait totalement de vitalité. Je me sentais vidée de toute énergie, impression désagréable peut-être due à l'absence de lumière.

« Jeff », répondit Tim. Sur le qui-vive, il ne la quittait pas des yeux. Kirsten avait sorti une cigarette de son sac mais la gardait à la main, sans l'allumer ; elle aussi scrutait Rachel Garret, avec une impatience manifeste.

« Jeff est passé sur l'autre rive lointaine », prononça Rachel Garret.

Comme on a pu le lire dans les journaux, me dis-je.

Je m'attendais à ce qu'elle plante le décor avec un long préambule, mais elle entra directement dans le vif du sujet.

« Jeff veut vous faire savoir que… (elle s'interrompit, comme si elle écoutait)… vous ne devriez pas vous sentir coupables. Il tente depuis un moment d'entrer en contact avec vous. Il a essayé divers moyens d'attirer votre attention. Il a enfoncé des épingles sous vos ongles ; il a brisé des objets ; il vous a laissé des mots… » Elle ouvrit grand les yeux. « Jeff est extrêmement agité. Il… » Elle se tut, puis reprit : « Il a mis fin à ses jours. »

En plein dans le mille, pensai-je sur le mode acerbe.

« C'est vrai », acquiesça Kirsten, comme si la déclaration de Rachel Garret lui faisait l'effet d'une révélation, ou plutôt confirmait de façon éclatante une chose qu'elle n'avait fait que soupçonner.

« Et il s'est donné une mort violente, continua Rachel Garret. Il me semble qu'il a utilisé une arme à feu.

— Exactement, déclara Tim.

— Jeff veut que vous sachiez qu'il ne souffre plus, poursuivit Rachel Garret. Il souffrait énormément quand il s'est suicidé. Mais il ne voulait pas vous le montrer. Il avait de grands doutes sur le sens de l'existence.

— Que me dit-il, à moi ? » demandai-je.

Rachel Garret ouvrit les yeux assez longtemps pour distinguer qui avait parlé.

« C'était mon mari.

— Jeff dit qu'il vous aime et prie pour vous, répondit Rachel Garret. Il veut que vous soyez heureuse. »

Ça ne mange pas de pain, pensai-je.

« Il y a autre chose, enchaîna-t-elle. Beaucoup d'autres choses. Elles me viennent toutes à la fois. Oh ! mon Dieu, Jeff, qu'est-ce que vous essayez de nous dire ? » Elle écouta attentivement pendant un instant, le visage agité. « L'homme du restaurant est un agent quoi ? » À nouveau, ses yeux se rouvrirent. « Bonté divine ! Un agent de la police secrète soviétique. »

Grand Dieu, songeai-je.

« Mais il n'y a rien à craindre », dit alors Rachel Garret, l'air soulagé, en se laissant aller contre le dossier. « Dieu veillera à ce qu'il soit puni. »

J'interrogeai Kirsten du regard pour essayer d'attirer son attention : je voulais savoir si elle avait dit quoi que ce soit à Rachel Garret, mais Kirsten, apparemment abasourdie, restait les yeux fixés sur la vieille dame. Ce qui répondait sans doute à ma question.

« Jeff dit aussi, reprit Rachel Garret, que c'est pour lui une joie immense et un grand réconfort de voir Kirsten et son père ensemble. Il tient à ce que vous le sachiez. Qui est Kirsten ?

— Moi, annonça Kirsten.

— Il dit, continua la vieille dame, qu'il vous aime. »

Kirsten garda le silence. Mais elle écoutait avec une intensité que je n'avais jamais vue chez elle.

« Il savait que c'était mal. Il dit qu'il regrette… mais il ne pouvait pas s'en empêcher. Il se sent coupable et souhaiterait votre pardon.

— Il l'a, assura Tim.

— Jeff dit qu'il ne peut pas se pardonner, ajouta le docteur Garret. Il en voulait aussi à Kirsten de s'être mise entre lui et son père. Il se sentait coupé de celui-ci. D'après ce que je perçois, son père et Kirsten sont partis sans lui pour un long voyage en Angleterre. Il l'a très mal pris. » Elle marqua une nouvelle pause, puis ajouta : « Il ne faut plus qu'Angel fume de drogues. Elle fume trop de… qu'est-ce que c'est, Jeff ? Je n'arrive pas à le capter clairement. *Trop de joints.* Je ne sais pas ce que ça veut dire. »

Je ne pus m'empêcher de rire.

« Ça signifie quelque chose pour vous ? me demanda-t-elle.

— En un sens », répondis-je pour lui donner le moins d'indices possible.

« Jeff dit qu'il est content que vous travailliez au magasin de disques. Mais… (elle se mit à rire)… vous n'êtes pas assez payée. Il préférait quand vous étiez employée au… je ne vois pas très bien. Il y avait des bouteilles ?

— C'était un cabinet d'avocats qui faisait aussi boutique de bougies, indiquai-je.

— Étrange, dit-elle, perplexe. Un cabinet d'avocats qui vend des bougies.

— C'était à Berkeley », dis-je.

Rachel Garret reprit : « Jeff a quelque chose de

très important à dire à Kirsten et à son père. » Sa voix s'était réduite à un murmure rauque, comme si elle provenait de très loin, comme si elle voyageait par l'intermédiaire de câbles invisibles tendus entre les étoiles. « Jeff veut vous faire part l'un et l'autre de nouvelles terribles. C'est pour ça qu'il essayait si fort de vous atteindre. C'est pour ça qu'il se livrait à toutes ces manifestations, les épingles, les cheveux roussis, les objets brisés *et cætera*. Il a une raison, une raison affreuse. » Un silence.

Je me penchai vers Tim pour lui confier : « C'est une décision personnelle, mais je veux m'en aller.

— Non », dit Tim en secouant la tête, l'air malheureux.

10

Quel singulier mélange d'éléments absurdes et troublants, me dis-je tandis que nous attendions que la vieille Rachel Garret reprenne la parole. Elle a parlé de Fred Hill, l'agent du KGB… et du fait que Jeff n'aimait pas que je fume de l'herbe. Certaines parties venaient manifestement de la presse : les circonstances de la mort de Jeff et ses motivations probables. Grossière psychanalyse et conneries de journaux à scandale, mais avec, enfoncés ici ou là comme de minuscules échardes, des détails impossibles à expliquer.

Si Rachel Garret avait sans aucun doute eu accès à la plupart des informations qu'elle avait divulguées, il restait pourtant un résidu qui donnait la chair de poule. On pourrait définir « résidu » comme « ce qui subsiste après certaines déductions », aussi est-ce le bon terme et j'ai eu beaucoup de temps et d'années pour retourner ça dans ma tête. Mais j'ai eu beau ruminer, je n'ai rien pu expliquer. Comment Rachel Garret aurait-elle pu connaître le Bad Luck Restaurant ? Et même si elle savait que Kirsten et Tim s'y étaient rencontrés, comment aurait-elle pu être au courant de l'existence de Fred Hill et de ce qu'on le soupçonnait d'être ?

Jeff et moi n'avions cessé de plaisanter à ce sujet, de plaisanter sur l'appartenance au KGB du propriétaire du Bad Luck à Berkeley, mais ça n'avait été imprimé nulle part ; personne ne l'avait consigné, sinon peut-être le FBI dans ses ordinateurs – et bien sûr le KGB dans les siens à Moscou –, mais de toute façon il ne s'agissait que d'une supposition. L'allusion à ma consommation de drogue douce pouvait être une habile supposition : je vivais et travaillais à Berkeley, où le monde entier sait qu'on se drogue tous régulièrement… jusqu'à l'excès, en fait. Un médium s'appuie en général sur un pot-pourri d'intuitions, de choses de notoriété publique, d'indices fournis sans s'en apercevoir par les clients eux-mêmes, fournis involontairement et retournés à l'envoyeur… et bien entendu sur les foutaises de base du type « Jeff vous aime » ou « Jeff ne souffre plus » ou « Jeff était en proie au doute » : des généralisations dont n'importe qui pouvait se servir à n'importe quel moment, une fois les faits connus.

Une étrange sensation m'habitait pourtant, même si je savais que cette vieille Irlandaise qui donnait – ou disait donner – de l'argent à l'IRA n'était qu'une tricheuse qui nous escroquait, qui nous volait notre argent, mais nous escroquait aussi en ce sens qu'elle flattait et manipulait notre crédulité. C'était une professionnelle. Le docteur Mason, le médium primaire – on dirait le terme médical pour le cancer : « le cancer primaire » –, lui avait sans aucun doute transmis tout ce que *lui-même* avait appris et connaissait ; c'est une pratique courante chez les médiums et nous le savons tous.

Il était encore temps de partir avant que vienne la révélation, et elle allait venir, déversée sur nous par cette vieille dame sans scrupules avec les signes du dollar dans les yeux et l'habile faculté de sonder les points faibles du psychisme humain. Mais nous ne sommes pas partis, et de même que la nuit suit le jour, nous allions apprendre de Rachel Garret ce qui agitait tant Jeff, au point de le faire revenir vers Tim et Kirsten sous forme de « phénomènes » occultes qu'ils notaient au jour le jour pour le prochain livre de Tim.

Dans son fauteuil d'osier, Rachel Garret me parut soudain devenue très vieille et me fit penser à cette sibylle de l'Antiquité – je ne me rappelais plus laquelle, celle de Delphes ou celle de Cumes – qui avait demandé l'immortalité en négligeant de préciser qu'elle voulait rester jeune ; après quoi elle avait vécu à jamais, mais était devenue si vieille que ses amis avaient fini par l'accrocher au mur dans un sac. Rachel Garret ressemblait à ce brimborion loqueteux de peau flétrie et d'os fragiles dont les murmures sortaient du sac cloué au mur ; quel mur de quelle ville de l'Empire, je l'ignore... peut-être la sibylle est-elle toujours là, peut-être cette créature appelée Rachel Garret en face de nous était-elle en fait cette même sibylle ; en tout cas, je n'avais pas envie d'entendre ce qu'elle avait à dire : je voulais partir.

« Rassieds-toi », me dit Kirsten.

Je me rendis compte que je m'étais mise debout sans même en avoir l'intention. Instinct de fuite, me dis-je. Réaction à la proximité de l'adversaire. Réflexe de mon cerveau reptilien.

Rachel Garret murmura : « Kirsten », mais en prononçant désormais le prénom comme il faut : *Shishen*, ce que ni moi, ni Jeff, ni Tim n'avions jamais fait. Mais c'était ainsi qu'elle le prononçait elle-même, en renonçant à obtenir que les autres en fassent autant, du moins aux États-Unis.

En entendant cela, Kirsten eut un petit hoquet de surprise étouffé.

La vieille dame dans le fauteuil d'osier dit alors : « *Ultima Cumaei venit iam carminis aetas ; magnus ab integro saeclorum nascitur ordo. Iam redit et Virgo, redeunt Saturnia regna ; iam nova…*

— Mon Dieu, s'exclama Tim. C'est la quatrième églogue de Virgile.

— Ça suffit », protesta Kirsten faiblement.

Et je songeai : Elle lit dans mon esprit. Elle sait que je pensais à la sibylle.

S'adressant à moi, Rachel Garret déclara :

Dies irae, dies illa,
Solvet saeclum in favilla
Teste David cum Sibylla.

Oui, elle lit dans mon esprit, constatai-je. Elle sait même que je le sais ; à mesure que je pense, elle me lit mes pensées à voix haute.

« *Mors Kirsten nunc carpit*, murmura Rachel Garret. *Hodie. Calamitas… timeo…* » Elle se redressa dans son fauteuil d'osier.

« Qu'est-ce qu'elle dit ? demanda Kirsten à Tim.

— Vous allez mourir très bientôt, lui assura

Rachel Garret d'une voix calme. Je croyais que c'était aujourd'hui, mais non, pas aujourd'hui. Je l'ai vu ici. Mais pas encore tout de suite. Jeff le dit. C'est pour ça qu'il est revenu : pour vous avertir.

— Mourir comment ? demanda Tim.

— Il n'est pas sûr, répondit Rachel Garret.

— De mort violente ? demanda encore Tim.

— Il ne sait pas, dit la vieille dame. Mais ils sont en train de vous préparer une place, Kirsten. » Son agitation avait à présent complètement disparu ; elle semblait tout à fait calme. « Quelle affreuse nouvelle. Je suis navrée, Kirsten. Pas étonnant que Jeff ait provoqué tous ces troubles. D'habitude, il y a une raison… ils reviennent pour une bonne raison.

— On ne peut rien faire ? interrogea Tim.

— Jeff pense que c'est inévitable, répondit la vieille dame un peu plus tard.

— Ça servait à quoi qu'il revienne, alors ? s'écria brutalement Kirsten, le visage livide.

— Il voulait aussi avertir son père, répondit la vieille dame.

— De quoi ? demandai-je.

— Il a une chance de vivre, expliqua-t-elle. Non, Jeff dit que non. Son père mourra peu après Kirsten. Vous allez périr tous les deux. Il n'y en a pas pour longtemps. Il reste un peu d'incertitude sur le père, mais aucune sur la femme. Si je pouvais vous donner davantage de renseignements, je le ferais. Jeff est toujours avec moi, mais c'est tout ce qu'il sait. » Elle ferma les yeux et poussa un soupir.

Elle était tassée dans son vieux fauteuil, les mains encore jointes ; toute vie semblait l'avoir désertée.

Soudain, elle se pencha en avant pour prendre sa tasse de thé.

« Jeff était si impatient que vous sachiez, dit-elle d'une voix vive et joyeuse. Il se sent tellement mieux, maintenant. » Elle nous sourit.

Toujours pétrifiée, Kirsten murmura : « Vous permettez que je fume ?

— Oh ! je ne préférerais pas, dit Rachel Garret. Mais si vous estimez que ça vous est indispensable…

— Merci. » La main tremblante, Kirsten alluma sa cigarette en rivant sur la vieille dame un regard d'aversion ou de fureur, du moins à ce qu'il me semblait. Tuez les messagers spartiates, pensai-je, tenez-les pour responsables.

« Nous tenons à vous adresser nos remerciements les plus sincères », dit Tim à Rachel Garret d'une voix mesurée et unie ; il commençait, peu à peu, à se secouer, à prendre le contrôle de la situation. « Ainsi donc, il ne fait pas le moindre doute que Jeff est toujours vivant dans l'autre monde ? Et c'est bien lui qui causait ce que nous appelons les phénomènes ?

— Oh ! oui, bien entendu, répondit Rachel Garret. Mais Leonard vous l'avait dit. Leonard Mason. Vous le saviez déjà. »

J'intervins : « Ça ne pouvait pas être un esprit malin qui se faisait passer pour Jeff ? Plutôt que Jeff lui-même ? »

Les yeux brillants, Rachel Garret hocha la tête. « Vous êtes extrêmement éveillée, ma jeune amie. Oui, c'est tout à fait possible. Mais pas dans notre cas. On apprend à faire la différence. Je n'ai rien perçu de mauvais en lui, seulement de l'inquiétude et de l'amour. Angel – vous vous appelez bien Angel, n'est-ce pas ? –, votre mari vous demande de lui pardonner ses sentiments pour Kirsten. Il sait que c'est injuste pour vous. Mais il pense que vous comprendrez. »

Je gardai le silence.

« Je ne me suis pas trompée sur votre nom ? me demanda Rachel Garret d'un ton timide et incertain.

— Non, répondis-je avant de m'adresser à Kirsten : Laisse-moi tirer une bouffée de ta cigarette.

— Tiens, dit-elle en me la passant. Garde-la. Je ne suis pas censée fumer. » Elle se tourna vers Tim. « Alors ? On s'en va ? Je ne vois pas pourquoi on resterait plus longtemps. » Elle prit son sac et son manteau.

Tim paya Rachel Garret – je ne vis pas combien, mais il lui donna des espèces et pas un chèque – avant d'appeler un taxi. Dix minutes plus tard, nous redescendions en zigzag le versant de la colline pour regagner la maison de nos hôtes.

Tim dit au bout d'un moment, et à moitié pour lui-même : « C'était l'églogue de Virgile dont je vous ai lu la traduction aujourd'hui.

— Je me rappelle, dis-je.

— Quelle remarquable coïncidence, poursuivit Tim. Elle n'avait aucun moyen de savoir que c'est l'une de mes préférées. D'accord, c'est la plus célèbre… mais ça n'explique pas grand-chose. Je n'ai jamais entendu personne d'autre que moi la citer. Quand le docteur Garret s'est mise à parler en latin, j'ai eu l'impression qu'on me lisait mes pensées à voix haute. »

Quant à moi… je m'aperçus que j'avais fait la

même expérience. La comparaison de Tim convenait à merveille, elle était parfaite et précise.

« Tim, lançai-je, vous est-il arrivé de parler du Bad Luck Restaurant au docteur Mason ? »

Me regardant, Tim demanda : « De quel restaurant s'agit-il ?

— Celui où on s'est rencontrés, toi et moi, rappela Kirsten.

— Non. Je ne me souvenais même pas de son nom. Mais je me rappelle ce que nous avons mangé… j'avais pris des fruits de mer.

— Vous n'avez jamais parlé à quiconque, en aucune occasion, de Fred Hill ? insistai-je.

— Je ne connais personne de ce nom, répondit Tim. Je regrette. » Il se frotta les yeux avec lassitude.

« Ces gens-là lisent dans vos pensées, intervint Kirsten. C'est comme ça qu'ils obtiennent les informations. Elle savait que j'avais des problèmes de santé. Elle sait que je me fais du souci à cause de ce voile que j'ai au poumon.

— Quel voile ? » m'étonnai-je. C'était la première fois que j'en entendais parler. « Tu as passé d'autres examens ? »

Voyant que Kirsten ne répondait pas, Tim le fit pour elle : « C'était une radio de routine, il y a plusieurs semaines. Elle a révélé la présence d'un voile. Mais les médecins pensent que cela ne veut rien dire.

— Si, ça veut dire que je vais mourir, affirma Kirsten d'une voix dure et venimeuse. Tu l'as entendue, cette vieille salope.

— Tuez les messagers spartiates », observai-je.

Furieuse, Kirsten riposta d'une voix cinglante :

« C'est encore une de tes remarques types de femme cultivée ?

— Je t'en prie, s'interposa Tim faiblement.

— Ce n'est pas sa faute, fis-je.

— On paie cent dollars pour se faire dire qu'on va mourir, Tim et moi, s'écria Kirsten, et tu voudrais en plus qu'on soit reconnaissants ? » Elle me scruta avec une malveillance qui me parut proprement psychotique et dépassait tout ce que j'avais jamais vu, même chez quelqu'un d'autre. « Toi, tu ne crains rien, espèce de conne : elle n'a pas dit qu'il allait t'arriver quelque chose. Tu t'en tires à bon compte. Je vais mourir et tu auras Tim pour toi toute seule, une fois Jeff et moi hors circuit. Je crois que tu as tout combiné ; tu es derrière tout ça, bordel de Dieu ! » Elle se pencha pour me lancer un coup de poing ; là, à l'arrière du taxi, elle chercha à me frapper. Je reculai, horrifiée.

Tim la plaqua des deux mains contre la portière. « Si jamais j'entends ce juron sortir à nouveau de ta bouche, menaça-t-il, tu ne me reverras plus jamais.

— Espèce de connard », riposta Kirsten.

Ensuite ce fut le silence, troublé seulement par la radio qui reliait le taxi à son standard.

« Arrêtons-nous prendre un verre quelque part, proposa Kirsten quand nous fûmes presque arrivés. Je n'ai pas envie de voir ces gens horriblement effacés, non, je ne peux pas. Je veux faire du shopping. » Elle dit à Tim : « On te laisse. Angel et moi allons traîner dans les magasins. Pour aujourd'hui, j'ai ma dose.

— Je ne me sens pas d'humeur pour du shopping, en ce moment, dis-je.

— Je t'en prie», insista Kirsten d'une voix tendue.

Tim me dit doucement: «Faites-le pour nous deux.» Il ouvrit la porte du taxi.

«D'accord.»

Après avoir donné de l'argent à Kirsten – tout le liquide dont il disposait, semblait-il – Tim descendit de voiture; nous refermâmes la portière et, quelques instants plus tard, nous roulions dans le quartier commerçant au centre-ville de Santa Barbara, avec toutes ses ravissantes petites boutiques et leurs divers objets artisanaux. Kirsten et moi prîmes place dans un bar, un endroit tranquille avec de la musique diffusée en sourdine. Par les portes ouvertes, nous voyions les passants déambuler dans la lumière vive de la mi-journée.

«Quelle saleté, s'exclama Kirsten en buvant une gorgée de vodka collins. Tu parles d'une perspective. Découvrir que tu vas mourir.

— Le docteur Garret a improvisé à partir du retour de Jeff.

— Comment ça?» Elle remua le contenu de son verre.

«Jeff est revenu. C'est une donnée. Alors, Garret a inventé une raison pour justifier son retour, la plus dramatique qu'elle puisse trouver. *Il est revenu pour une raison. C'est pour ça qu'ils reviennent*. C'est un lieu commun. Comme…» Je fis un geste. «Comme le spectre dans *Hamlet*.»

M'observant d'un air interrogateur, Kirsten lança: «Vous autres, à Berkeley, vous trouvez vraiment toujours une explication intellectuelle à n'importe quoi.

— Le spectre, celui du père de Hamlet, avertit celui-ci que Claudius est un meurtrier, que c'est lui qui l'a assassiné.

— Comment s'appelle le père de Hamlet ?

— Dans la distribution, il est juste désigné comme *le défunt roi, père de Hamlet.* »

Me fixant d'un regard de hibou, Kirsten affirma : « Non, son père s'appelle aussi Hamlet.

— Je te parie dix dollars que non. »

Elle tendit la main ; je topai. « La pièce ne devrait pas s'appeler *Hamlet*, reprit-elle, mais *Hamlet junior.* » Nous nous mîmes à rire. « C'est de la folie, dit-elle. On est malades d'aller voir ce médium. Faire tout ce voyage pour… bien sûr, il y a aussi le rendez-vous de Tim avec les grosses têtes du groupe d'experts. Tu sais où il veut réellement travailler ? Ne le répète à personne, mais ce qu'il *aimerait* faire, c'est travailler pour le Centre d'études des institutions démocratiques. Toute cette affaire du retour de Jeff… » Elle but une gorgée. « Tim en a beaucoup pâti.

— Il n'est pas obligé de sortir ce livre. Il pourrait laisser tomber. »

Kirsten poursuivit comme si elle pensait à voix haute : « Comment s'y prennent-ils, ces médiums ? C'est sûrement de la perception extrasensorielle ; ils peuvent capter les angoisses des gens. Cette vieille chouette a deviné mon problème de santé. Ça remonte à cette foutue péritonite… tout le monde sait que je l'ai eue. Les médiums du monde entier doivent tenir un dossier central mis à jour avec les renseignements publiés dans les médias. Et mon cancer. Ils savent que j'ai la malchance d'avoir un corps de mauvaise qualité, comme une sorte de voiture d'occasion. Une saloperie. Dieu m'a vendu un corps pourri.

— Tu aurais dû me parler de ce voile au poumon.

— Ça ne te regarde pas.

— Je m'intéresse à toi.

— Espèce de gouine. Tu n'es qu'une lesbienne. C'est pour ça que Jeff s'est tué, parce que toi et moi sommes amoureuses. » Nous nous étions de nouveau mises à rire ; nos têtes se heurtèrent et je passai un bras autour des épaules de Kirsten. « J'ai une blague pour toi. On n'est plus censés appeler *métèques* les Mexicains, pas vrai ? » Elle baissa la tête. « On est censés les appeler…

— Lubricanos », complétai-je.

Elle me jeta un coup d'œil. « Va te faire foutre.

— Draguons un type, proposai-je.

— Je veux faire les magasins. Drague, toi. » Elle ajouta plus sombrement : « Santa Barbara est vraiment une belle ville. Tu sais, nous allons peut-être descendre vivre ici. Tu resterais à Berkeley, si Tim et moi déménagions ici ?

— Je ne sais pas.

— Toi et tes amis de Berkeley. De l'est de la Baie avec sa Compagnie d'Échange de Partenaires en Amour Libre Communautaire Cosexuel. Qu'est-ce qui te retient tant à Berkeley, Angel ? Pourquoi veux-tu y rester ?

— À cause de la maison », précisai-je. En songeant aussi : et aux souvenirs de Jeff. Qui sont liés à cette maison, aux courses que nous faisions au Co-Op sur University Avenue. « J'aime les petits cafés le long de l'avenue. Surtout Chez Larry Blake.

Un jour, Larry Blake est venu nous parler, à Jeff et moi, au sous-sol sur Ratskeller. Il a été très sympa avec nous. J'aime aussi Tilden Park. » Et le campus, me dis-je. Je ne pourrai jamais m'en libérer. Le bosquet d'eucalyptus au bas d'Oxford Lane. La bibliothèque. « C'est chez moi.

— Tu t'habituerais à Santa Barbara. »

Je changeai de sujet : « Tu n'aurais pas dû me traiter de conne devant Tim. Il pourrait se faire des idées.

— Si je meurs, tu coucheras avec lui ? Je parle sérieusement.

— Tu ne vas pas mourir.

— Le docteur FileLaChairDePoule dit que si.

— Le docteur LaChairDePoule ne raconte que des conneries.

— Tu crois ? La vache, c'était bizarre. » Kirsten eut un frisson. « Je le sentais, qu'elle lisait dans mon esprit, qu'elle y puisait comme on recueille la sève d'un érable. En me renvoyant mes peurs. Tu coucherais avec Tim ? Réponds-moi sérieusement, j'ai besoin de savoir.

— Ce serait de l'inceste.

— Pourquoi ? Oh ! bon, si tu veux. Mais… c'est déjà un péché, pour lui, pourquoi ne pas y ajouter l'inceste ? Si Jeff est au Ciel et qu'ils préparent une place pour moi, il faut croire que je vais aller au Ciel. C'est un soulagement. Je ne sais pas vraiment s'il faut prendre au sérieux ce qu'a raconté le docteur Garret.

— Prends-le pour ce que ça vaut : un ramassis de bêtises.

— Et pourtant, Jeff nous est revenu. Nous en

avons maintenant la confirmation. Alors, si je crois à ça, ne dois-je pas aussi croire au reste, à la prophétie ? »

En l'écoutant parler, un fragment de *Didon et Énée* me revint en mémoire, à la fois la musique et les paroles :

Le destin contraint, comme vous le savez,
Le Prince troyen à chercher le sol italien ;
La Reine et lui sont en ce moment à la chasse.

Pourquoi cette réminiscence ? La sorcière… Jeff avait cité ses mots ou bien c'était moi ; la musique avait fait partie de notre vie et je pensais à présent à Jeff, aux choses qui nous avaient unis. Le destin, songeai-je. La prédestination ; la doctrine de l'Église, fondée sur saint Augustin et sur saint Paul. Tim m'avait dit une fois que le christianisme en tant que religion à mystères avait été inventé comme un moyen d'abolir la tyrannie du destin, le *fatum* antique, mais seulement pour le réintroduire sous la forme de la prédestination… une double prédestination, en fait, puisque certains sont destinés à l'enfer et d'autres au paradis. La doctrine de Calvin.

« Le destin est une chose qui n'existe plus, dis-je. Il a disparu avec l'astrologie, avec l'ancien monde. C'est Tim qui me l'a expliqué. »

Kirsten répondit : « Il me l'a expliqué aussi, mais les morts ont le don de prédire l'avenir ; ils sont hors du temps. C'est pour ça qu'on évoque leurs esprits : pour connaître leur avis sur le futur. Pour eux, c'est déjà arrivé. Ils sont pareils à Dieu. Ils voient tout. Nous avons accès à ce merveilleux pouvoir surnaturel… c'est mieux que le Saint-Esprit, qui accorde aussi la faculté de prévoir l'avenir, de le prophétiser. Par cette vieille bonne femme, nous savons que Jeff a la certitude absolue que je vais y passer bientôt. Comment peux-tu en douter ?

— J'en doute volontiers.

— Mais elle était au courant, pour le Bad Luck Restaurant. Tu comprends, Angel, il faut soit tout rejeter en bloc, soit tout accepter : on ne peut pas choisir. Et si on rejette tout, c'est que Jeff n'est pas revenu parmi nous et qu'on est cinglés. Par contre, si on accepte tout, c'est qu'il est bien revenu, ce qui me convient parfaitement, mais ça veut aussi dire qu'il faut affronter le fait que je vais mourir. »

Et Tim aussi, pensai-je. Tu as oublié ce détail. C'est typique de toi, de ne penser qu'à ta petite personne.

« Qu'est-ce qu'il y a ? demanda Kirsten.

— Eh bien, elle a dit que Tim allait mourir aussi.

— Tim a le Christ de son côté ; il est immortel. Tu ne le savais pas ? Les évêques vivent à jamais. Le premier évêque – saint Pierre, j'imagine – est toujours vivant quelque part, et on lui verse un salaire. Les évêques vivent éternellement et sont très bien payés. Moi, je meurs et on me paie une misère.

— Ça vaut mieux que de travailler chez un disquaire.

— Pas vraiment. Au moins, tout ce qui concerne ta vie est étalé au grand jour, tu n'es pas obligée de te cacher comme une voleuse. Ce livre de Tim… tous ceux qui le liront comprendront que lui et moi couchons ensemble. Nous étions en Angleterre ensemble ; nous avons assisté aux phénomènes ensemble. Cette prophétie faite par la vieille dame, c'est peut-être la punition divine pour nos péchés. Coucher avec un évêque et mourir ; comme on disait "Voir Naples et mourir". Bon, ça n'en valait pas vraiment la peine, en tout cas. J'aimerais mieux vendre des disques à Berkeley comme toi… mais il faudrait que je sois jeune comme toi, pour profiter de tous les avantages.

— Mon mari est mort. Je n'ai pas toutes les veines.

— Ni la culpabilité.

— Tu parles ! Je suis bourrée de culpabilité.

— Pourquoi ? Jeff… de toute manière, ce n'était pas ta faute.

— Nous partageons la faute, répondis-je. Tous autant que nous sommes.

— La faute de la mort de quelqu'un qui était programmé pour mourir ? On ne se tue que si c'est inscrit dans votre ADN, tu ne savais pas ça ? Ou alors, c'est une espèce de script, comme l'enseigne Eric Berne. Il est mort, tu sais, au moment où ça figurait dans son script, ce qui prouvait qu'il avait raison. Son père était mort exactement au même âge. Ça me fait penser à Chardin, qui voulait mourir un Vendredi saint et a été exaucé.

— C'est morbide.

— Ouais. » Kirsten hocha la tête. « Je viens d'apprendre que j'allais mourir ; je suis d'humeur très morbide, tout comme tu le serais, sauf que ça t'épargne pour une raison quelconque. Peut-être parce que tu n'as pas de voile au poumon et n'as jamais eu de cancer. Pourquoi ce n'est pas cette vieille dame qui meurt ? Pourquoi moi et Tim ? Je trouve méchant de la part de Jeff d'avoir dit ça, c'est une de ces prophéties autoréalisatrices dont on entend parler. Il dit au docteur FileLaChairDe-Poule que je vais mourir, résultat, je meurs, et ça plaît à Jeff parce qu'il me haïssait de coucher avec son père. Qu'ils aillent au diable tous les deux. Ça colle très bien aux épingles enfoncées sous mes ongles ; c'est de la haine, de la haine envers moi. Je sais reconnaître la haine quand elle se manifeste. J'espère que Tim le soulignera dans son livre… de toute façon il n'y a pas de problème, ce sera dit, puisque c'est moi qui rédige presque tout ; il n'a pas le temps et, si tu veux tout savoir, pas le talent. Toutes ses phrases s'embrouillent. Il est atteint de logorrhée : il n'y a qu'à l'entendre parler.

— Je ne veux rien savoir.

— Tim et toi, vous avez déjà couché ensemble ?

— Mais non, enfin ! protestai-je, stupéfaite.

— Foutaises.

— Bon Dieu. Tu es cinglée.

— Tu vas dire que c'est à cause des barbituriques que je prends. »

Je la dévisageai et elle soutint mon regard, sans ciller, le visage tendu.

« Tu es cinglée, répétai-je.

— Tu as monté Tim contre moi.

— J'ai *quoi* ?

— Il pense que Jeff serait toujours vivant si je n'avais pas été là, mais c'est lui qui a voulu qu'il y ait une liaison entre nous.

— Tu… » Je ne savais plus quoi dire. « Tes changements d'humeur deviennent de plus en plus fantasques », prononçai-je enfin.

D'une voix féroce et grinçante, Kirsten jeta : « J'y vois de plus en plus clair. Allons-y. » Elle termina son verre et descendit de son tabouret, vacilla, me sourit. « Allons faire des emplettes. Achetons des bijoux d'argent indiens importés du Mexique ; ils en vendent, par ici. Tu me considères comme une vieille femme malade et droguée, n'est-ce pas ? Tim et moi avons discuté de l'opinion que tu as de moi. Il estime que c'est préjudiciable et diffamatoire pour moi. Il compte bien t'en parler un jour. Prépare-toi, il va te citer la loi canonique. C'est contraire à la loi canonique de porter des faux témoignages. Il ne te juge pas bonne chrétienne, et même pas chrétienne du tout. Il ne t'aime vraiment pas. Tu ne t'en doutais pas ? »

Je ne répondis pas.

« Les chrétiens sont enclins à porter des jugements, poursuivit Kirsten, et les évêques encore davantage. Je dois vivre en supportant que Tim confesse chaque semaine le péché qu'il commet en couchant avec moi ; tu sais quel effet ça fait ? C'est très pénible. Et maintenant il m'y fait aller ; je me confesse et je communie. C'est malsain. Le christianisme est malsain. J'ai envie qu'il se désiste de ses fonctions d'évêque, je veux qu'il entre dans le secteur privé.

— Ah ? » fis-je, étonnée. Puis je compris. Tim pourrait alors afficher ouvertement ses relations avec elle. Bizarre, me dis-je, que je n'y aie pas songé plus tôt.

« Quand il travaillera pour ce groupe d'experts, dit Kirsten, il n'aura plus besoin de se dissimuler parce qu'ils s'en ficheront. Ce ne sont ni des hommes d'Église ni des chrétiens… ils ne condamnent pas les autres. Ils ne pensent pas à leur salut. Je vais te dire une chose, Angel. À cause de moi, Tim est coupé de Dieu. C'est terrible, pour lui comme pour moi : il doit aller prêcher tous les dimanches en sachant qu'à cause de moi il a rompu ses liens avec Dieu, comme dans le péché originel. À cause de moi, l'évêque Timothy Archer récapitule la chute primordiale, et c'est de sa part un choix, personne ne l'y a poussé ; il est tombé de lui-même. C'est ma faute. J'aurais dû lui dire non la première fois qu'il m'a demandé de coucher avec lui. Ç'aurait été beaucoup mieux, mais je ne connaissais que dalle au christianisme ; je ne comprenais pas ce que ça signifiait pour lui, ni ce que ça finirait par signifier pour moi, à mesure que cette saleté suinterait sur moi, cette doctrine du péché originel. Dire que l'homme est né mauvais, quelle doctrine démente ; comme c'est cruel. On ne la trouve pas dans le judaïsme ; c'est saint Paul qui l'a inventée pour expliquer la crucifixion. Pour donner un sens à la mort du Christ, qui n'en a en réalité aucun. Il est mort pour rien, sauf si on croit au péché originel.

— Tu y crois, maintenant ?

— Je crois que j'ai péché ; je ne sais pas si je suis née ainsi. Mais maintenant, c'est la vérité.

— Tu as besoin d'une thérapie.

— Comme l'Église tout entière. Au premier coup d'œil sur Tim et moi, la vieille cinglée a pu savoir que nous couchions ensemble, ce que tous les médias savent déjà, et quand le livre sortira, il *faudra* qu'il démissionne, et pas à cause de sa foi ou son absence de foi dans le Christ, mais à cause de moi. C'est moi qui le force à renoncer à sa carrière, et non son manque de foi. Cette vieille folle n'a fait que me répéter ce que je savais déjà : il faut payer pour les choses qu'on fait. Ce serait aussi bien que je meure, vraiment. Ce n'est pas une vie. Chaque fois que nous allons quelque part, il faut prendre deux chambres d'hôtel séparées, et ensuite je me glisse dans la sienne en passant par le couloir… La cinglée n'avait pas besoin d'être extralucide pour dénicher ça ; ça se lit sur notre visage. Bon, allons faire nos achats.

— Il faudra que tu me prêtes de l'argent, dis-je. Je n'en ai pas assez sur moi.

— C'est l'argent de l'Église épiscopalienne. » Elle ouvrit son sac. « Ne te gêne pas.

— Tu te détestes, commençai-je ; j'allais ajouter le mot *injustement*, mais Kirsten m'interrompit.

— Je déteste la position où je me trouve. Je déteste ce que Tim a fait de moi : il m'a donné honte de moi, de mon corps et d'être une femme. Est-ce pour ça que nous avons fondé le MÉF ? Je n'aurais jamais imaginé me retrouver dans une telle situation, comme une putain à quarante dollars la passe. Il faudrait qu'on se parle, toi et moi, de temps en temps, comme autrefois, avant que je sois tout le temps occupée à écrire ses discours et prendre ses rendez-vous… la secrétaire qui fait en sorte que l'évêque ne révèle pas publiquement quel imbécile il est, quel enfant il est ; c'est moi qui ai toutes les responsabilités, et on me traite comme un tas d'ordures. »

Elle prit à l'aveuglette dans son sac une poignée de billets qu'elle me tendit ; je les acceptai avec beaucoup de culpabilité, mais je les pris. Comme disait Kirsten, ils appartenaient à l'Église épiscopalienne.

« J'ai appris une chose, dit-elle alors que nous

quittions le bar pour émerger dans la lumière du jour, c'est à lire toutes les clauses en petits caractères.

— En tout cas, on peut dire que cette vieille dame t'a délié la langue.

— Non… c'est de ne plus être à San Francisco. Jusqu'ici, tu ne m'avais vue que sur la Baie et dans la cathédrale. Je ne t'aime pas, je n'aime pas être une putain de bas étage et je n'aime pas particulièrement ma vie en général. Je ne suis même pas sûre d'aimer Tim. Je ne suis pas sûre d'avoir envie de continuer avec lui. Cet appartement… j'en avais un bien mieux avant de rencontrer Tim, mais je suppose que ce n'est pas important, enfin, en principe. Mais j'avais une vie très enrichissante. Seulement voilà, j'étais programmée par mon ADN pour me retrouver mêlée à l'existence de Tim, et aujourd'hui une espèce de vieille toquée me balance que je vais bientôt mourir. Tu veux savoir ce que je ressens, du coup, ce que je ressens vraiment ? Pour moi, ça n'a plus d'importance. De toute façon, je le savais déjà. Elle l'a lu dans ma tête et me l'a renvoyé, tu le sais très bien. C'est la seule chose qui me reste à l'esprit de cette séance : j'ai entendu quelqu'un exprimer ce que je pensais de moi, de ma vie et de ce que j'allais devenir. Ça me donne le courage d'affronter la situation et de faire ce que j'ai à faire.

— C'est-à-dire ?

— Tu verras en temps voulu. J'ai pris une décision importante. Ce truc d'aujourd'hui m'a aidée à m'éclaircir les idées. Je crois que je comprends, maintenant. » Elle ne se confia pas davantage. Kirsten avait l'habitude de faire des mystères ; elle supposait que cela ajoutait du charme à sa personnalité. En réalité, il n'en était rien. Le seul résultat auquel elle parvenait, c'était d'embrouiller les choses, surtout pour elle.

J'abandonnai le sujet. Nous partîmes d'un pas nonchalant en quête d'occasions de dépenser les biens de l'Église.

Nous revînmes à San Francisco à la fin de la semaine, chargés d'achats et fourbus. L'évêque avait obtenu, officieusement, un poste auprès du groupe d'experts de Santa Barbara. Il annoncerait bientôt publiquement son intention de renoncer à son ministère dans le diocèse de Californie. Maintenant que son nouvel emploi était prévu, c'était inéluctable : il était au pied du mur. Entre-temps, Kirsten était entrée à l'hôpital pour passer de nouveaux examens.

Son appréhension l'avait rendue taciturne et morose ; j'allai lui rendre visite, mais elle n'avait pas grand-chose à dire. Pendant que j'étais assise à son chevet, mal à l'aise et souhaitant être ailleurs, elle tripotait ses cheveux sans cesser de se plaindre. Je la quittai mécontente, surtout de moi : je semblais avoir perdu la faculté de communiquer avec elle – qui était vraiment ma meilleure amie – et nos rapports se dégradaient au même rythme que son humeur.

Vint le moment où l'évêque reçut les épreuves de son livre sur le retour de Jeff ; Tim s'était décidé pour le titre *Ici, mort tyrannique*, que je lui avais suggéré et qui provenait du *Belshazzar* de Haendel :

Ici, mort tyrannique, se termine ta terreur.

Il citait aussi en contexte à l'intérieur du livre cette allusion à la fin de la tyrannie de la mort.

Comme toujours débordé, occupé par de multiples tâches importantes, il choisit d'apporter les épreuves à Kirsten à l'hôpital pour qu'elle les relise. Lors de ma visite suivante, je la trouvai adossée à ses oreillers, une cigarette dans une main, un stylo dans l'autre, les longs feuillets des épreuves sur les genoux. Sa rage sautait aux yeux.

« Tu imagines ça ? lança-t-elle en guise de bonjour.

— Je peux m'en occuper, proposai-je en m'installant sur le bord du lit.

— Pas si je vomis dessus.

— Après ta mort, tu travailleras encore plus dur.

— Non, je ne travaillerai plus du tout. C'est là toute la question. En lisant ce truc, je n'arrête pas de me demander : mais qui va croire à ces conneries ? Parce que bon, ce *sont* des conneries. Voyons les choses en face. Regarde. » Elle désigna un paragraphe que je me penchai pour lire. Ma réaction correspondit à la sienne ; la prose était ampoulée, vague et désastreusement pompeuse. Tim l'avait manifestement dictée à son habituelle vitesse accélérée, comme s'il était pressé d'en finir. Et tout aussi manifestement, il ne s'était pas relu une seule fois. Le titre devrait être *Jette un regard en arrière, imbécile*, me dis-je.

« Commence par la fin et lis les pages dans l'ordre inverse, suggérai-je. Comme ça, tu ne feras pas attention au sens.

— Je crois que je vais les laisser tomber. Oups. » Elle fit le geste d'envoyer littéralement les épreuves par terre et les rattrapa juste à temps. « L'ordre des pages compte-t-il seulement ? On devrait les mélanger.

— Ajoute des trucs, dis-je. Genre : *C'est vraiment nul.* Ou bien : *Et ta sœur, elle porte des chaussettes de quelle couleur ?* »

Kirsten fit semblant d'écrire ce qu'elle disait : « *Jeff s'est manifesté à nous tout nu en se tenant la quéquette et en chantant un hymne patriotique.* » Nous riions à présent toutes les deux, je m'écroulai contre elle et nous nous serrâmes dans nos bras.

« Cent dollars pour toi si tu l'écris vraiment, dis-je en ayant du mal à aligner les mots.

— Je les remettrai à l'IRA.

— Non. À l'IRS.

— Je ne déclare pas mes gains au fisc, répliqua Kirsten. Les putains n'y sont pas obligées. » Son humeur changea, sa gaieté déclina nettement. Elle me tapota le bras avec douceur, puis m'embrassa.

« En quel honneur, ce baiser ? demandai-je, touchée.

— Les médecins pensent que mon voile au poumon est le signe d'une tumeur.

— Oh ! non.

— Si. Voilà, il n'y a rien à ajouter. » Elle me repoussa alors avec une colère mal réprimée.

« Ils ne peuvent rien faire ? Enfin, ils ne peuvent pas ?...

— Ils peuvent opérer, pour enlever le poumon.

— Et tu continues de fumer.

— C'est un peu tard pour arrêter. Quelle merde. Ça soulève une question intéressante... que je ne suis pas la première à poser. Quand on ressuscite d'entre les morts, est-ce qu'on ressuscite sous une forme parfaite ou bien avec toutes les cicatrices, les blessures et les imperfections qu'on avait de son vivant ? Jésus a montré à Thomas ses blessures ; il lui a fait enfoncer la main dans la plaie qu'il avait au flanc. Sais-tu que l'Église est née de cette blessure ? C'est ce que croient les catholiques romains. Sang et eau ont coulé de cette plaie, celle faite d'un coup de lance, pendant qu'il était sur la croix. C'est comme un vagin, le vagin de Jésus. » Elle ne semblait pas plaisanter ; elle paraissait au contraire solennelle et pensive. « La notion mystique d'une seconde naissance spirituelle. Le Christ nous a donné naissance à tous. »

Je m'assis sur la chaise à côté du lit, sans rien dire. J'étais abasourdie et terrifiée par la nouvelle qu'elle venait de m'apprendre ; je n'arrivais pas à réagir. Kirsten semblait quant à elle très calme, à présent.

Ils lui ont donné des calmants, pensai-je. Comme ils le font quand ils annoncent ce genre de chose.

« Tu te considères comme chrétienne, maintenant ? finis-je par demander, incapable de trouver une idée plus appropriée.

— C'est le phénomène du renard dans son terrier, répondit Kirsten. Qu'est-ce que tu penses du titre ? *Ici, mort tyrannique.*

— C'est moi qui l'ai choisi. »

Elle me fixa avec intensité.

« Pourquoi tu me regardes comme ça ?

— Tim a dit que c'était lui qui l'avait choisi.

— En fait, oui, c'est lui. Je lui ai simplement fourni la citation. Une parmi d'autres ; je lui en avais soumis plusieurs.

— C'était quand ?

— Je ne sais plus. Il y a un moment. J'ai oublié. Pourquoi ?

— Je trouve ce titre affreux. Il m'a fait horreur

dès que je l'ai vu. Et c'était quand Tim est venu me lâcher ces épreuves sur les genoux, littéralement. Il ne m'a jamais demandé… » Elle s'interrompit, puis écrasa sa cigarette. « Ça ressemble à l'idée qu'on se fait de ce que doit être un titre de livre. À une parodie de titre de livre. Par quelqu'un qui n'en avait jamais choisi. Je m'étonne que son éditeur n'ait pas protesté.

— Tout ça est dirigé contre moi ?

— Je ne sais pas. À toi d'en décider. » Elle se mit à examiner minutieusement les épreuves sans plus prendre garde à ma présence.

« Tu veux que je m'en aille ? » demandai-je avec embarras au bout d'un moment.

Kirsten répondit : « Ce que tu fais m'est complètement égal. » Elle continua sa relecture. Au bout d'un instant, elle s'arrêta pour allumer une autre cigarette. Je vis alors que le cendrier près de son lit débordait de mégots de cigarettes à demi fumées.

11

J'appris son suicide par un coup de fil de Tim. Mon petit frère était venu me rendre visite ; c'était un dimanche, aussi n'avais-je pas besoin d'aller à Musik Shop. Il a fallu que j'écoute Tim me dire que Kirsten « venait de nous quitter » ; je voyais mon petit frère, qui avait beaucoup d'affection pour Kirsten, en train d'assembler un modèle réduit de Spad XIII en balsa… il savait que l'appel venait de Tim, mais ignorait bien entendu que Kirsten était morte, désormais, comme Jeff.

La voix de Tim résonnait dans mon oreille : « Vous êtes solide. Je sais que vous pourrez le supporter.

— Je le sentais venir.

— Oui. » Tim parlait d'une voix neutre, mais je savais qu'il avait le cœur brisé.

« Les barbituriques ? demandai-je.

— Elle en a pris… enfin, ils ne savent pas trop. Elle les a avalés et elle a surveillé l'heure. Elle a attendu avant de venir me mettre au courant. Ensuite, elle est tombée. Je savais pourquoi. » Il ajouta : « Elle devait retourner à l'hôpital demain.

— Vous avez appelé…

— L'ambulance est arrivée, me coupa-t-il, et l'a emmenée tout de suite à l'hôpital. Ils ont fait leur maximum. En fait, elle avait déjà accumulé la quantité maximale dans son organisme, si bien que ce qu'elle a pris a provoqué une overdose.

— Oui, c'est comme ça qu'on fait. Pour qu'un lavage d'estomac ne serve à rien, parce que c'est déjà dans l'organisme.

— Vous voulez venir ? demanda Tim. En ville ? J'aimerais vraiment que vous soyez là.

— J'ai Harvey chez moi », lui appris-je.

Mon petit frère leva les yeux.

Je lui dis : « Kirsten est morte.

— Ah. » Il hocha la tête et se remit un peu plus tard à son modèle réduit. C'est comme dans *Wozzeck*, pensai-je. Exactement comme à la fin de *Wozzeck*. Me revoilà à faire l'intello de Berkeley qui voit tout en termes de références culturelles : opéras, romans, oratorios, poèmes… sans parler des pièces de théâtre.

Du ! Deine Mutter ist tot !

Et l'enfant de Marien répond :

Hopp, hopp ! Hopp, hopp ! Hopp, hopp !

Si tu continues comme ça, pensai-je, tu vas craquer. Le petit garçon qui assemble son modèle réduit sans comprendre : c'était une seconde horreur, qui me tombait aussi dessus à ce moment-là.

« J'arrive, promis-je à Tim. Dès que je trouve quelqu'un pour s'occuper de Harvey.

— Vous pourriez l'amener.

— Non », fis-je en secouant la tête par réflexe.

Je demandai à une voisine d'accueillir Harvey pour le restant de la journée et pris la route pour San Francisco. Je ne tardai pas à traverser le Bay Bridge au volant de ma Honda.

Et toujours les paroles de l'opéra de Berg me tournaient dans la tête, comme une obsession.

Le chasseur mène une vie libre et joyeuse
Chacun peut tirer en toute liberté !
J'aimerais être chasseur,
J'aimerais vraiment ça.

Je veux dire, rectifiai-je intérieurement, les paroles de Georg Büchner, c'est lui qui a écrit ce truc.

Je me mis à pleurer tout en conduisant ; les larmes me coulaient sur les joues ; j'allumai la radio de la voiture et enfonçai touche après touche, essayant station après station. Je tombai sur une station de rock qui diffusait un vieux morceau de Santana ; j'augmentai le volume et hurlai avec la musique qui se répercutait à l'intérieur du petit habitacle. J'entendis alors :

Toi ! Ta mère est morte !

Je faillis emboutir une énorme voiture américaine et dus me rabattre en catastrophe sur ma droite. Ralentis, me dis-je. Bordel, deux morts, ça suffit. Tu veux en ajouter une troisième ? Continue à conduire comme ça, alors : ça en fera trois plus les passagers de l'autre voiture. Je me souvins alors de Bill. Bill Lundborg le Dingue, enfermé quelque part dans un asile. Tim l'avait-il appelé ? Il faudra que je le lui dise, pensai-je.

Ce pauvre enfoiré à la cervelle abîmée, pensai-je en me rappelant Bill, son visage joufflu et son air doux, d'une douceur comme une odeur de trèfle nouveau, ses pantalons trop larges et sa mine béate de ruminant satisfait. Le bureau de poste est bon pour une nouvelle série de vitres cassées, me dis-je. Il va aller en cogner du poing les baies vitrées jusqu'à ce que le sang lui dégouline sur les bras. Et ensuite, on l'enfermera de nouveau quelque part ; l'endroit n'a pas d'importance, puisqu'il ne voit pas la différence.

Comment a-t-elle pu lui faire ça ? me demandai-je. Quelle méchanceté. Quelle épouvantable cruauté envers nous tous. Elle nous détestait vraiment. C'est notre punition. Je me croirai toujours responsable, tout comme Tim, tout comme Bill. Et bien entendu, aucun de nous n'est responsable, même si nous le sommes tous, en un sens, mais de toute façon ce n'est plus la question, c'est nul, non avenu et vide, totalement vide, comme dans « le vide infini », le sublime non-Être de Dieu.

Il y a quelque part dans *Wozzeck* un vers qu'on peut traduire, grossièrement, par « Le monde est affreux ». Oui, me dis-je alors que je continuais à foncer sur le Bay Bridge en me foutant de ma vitesse, ça résume tout. C'est du grand art : « Le monde est affreux. » Tout est dit. C'est pour nous le dire que nous payons les compositeurs, les peintres et les grands écrivains ; en comprenant cela, ils gagnent leur vie. Quelle perspicacité incisive. Quelle intelligence pénétrante. Un rat dans un égout pourrait vous en dire autant, s'il avait le don de la parole. Si les rats pouvaient parler, je ferais tout ce qu'ils disent. Ça me rappelle une Noire que je connaissais. Elle, c'étaient les araignées, pas les rats (qui sont mon truc à moi), elle disait : « Vise un peu si les araignées pouvaient parler. » Un jour, elle avait piqué une crise de nerfs à Tilden Park et nous avions dû la reconduire chez elle. Elle était très névrosée. Mariée à un type blanc… comment s'appelait-il ? Il n'y a qu'à Berkeley qu'on voit ça.

Vise, comme Wisigoth, les Goths nobles. Visites, comme celles des morts, venus de l'autre monde. Cette vieille femme a une grosse part de responsabilité là-dedans, si jamais quelqu'un en a une, c'est bien elle. Mais ça revient à tuer les messagers spartiates : voilà que je le fais aussi, après tous les avertissements. ATTENTION : CETTE FEMME EST CINGLÉE. Ôtez-vous de mon chemin. Allez tous vous faire foutre et refoutre, dans vos grosses voitures rutilantes.

Je pensai : *Guerre destructrice, connais tes limites. Ici, mort tyrannique, se termine ta terreur. Des tyrans seuls je suis l'ennemi ; de la vertu et ses amis, je suis l'ami.* On répétait ensuite : *Ici, mort tyrannique.* C'est un excellent titre, pensai-je, pas une parodie. C'est la cause de tout ça : Tim s'est servi de mon titre et, toujours aussi dégonflé, a évidemment oublié ou négligé d'en parler à Kirsten. Ou plutôt, il lui avait dit qu'il l'avait trouvé lui-même. Sans doute même le croyait-il. Toutes les idées valables de l'histoire du monde sont dues à Timothy Archer. C'est lui qui a proposé le modèle héliocentrique pour le Système solaire. Sans lui, nous en serions encore au modèle géocentrique. Où finit l'évêque Archer et où commence Dieu ? Bonne question. Il faudrait la lui poser : il vous répondra en citant ses livres.

Rien ne subsiste et tout est en bordel, pensai-je. Oui, c'était un bon énoncé. À suggérer à Tim comme épitaphe pour Kirsten. Le crétin suédois instituteur en Norvège. Le million de vacheries que je lui avais balancées sous le couvert de la plaisanterie. Son cerveau les enregistrait et les lui repassait, au milieu de la nuit, quand elle n'arrivait pas à dormir, pendant que Tim sommeillait auprès d'elle ; elle ne trouvait pas le sommeil et prenait de plus en plus de ces barbituriques qui l'avaient tuée ; nous savions qu'ils le feraient un jour : il restait juste à savoir si ce serait un accident ou une overdose délibérée, à supposer qu'il y ait une différence.

Tim m'avait demandé de le rejoindre dans l'appartement à Tenderloin avant de l'accompagner à la cathédrale. Je m'attendais à le trouver perdu et les yeux rouges. Mais à ma grande surprise, il me parut plus fort, plus solide et même littéralement plus grand que jamais.

Il dit en me serrant contre lui : « J'ai un combat terrible à livrer, maintenant.

— Vous voulez parler du scandale ? demandai-je. Ce sera annoncé dans les journaux et aux informations, je suppose.

— J'ai détruit une partie de la lettre qu'elle avait laissée pour expliquer son geste. La police lit ce qu'il en reste. Elle est venue. Elle va sans doute revenir. J'ai de l'influence, mais je ne peux étouffer l'affaire.

Juste espérer que les commentaires se limitent aux conjectures.

— Que disait la lettre ?

— La partie que j'ai fait disparaître ? Je ne me souviens pas. Elle n'est plus là. Cela concernait notre vie, ses sentiments envers moi. Je n'avais pas le choix.

— J'imagine que non.

— Quant au suicide, il ne fait aucun doute. Le motif est, bien entendu, sa peur d'un nouveau cancer. Et la police sait qu'elle était dépendante aux barbituriques.

— C'est le mot que vous emploieriez ? Dépendante ?

— Certainement. C'est incontestable.

— Il y a longtemps que vous le savez ?

— Depuis que je l'ai rencontrée. Depuis la première fois que je l'ai vue en prendre. Mais vous le saviez.

— Oui, je le savais.

— Asseyez-vous, buvez un café. » Tim partit dans la cuisine et je m'assis machinalement sur ce canapé que je connaissais bien en me demandant si je pourrais dénicher des cigarettes dans l'appartement.

Tim réapparut sur le seuil. « Vous prenez quoi dans votre café ?

— Je ne sais plus. Aucune importance.

— Vous préférez boire un verre ?

— Non, répondis-je en secouant la tête.

— Vous vous rendez compte que ça donne raison à Rachel Garret ?

— Je sais.

— Jeff voulait l'avertir. Voulait avertir Kirsten.

— Il semble bien.

— Et je suis le prochain qui doit mourir. »

Je levai les yeux.

« C'est ce qu'a dit Jeff, rappela Tim.

— Il faut croire.

— Ce sera un combat terrible, mais je gagnerai. Je ne suivrai pas Jeff et Kirsten dans la tombe. » Il parlait d'un ton dur et indigné. « Le Christ est venu en ce monde pour sauver l'homme de cette règle aveugle, de cette espèce de déterminisme. On peut changer l'avenir.

— J'espère.

— Mon espoir repose en Jésus-Christ. *Tant que vous possédez la lumière, croyez en elle afin de devenir des fils de lumière* : Évangile selon Jean, XII, 36. *Que vos cœurs ne se troublent pas. Croyez en Dieu, et croyez en moi* : Jean, XIV, 1. *Béni soit celui qui vient au nom du Seigneur* : Matthieu, XXIII, 39. » Le souffle lourd de Tim soulevait sa large poitrine. Il me regarda fixement et pointa l'index dans ma direction : « Je ne vais pas m'en aller comme ça, Angel. Pour Jeff, pour Kirsten, c'était intentionnel, mais moi, je ne le ferai jamais, je ne partirai jamais comme un agneau à l'abattoir. »

Dieu merci, vous comptez vous battre, pensai-je.

« Prophétie ou non, ajouta Tim. Même si Rachel Garret était la sibylle en personne, je ne marcherais pas au sacrifice comme un animal stupide, en offrant ma gorge au couteau. » Son regard flamboyait, brûlant d'intensité. Il m'était arrivé de voir Tim comme ça quand il prononçait un sermon à la cathédrale ; ce Tim Archer-là parlait avec l'autorité investie en lui par l'apôtre Pierre lui-même, dernier maillon d'une longue chaîne apostolique jamais rompue.

Quand nous allâmes de l'appartement à la cathédrale dans ma Honda, Tim me confia : « Je me fais l'effet de suivre le sort de Wallenstein. Quand il s'adonnait à l'astrologie et recourait aux horoscopes.

— Vous voulez parler du docteur Garret.

— Oui, et du docteur Mason ; ces gens ne sont en rien des “docteurs”. Ce n'était pas Jeff. Il n'est jamais revenu de l'autre monde. Tout cela n'a aucun fondement. C'est de la stupidité, comme disait ce pauvre garçon, le fils de Kirsten. Oh ! Seigneur, son fils… je ne l'ai pas prévenu.

— Je m'en charge.

— Ça va l'achever. Ou peut-être pas. Il est peut-être plus fort que nous ne le croyons. Il a su y voir clair dans toutes ces idioties sur le retour de Jeff.

— Quand on est schizo, on arrive à dire la vérité.

— Il devrait y avoir davantage de schizophrènes, alors. C'est quoi, une histoire de nouveaux habits de l'empereur ? Vous aussi, vous le saviez, mais vous n'avez rien dit.

— La question n'est pas de savoir, mais d'évaluer.

— Mais vous n'y avez jamais cru. »

Après un silence, je déclarai : « Je n'en suis pas sûre.

— Kirsten est morte parce que nous avons cru à des absurdités. Elle et moi. Et nous y avons cru parce que nous voulions y croire. Maintenant, je n'ai plus cette motivation.

— Sans doute que non.

— Si nous avions regardé la vérité en face, Kirsten

serait toujours en vie. Il ne me reste qu'à espérer y mettre dès à présent un terme… et la rejoindre plus tard. Garret et Mason se sont rendu compte que Kirsten était malade. Ils ont profité d'une femme malade et perturbée, et elle en est morte. Je les tiens pour responsables. » Il s'interrompit un instant avant de poursuivre : « J'ai cherché à faire entrer Kirsten en cure de désintoxication à l'hôpital. J'ai ici, à San Francisco, plusieurs amis médecins spécialisés dans ce domaine. Je savais bien à quel point elle était dépendante et je savais aussi que seuls des professionnels pouvaient l'aider. Je suis passé par là moi aussi, vous le savez… avec l'alcool. »

Je continuai de conduire sans faire de commentaire.

« Et il est trop tard à présent pour stopper la sortie du livre, enchaîna Tim.

— Vous ne pourriez pas appeler votre éditeur pour lui dire de…

— Non, coupa Tim. Le livre lui appartient, maintenant.

— C'est une maison d'édition qui a bonne réputation. Ils vous écouteraient, si vous leur demandiez de ne pas mettre le livre en vente.

— Ils ont déjà envoyé du matériel publicitaire. Ils ont fait circuler des épreuves et des photocopies du manuscrit. Non, ce que je vais faire… » Tim réfléchit. « Je vais écrire un autre livre. Qui racontera la mort de Kirsten et ma remise en cause de l'occultisme. C'est la meilleure solution.

— Moi, je continue à penser que vous feriez mieux de retirer celui-ci. »

Mais il avait déjà pris sa décision ; il secoua

vigoureusement la tête. « Non, il faut le laisser sortir à la date prévue. J'ai des années d'expérience dans ce domaine : on doit affronter sa propre folie – je parle bien entendu de la mienne –, et ensuite, ensuite seulement, entreprendre de la rectifier. Cette rectification sera mon prochain livre.

— De combien était l'avance ? » questionnai-je.

Tim me jeta un petit coup d'œil avant de répondre : « Pas énorme, compte tenu du potentiel de vente. Dix mille dollars à la signature du contrat ; dix mille à la remise du manuscrit. Et enfin un solde de dix mille à la parution.

— Trente mille dollars, c'est une somme considérable. »

Pensif, Tim ajouta : « Je crois que je vais y ajouter une dédicace. Une dédicace à Kirsten. *In memoriam.* Et je dirai quelque chose sur mes sentiments pour elle.

— Vous pourriez le leur dédier à tous les deux. À Jeff et à Kirsten. Et dire : *Dieu m'a fait la grâce de m'épargner…*

— Très approprié, acquiesça Tim.

— Ajoutez Bill et moi. Pendant que vous y êtes. On est dans le film aussi, après tout.

— Dans le film ?

— Une expression de Berkeley. À part qu'il ne s'agit pas d'un film, mais de *Wozzeck*, l'opéra d'Alban Berg. Tout le monde meurt, sauf le petit garçon sur son cheval de bois.

— Je vais leur dicter la dédicace par téléphone. Les épreuves corrigées sont déjà reparties là-bas, à New York.

— Elle avait donc terminé ? Elle avait terminé sa relecture ?

— Oui, répondit-il d'un ton vague.

— Elle s'en est bien tirée ? Après tout, elle ne se sentait pas très bien.

— Je suppose qu'elle a fait ce qu'il fallait ; je n'ai pas vérifié.

— Vous allez faire dire une messe pour elle, n'est-ce pas ? À la cathédrale ?

— Oh ! oui. C'est une des raisons pour lesquelles je…

— Je pense que vous devriez faire venir Kiss, proposai-je. C'est un groupe de rock très estimé. Après tout, vous projetiez une messe rock.

— Est-ce qu'elle aimait Kiss ?

— Elle ne lui préférait que Sha Na Na.

— Alors, il faudrait avoir Sha Na Na », déclara Tim. Nous nous tûmes un moment tous les deux.

« Le Patti Smith Group, ajoutai-je soudain.

— J'aimerais vous poser quelques questions sur Kirsten.

— Je suis là pour répondre à toutes les questions.

— Au service funèbre, je voudrais lire certains poèmes qu'elle aimait. Pourriez-vous m'en citer quelques-uns ? » Il sortit de sa poche un calepin et un stylo en or, puis attendit.

« Il y en a un magnifique de D.H. Lawrence sur un serpent, dis-je. Elle l'adorait. Mais ne me demandez pas de vous le réciter, j'en suis incapable pour le moment. Désolée. » Je fermai un instant les yeux pour essayer de ne pas pleurer.

12

Durant la cérémonie, l'évêque Timothy Archer lut le poème de D.H. Lawrence sur le serpent ; il le lut magnifiquement et je vis combien l'assistance était émue, même s'il n'y avait pas beaucoup de monde, Kirsten Lundborg n'ayant pas tant de relations que ça. Je ne cessais de chercher du regard son fils Bill dans la cathédrale.

Quand je lui avais téléphoné pour lui apprendre la nouvelle, il n'avait guère réagi. Je pense qu'il avait prévu la mort de sa mère. À cette époque-là, il n'était ni interné ni emprisonné et pouvait donc circuler librement, peindre des voitures ou je ne sais quoi. Toujours était-il qu'à cette époque, donc, il s'occupait à sa manière consciencieuse.

Le suicide de Kirsten chassa les toiles d'araignée présentes dans l'esprit de l'évêque Archer, si bien que sa mort avait eu une utilité, qui ne compensait pas malgré tout notre perte. Le pouvoir dégrisant de la mort humaine me fascine. Elle pèse davantage que tous les mots, que tous les arguments ; elle est la force ultime. Elle contraint votre attention et votre temps. Et elle vous laisse transformé.

Que Tim arrive à puiser de la vigueur dans la mort – celle d'une personne qu'il aimait – me déroutait : le phénomène échappait à ma compréhension, mais c'étaient les traits de caractère de ce genre qui faisaient de Tim quelqu'un de bien, dans son travail et en tant qu'être humain. Plus la situation empirait, plus il gagnait en force ; il n'aimait pas la mort, mais ne la redoutait pas. Il la comprenait – une fois débarrassé des toiles d'araignée. Il avait essayé la solution débile (les séances de spiritisme et la superstition) et elle n'avait pas marché, elle n'avait eu comme résultat qu'une mort de plus. Il changeait donc à présent de vitesse et mettait à l'essai la rationalité. Il avait une motivation profonde : sa vie même avait été exposée au grand jour, comme un appât. Un appât pour attirer ce que les Anciens appelaient « un sort sinistre », terme désignant la mort prématurée, la mort avant que le moment soit venu.

Les penseurs de l'Antiquité ne considéraient pas la mort comme mauvaise en soi, puisque tout le monde mourra ; ce qu'ils jugeaient – à raison – mauvais, c'était la mort prématurée, celle qui frappe une personne n'ayant pas achevé sa tâche. Tel un fruit cueilli avant maturité, une petite pomme verte prise puis jetée par la mort comme une chose sans intérêt, même pour la mort.

L'évêque Archer n'avait en aucun cas achevé sa tâche et il n'entendait pas se laisser cueillir, retrancher de la vie. Il avait vu juste en constatant qu'il se laissait glisser peu à peu dans le même destin que Wallenstein : d'abord superstitieux et crédule, puis transpercé par la hallebarde d'un capitaine anglais nommé Walter Devereux, dont l'histoire ne se serait pas souvenue sans ça (Wallenstein avait en vain demandé quartier : quand la hallebarde est dans la main de l'adversaire, il est en général trop tard). Dans ces derniers instants, Wallenstein, tiré du sommeil, avait sans doute été tiré aussi de son hébétude mentale ; à mon avis, l'irruption des soldats ennemis dans sa chambre lui a brusquement fait comprendre que tous les thèmes astrologiques et tous les horoscopes du monde ne lui avaient servi à rien, car il n'avait pas prévu cette issue et ne pouvait y échapper. Il y avait toutefois entre Wallenstein et Tim une différence importante et capitale. Pour commencer, l'exemple de Wallenstein montrait à Tim où la folie pouvait mener les grands hommes. Ensuite, Tim était au fond un réaliste, malgré toutes les âneries intellos qu'il débitait. Il était entré dans le monde avec un œil circonspect, un sens aigu de ce qui lui profitait et de ce qui lui était défavorable. À la mort de Kirsten, il avait eu la présence d'esprit de détruire une partie de sa lettre ; ce n'était pas un idiot, et il avait réussi, chose étonnante, à dissimuler leur liaison aux médias et même à l'Église épiscopalienne (toute l'affaire fut révélée plus tard, mais après la mort de Tim, si bien qu'il s'en fichait sans doute).

Comment un homme essentiellement pragmatique – et même, aurait-on pu soutenir, opportuniste – pouvait-il s'être embarqué dans de telles absurdités nuisibles pour lui ? C'est surprenant, bien entendu, mais même l'absurdité avait une sorte d'utilité dans l'économie de la vie de Tim. Tim ne voulait pas être lié par les restrictions formelles de son rôle ; il ne se définissait pas davantage en tant qu'évêque qu'il ne s'était laissé auparavant définir en tant qu'avocat. C'était un homme, et il se voyait ainsi, non « homme » dans le sens d'« individu masculin », mais dans celui d'être humain vivant dans de nombreuses sphères et se dispersant dans diverses directions. À l'université, il avait beaucoup appris en étudiant la Renaissance ; il m'avait dit un jour qu'elle n'avait en aucun cas renversé ou aboli le monde médiéval : *la Renaissance l'avait accompli*, même si T.S. Eliot avait pu imaginer le contraire.

Prenez par exemple (m'avait expliqué Tim) *La Divine Comédie* de Dante. En termes de date de composition, elle émane clairement du Moyen Âge ; elle récapitule parfaitement la vision du monde médiévale et en est le plus grand couronnement. Elle a pourtant (mais beaucoup de critiques ne seront pas d'accord) une vision d'une envergure qu'on ne peut absolument pas opposer à, disons, celle de Michel-Ange, qui s'est d'ailleurs beaucoup inspiré de *La Divine Comédie* pour le plafond de la chapelle Sixtine. Tim estimait que le christianisme avait atteint son apogée à la Renaissance ; il ne voyait pas cette époque comme le retour du monde antique et sa domination sur le Moyen Âge, l'époque chrétienne ; la Renaissance n'était pas le triomphe du vieux monde païen sur la foi, mais plutôt le plein épanouissement final de la foi, spécifiquement de la foi chrétienne ; par conséquent, raisonnait Tim, le célèbre homme de la Renaissance (qui savait quelque chose sur tout, qui était, pour employer le terme exact, un esprit universel) était le chrétien idéal, chez lui dans ce monde comme dans l'autre : un parfait mélange de la matière et de l'esprit, de la matière divinisée, pour ainsi dire. De la matière transformée, mais de la matière néanmoins. Les deux royaumes, celui-ci et l'autre, réunis comme ils l'avaient été avant la Chute.

C'était à cet idéal que Tim tendait pour lui-même, à cet idéal qu'il voulait se conformer. L'individu complet, expliquait-il, ne s'enferme pas dans son travail, si exaltant soit celui-ci. Un cordonnier qui se considère uniquement comme un réparateur de chaussures se circonscrit cruellement ; selon le même raisonnement, un évêque doit donc pénétrer dans des domaines occupés par l'homme complet. L'un étant la sexualité. L'opinion générale n'était pas d'accord avec ça, mais Tim ne s'en préoccupait pas et ne s'y conformait pas. Il savait ce qui convenait à l'homme de la Renaissance et que lui-même constituait cet homme dans toute son authenticité.

Que ce soit cette volonté d'essayer toutes les idées possibles pour voir lesquelles convenaient qui ait fini par détruire Tim Archer ne fait aucun doute. Il a touché à trop d'idées, les ramassant, les examinant, les utilisant pour un temps, puis les rejetant... mais certaines, qui semblaient posséder une vie propre, sont revenues sur lui comme un boomerang et l'ont touché. C'est du passé, un fait historique. Tim est mort. Les idées n'ont pas fonctionné. Elles l'ont soulevé, trahi et attaqué ; en un sens, elles se sont débarrassées de lui avant qu'il puisse se débarrasser d'elles. Une chose pourtant ne pouvait être cachée : Tim Archer se savait engagé dans un combat à mort et était dès lors décidé à lutter farouchement. Comme il me l'avait annoncé le jour de la mort de Kirsten, il ne comptait pas se rendre. Pour avoir la peau de Tim Archer, le destin devrait lui passer l'épée à travers le corps : jamais Tim ne se transpercerait lui-même. Il ne collaborerait pas avec le destin vengeur, une fois qu'il aurait repéré celui-ci et compris ses intentions. C'est ce qu'il venait de faire : distinguer le destin vengeur à sa recherche. Il ne prit pas la fuite et ne coopéra pas non plus. Il resta debout et lutta, et il mourut debout. Mais il eut la vie dure, c'est-à-dire qu'il mourut en ripostant. Le destin dut l'assassiner.

Et, pendant que le destin cherchait comment y parvenir, le cerveau de Tim consacrait toute son agilité à l'esquiver, par chacun des mouvements de gymnastique mentale susceptibles de renfermer la force de l'inévitable. C'est sans doute ce que nous entendons par le mot « destin » ; s'il n'était pas inévitable, nous n'emploierions pas ce terme et parlerions plutôt de malchance. D'accidents. Avec le destin, il n'y a pas d'accident, mais une intention. Et une intention implacable, qui se rapproche de tous les côtés à la fois, comme si l'univers même de l'individu menacé rétrécissait… et finissait par ne plus rien contenir d'autre que cet individu et sa sinistre destinée. L'homme est programmé contre sa volonté pour succomber, et, en se débattant pour se libérer, il succombe encore plus vite, de fatigue et de désespoir. Si bien que le destin triomphe quoi qu'il en soit.

Beaucoup de ces choses m'ont été expliquées par Tim. Ses études sur le sujet faisaient partie de son éducation chrétienne. Le monde antique avait vu apparaître les religions à mystères gréco-romaines, qui se consacraient à triompher du destin en connectant les adorateurs à un dieu au-delà des sphères planétaires, un dieu capable de court-circuiter les

« influences astrales », comme on disait en ce temps-là. Pour notre part, nous parlons à présent de l'influence de mort contenue dans l'ADN et du script psychologique appris d'autres personnes, modelé sur eux, amis ou parents. C'est la même chose : c'est le déterminisme qui vous tue quoi que vous fassiez. Une puissance extérieure doit intervenir pour altérer la situation ; vous ne pouvez pas le faire vous-même, car la programmation vous pousse à accomplir l'acte qui vous détruira ; l'acte est accompli avec l'idée qu'il vous sauvera, alors qu'en fait il vous livre au sort auquel vous voulez échapper.

Tim savait tout cela. Ce qui ne l'a pas aidé. Mais il a fait de son mieux, il a essayé.

Les gens à l'esprit pratique n'agissent pas comme Jeff et Kirsten ; ils luttent contre cette tendance parce que c'est une dérive romantique, une faiblesse. C'est de la passivité et de l'abandon. Tim pouvait éviter de tenir compte de la mort de son fils en la considérant comme unique, en se disant qu'il n'y avait aucun risque de contagion ; mais quand Kirsten eut suivi le même chemin, il fut obligé de changer d'avis, de revenir à la mort de Jeff et de la réévaluer. Il y voyait maintenant les origines du désastre ultérieur, et il voyait ce désastre prendre forme pour lui-même. Ce qui l'amenait à abandonner toutes les notions absurdes qu'il avait amassées après la mort de Jeff, toutes les vilaines idées étranges associées à l'occulte, pour reprendre la formule très juste de Menotti. Tim avait soudain compris qu'il était allé dans le petit salon de Mme Flora pour entrer en contact avec des esprits… pour s'abandonner à la folie, en fait. Il se comportait à présent comme il se comportait depuis toujours : il renonçait à cette voie pour en chercher une autre ; il se débarrassait de cette cargaison pernicieuse et cherchait à la remplacer par quelque chose de plus stable, de plus durable et de plus sain. Pour sauver le navire, il faut parfois jeter la cargaison par-dessus bord, et on fait cela de manière délibérée, on l'ôte du bateau pour le renflouer, pour qu'il reste intact. Et on le fait uniquement quand le navire est en danger, comme c'était à présent le cas de Tim. Le docteur Garret avait prononcé la malédiction sur Kirsten comme sur lui. La première prophétie s'était révélée exacte. Tim pouvait donc s'attendre à être le suivant. Il existe des procédures d'urgence, qu'on utilise quand on est dans une situation désespérée ou qu'on est intelligent. Tim était les deux. Par la force des choses. Il connaissait la différence entre le navire (qu'on ne peut pas sacrifier) et la cargaison (qu'on peut sacrifier). Il se considérait comme le navire et considérait sa croyance aux esprits, au retour de son fils de l'autre monde, comme la cargaison. Cette distinction nette était son avantage. Se débarrasser de ses croyances ne le compromettait pas, ne le viciait pas. Et il existait une petite chance qu'elle puisse le sauver.

Je me réjouissais de sa lucidité retrouvée. Mais me sentais profondément pessimiste. Cette lucidité me paraissait la manifestation extérieure de sa volonté de survivre. Qui est une bonne chose. On ne peut rien reprocher à l'instinct de survie. Ma seule peur était la question suivante : n'était-il pas trop tard ? L'avenir me le dirait.

Quand le navire est sauvé – s'il l'est –, les possesseurs des biens jetés à la mer ont droit à une indemnité. C'est une règle maritime internationale. Cette notion est commune aux êtres humains, quelle que soit leur origine. Tim le comprenait consciemment ou inconsciemment. En agissant comme il le faisait, il prenait part à quelque chose de vénérable et d'accepté partout. Je le compris, je crois que n'importe qui l'aurait compris. Ce n'était plus le moment de gémir sur des batailles perdues ou de s'interroger sur la réalité du retour de son fils de l'autre monde, mais celui de lutter pour sa vie. C'est ce que fit Tim, et il s'y prit de son mieux. J'assistai à sa tentative, et l'aidai chaque fois que possible. Elle échoua, en fin de compte, mais pas faute d'efforts ou de sang-froid.

Ce n'est pas de l'opportunisme, mais un sursaut de l'être pour assurer son ultime défense. Considérer Tim dans ses derniers jours comme un homme médiocre s'adonnant à un besoin désespéré de survie animale, en abandonnant toute conviction morale, serait méconnaître complètement la situation ; quand votre vie est en jeu, vous agissez de certaine façon si vous êtes intelligent, et c'est ce que fit Tim : il rejeta tout ce qui pouvait l'être, qui aurait déjà dû l'être... Il montra les crocs et se proposa de mordre, comme le fait un homme dans le sens où un homme est une créature décidée à survivre, et tant pis pour la cargaison. Après la mort de Kirsten, Tim se trouvait lui-même en danger de mort imminente, et pour le comprendre dans cette période finale, il faut prendre en compte cette perception des choses et comprendre qu'elle était exacte. Il était, comme on dit en psychanalyse, en contact avec la réalité de la situation (comme s'il y avait une distinction entre « situation » et « réalité de la situation »). Il voulait vivre. Tout comme moi. Et tout comme vous, sans doute. Vous devriez donc pouvoir comprendre dans quel état d'esprit était l'évêque Archer dans cette période située entre la mort de Kirsten et la sienne, la première étant un fait accompli, la seconde une éventualité menaçante mais pas forcément inévitable, du moins pas encore, malgré ce qu'on pourrait penser avec le recul. Mais c'est ce qui se passe toujours quand on regarde les choses rétrospectivement : tout paraît inévitable, puisque tout est déjà arrivé.

Et à supposer que Tim ait considéré sa mort comme inéluctable, voulue par la prophétie, par la sibylle – ou par Apollon parlant par la bouche de celle-ci –, il n'en était pas moins résolu à affronter ce destin et à se battre de toutes ses forces ; attitude selon moi fort remarquable et digne d'éloge. Peu importe qu'il se soit délesté des sottises auxquelles il avait cru et qu'il avait enseignées : fallait-il qu'il meure recroquevillé, les bras serrés sur elles, les yeux fermés, sans montrer les dents ? Non, j'en ai la ferme conviction ; je l'ai vu se produire et j'ai compris. J'ai vu la cargaison disparaître, je l'ai vue passer par-dessus bord dès que s'est réalisée la première prophétie de Rachel Garret. Et j'ai dit : Dieu merci.

Je continue toutefois de penser qu'il aurait mieux fait de ne pas publier ce foutu livre, cet *Ici, mort tyrannique*, comme je l'avais appelé. Mais il y avait trente mille dollars en jeu et peut-être sa décision de le laisser imprimer n'était-elle qu'une preuve supplémentaire de son sens pratique. Je l'ignore. Aujourd'hui encore, certains aspects de la personnalité de Tim Archer restent pour moi un mystère.

Ce n'était tout simplement pas son genre d'empêcher une erreur de se produire : il préférait la corriger ensuite, comme il disait. Sauf dans la mesure où sa survie physique était impliquée ; là, il allait de l'avant et calculait ses actions. L'homme qui avait couru toute sa vie, se dépassant lui-même, se distançant comme poussé par les amphétamines avalées chaque jour, cet homme cessait à présent d'un seul coup de courir et se retournait pour fixer le destin, pour lui dire, selon les mots qu'on prête à tort à Luther : « Je me tiens ici ; je ne peux faire autrement » (*Hier stehe ich ; ich kann nicht anders*). L'ontologiste allemand Martin Heidegger a un terme pour désigner cela : la transformation de l'Être non authentique en Être réel ou *Sein*. J'ai étudié ça à l'université. Je ne pensais pas voir la chose se produire un jour, mais elle s'est produite. Et je l'ai trouvée magnifique mais très triste, puisqu'elle a échoué.

J'imaginais l'esprit de mon défunt mari pénétrant mes pensées et en retirant un vif amusement. Jeff m'aurait fait remarquer que je voyais l'évêque comme un cargo qui montrait les crocs, métaphore bancale qui l'aurait enchanté pendant plusieurs jours et dont j'aurais longtemps entendu parler. Depuis le suicide de Kirsten, je n'avais plus vraiment les idées en place ; à mon travail, je comparais le contenu des expéditions aux listes portées sur les factures sans vraiment faire attention. Je m'étais repliée sur moi-même. Mes collègues et mon patron me le faisaient remarquer. Et je mangeais peu ; je passais ma pause déjeuner à lire Delmore Schwartz, qui, à ce qu'on m'a dit, est mort la tête dans le sac d'ordures qu'il descendait de chez lui au moment de sa crise cardiaque fatale. Quelle belle façon pour un poète de quitter ce monde !

Le problème avec l'introspection, c'est qu'elle n'en finit pas ; comme le rêve de Bottom dans *Le Songe d'une nuit d'été*, elle est sans fond. Mes années universitaires m'avaient appris à élaborer des métaphores, à les manier, à les mélanger, à les servir sur un plateau ; je suis une maniaque, une droguée de la métaphore, une surculturée. Je pense trop, je lis trop, je me fais trop de souci pour les gens que j'aime trop. Ceux que j'aimais avaient commencé à mourir. Il n'en restait plus beaucoup ; ils étaient presque partis.

Tous sont partis pour le monde de gloire,
Et dernier je m'attarde ici,
Où seule leur lumineuse mémoire
Éclaire mon souci.

… comme l'écrivait Henry Vaughan en 1655. Le poème se termine ainsi :

Fends ce brouillard qui traverse et qui gêne
Ma lunette levée à Toi,
Ou ravis-moi sur la cime sereine
D'où l'œil nu T'aperçoit.

Par « lunette », Vaughan veut dire télescope. Je me suis renseignée. Les poètes métaphysiciens mineurs du XVIIe siècle avaient été ma spécialité durant mes années d'études. Désormais, après la mort de Kirsten, je revenais à eux, parce que mes pensées s'étaient tournées, comme les leurs, vers l'autre monde. Mon mari y était parti ; ma meilleure amie aussi ; je m'attendais que Tim en fasse bientôt autant, et c'est ce qui eut lieu.

Je me mis malheureusement à voir Tim moins souvent. C'est ce qui fut le plus dur pour moi. Je l'aimais vraiment, mais les liens avaient été tranchés, à présent. Tranchés par lui, puisqu'il avait renoncé à ses fonctions dans le diocèse de Californie pour partir à Santa Barbara intégrer le groupe d'experts ; son livre, dont je regretterai toujours la parution, était sorti et l'avait fait passer pour un imbécile aux yeux de tous ; la chose s'était combinée avec le scandale de sa liaison secrète avec Kirsten, que les médias avaient fini par découvrir, malgré la falsification des preuves opérée par Tim. La carrière épiscopalienne de Tim prit fin soudainement ; il plia bagage et quitta San Francisco, pour refaire surface dans (comme il l'avait dit) le secteur privé. Là, il pouvait avoir la paix et vivre sa vie sans les restrictions répressives de la loi canonique et de la moralité chrétiennes.

Il me manquait.

Un troisième élément avait contribué à mettre un terme à ses rapports avec l'Église épiscopalienne, à savoir, bien entendu, ces fichus documents sadokites, dont Tim ne pouvait tout simplement pas cesser de s'occuper. N'ayant plus de liens avec Kirsten, puisqu'elle était morte, ni avec l'occultisme, puisqu'il en admettait la fausseté, il concentrait maintenant toute sa crédulité sur les écrits de cette ancienne secte juive, déclarant comme il le faisait dans ses discours, ses articles et interviews qu'ils constituaient sans nul doute les véritables origines des enseignements de

Jésus. Tim n'arrivait pas à laisser les ennuis derrière lui. Les ennuis et lui étaient destinés à rester ensemble.

Je me tenais au courant des activités de Tim grâce aux journaux et aux magazines ; je n'avais de contacts avec lui que par procuration, sans plus de relations directes et personnelles. C'était pour moi une tragédie pire peut-être que la perte de Jeff et de Kirsten, bien que je ne l'aie jamais dit à personne, pas même à mes psychanalystes. J'avais également perdu de vue Bill Lundborg : il était sorti de ma vie en se retrouvant dans un hôpital psychiatrique et je n'avais plus entendu parler de lui. J'avais essayé de retrouver sa trace, n'y étais pas arrivée et y avais renoncé. Échec ou succès total, suivant comment vous voyez les choses.

Toujours était-il que j'avais perdu tous les gens que je connaissais, aussi était-il temps pour moi de nouer de nouvelles amitiés. Je décidai que la vente des disques était pour moi davantage qu'un travail : une vocation. En l'espace d'un an, je devins gérante de Musik Shop. Les propriétaires me laissaient absolument libre de commander tout ce que je voulais. J'achetais en me basant uniquement sur mon propre jugement et tous les représentants des diverses marques le savaient. Ce qui me valut de nombreuses invitations au restaurant et des rendez-vous intéressants. Je commençai à sortir de ma coquille, à fréquenter davantage les gens ; je finis par me retrouver avec un petit ami, si on peut supporter d'employer un terme aussi rétro (il n'aurait jamais été utilisé à Berkeley). « Amant » est, je suppose, le mot qui convient. Je permis à Hampton de venir habiter chez moi, dans la maison que Jeff et moi avions achetée, et j'entamai ce que j'espérais être une nouvelle vie.

Le livre de Tim ne s'était pas aussi bien vendu qu'on pouvait s'y attendre : j'avais vu des exemplaires soldés dans les diverses librairies proches de Sather Gate. Il coûtait trop cher et radotait trop ; il aurait mieux valu que Tim l'abrège, dans la mesure où il l'avait rédigé lui-même – quand je finis par me décider à le lire, la majeure partie du texte me parut de la main de Kirsten ; du moins, elle avait produit la version finale, certainement à partir d'un premier jet dicté au lance-pierre par Tim. Elle me l'avait dit et c'était probablement le cas. Quant à Tim, il n'écrivit jamais l'ouvrage rectificatif qu'il m'avait promis de publier.

Un dimanche matin, alors que Hampton et moi fumions un joint dans le salon en regardant les dessins animés pour enfants à la télé, je reçus un coup de fil – fort inattendu – de Tim.

« Salut, Angel, dit-il de sa voix chaleureuse et cordiale. J'espère que je ne vous dérange pas.

— Pas du tout, parvins-je à répondre en me demandant si j'entendais bien la voix de Tim ou si j'hallucinais à cause de la drogue. Comment allez-vous ? J'ai été…

— Je vous appelle », interrompit Tim, comme si je ne disais rien, comme s'il ne m'entendait pas, « parce que je viens à Berkeley la semaine prochaine assister à une conférence et que j'aimerais qu'on se revoie.

— J'en serais ravie, répondis-je avec un plaisir immense.

— On pourrait dîner ensemble ? Vous connaissez les restaurants de Berkeley mieux que moi, je vous laisse choisir. » Il eut un petit rire. « Ce sera merveilleux de vous retrouver. Comme au bon vieux temps. »

Je lui demandai, non sans hésitation, comment il allait.

« Tout se passe bien, ici. Je suis extrêmement occupé. Je pars en Israël le mois prochain ; je voulais vous en parler.

— Ah ? Ça a l'air bien.

— Je vais visiter le *wadi.* L'endroit où on a découvert les documents sadokites. Ils ont tous été traduits, maintenant. Certains des derniers fragments se sont révélés extrêmement intéressants. Mais je vous en dirai davantage quand on se verra.

— Oui », dis-je, alléchée par le sujet ; comme toujours, l'enthousiasme de Tim était contagieux. « J'ai lu un long article dans *Scientific American* : certains des derniers fragments…

— Je passe vous prendre mercredi soir, enchaîna Tim. Chez vous. Mettez-vous en tenue de soirée si vous voulez.

— Vous vous rappelez…

— Oh ! oui, bien sûr que je me rappelle où vous habitez. »

Il me paraissait parler extrêmement vite. Ou bien était-ce à cause de l'herbe ? Non, elle m'aurait donné au contraire une impression de ralentissement. Affolée, je dis : « Mercredi soir, je travaille au magasin… »

Tim sembla une fois encore ne pas m'entendre : « Aux environs de huit heures. À bientôt, donc. Au revoir, ma chère. » Clic. Il avait raccroché.

Merde, me dis-je. Je finis à neuf heures, mercredi soir. Bon, il faudra que je me fasse remplacer par un employé. Je ne vais pas rater un dîner avec Tim avant son départ en Israël. Je me demandai alors combien de temps il séjournerait là-bas. Sans doute assez longtemps. Il y était déjà allé une fois, je me rappelais qu'il avait planté un cèdre : les médias en avaient pas mal parlé.

« Qui était-ce ? » demanda Hampton, assis en jean et tee-shirt devant le téléviseur : mon copain grand et maigre à l'humour acerbe, avec des cheveux noirs raides et des lunettes.

« Mon beau-père. Mon ancien beau-père.

— Le père de Jeff. » Hampton hocha la tête en souriant du coin des lèvres. « J'ai une idée de ce qu'on devrait faire aux gens qui se suicident. Il faudrait qu'il y ait une loi imposant de costumer en clowns les suicidés qu'on retrouve. Et de les photographier dans cette tenue. Et de publier la photo dans le journal. Comme Sylvia Plath. Surtout Sylvia Plath. » Hampton entreprit alors de raconter comment la poète et ses amies jouaient, du moins dans son imagination, à enfoncer chacune à leur tour la tête dans le four de la cuisinière après avoir ouvert le gaz, pour voir qui y resterait le plus longtemps, pendant que les autres gloussaient, ricanaient et pouffaient de rire.

« Tu n'es pas drôle, déclarai-je en allant dans la cuisine.

— Tu ne vas pas te mettre la tête dans le four, au moins ? lança Hampton dans mon dos.

— Va te faire foutre.

— ... avec un gros nez rond en caoutchouc rouge », continuait Hampton ; sa voix et le vacarme des dessins animés pour enfants à la télévision m'agressaient ; je me plaquai les paumes contre les oreilles. « Sors la tête du four ! » cria Hampton.

Je retournai dans le salon pour éteindre le poste, puis me tournai vers Hampton. « Ces deux personnes souffraient beaucoup. Il n'y a pas de quoi rire. »

Hampton se balança d'avant en arrière en souriant, avant de se rouler en boule par terre. « Et de grandes mains molles, dit-il. Des mains de clown. »

J'ouvris la porte d'entrée. « À tout à l'heure. Je vais faire un tour. » Je claquai la porte derrière moi.

Hampton la rouvrit et, les mains en porte-voix, me cria : « Hi ! Hi ! Je vais me mettre la tête dans le four. Voyons voir si la baby-sitter arrivera à temps. Tu crois qu'elle arrivera à temps ? Qui veut parier ? »

Je m'éloignai sans un regard en arrière.

En marchant, je pensai à Tim et à Israël ; j'essayai de m'imaginer à quoi ressemblait le pays, le climat chaud, le désert et les rochers, les *kibboutzim*. Les gens labourant la terre travaillée depuis des milliers d'années, exploitée par les juifs depuis bien avant la venue du Christ. Peut-être redirigeraient-ils l'attention de Tim sur le sol, me dis-je. Et la détourneraient de l'autre monde. La ramèneraient sur le réel, à la place qui est la sienne.

J'en doutais, mais je pouvais me tromper. J'aurais voulu, à ce moment-là, partir avec Tim, quitter mon travail au magasin de disques, rompre les amarres et m'en aller. Ne jamais revenir, peut-être. Rester définitivement en Israël. Devenir citoyenne de ce pays. Me convertir au judaïsme. S'ils voulaient bien de moi. Tim pourrait probablement arranger ça. Peut-être qu'en Israël, j'arrêterais de mélanger les métaphores et de me souvenir de poèmes. Peut-être mon esprit cesserait-il de tenter de résoudre les problèmes à l'aide de mots recyclés. De phrases usagées, de lambeaux arrachés çà et là : fragments issus de mes années d'études où j'avais mémorisé sans comprendre, compris sans appliquer, appliqué sans jamais obtenir de résultat. Je suis la spectatrice de la destruction de ceux que j'aime, me dis-je. J'inscris sur un bloc-notes les noms de ceux qui meurent, et je ne suis arrivée à en sauver aucun.

Je vais demander à Tim si je peux l'accompagner, décidai-je. Il refusera – forcément –, mais je lui demanderai quand même.

Pour enraciner Tim dans la réalité, compris-je, il faudra d'abord qu'ils attirent son attention, et s'il continue à prendre des amphétamines, ils n'y arriveront pas : son esprit tournera en roue libre dans le vide, occupé à concevoir les grands modèles des cieux… ils essaieront et, comme moi, ils échoueront. Si je l'accompagne, pensai-je, je pourrai peut-être me rendre utile ; les Israéliens et moi réussirons peut-être à faire ce que je ne suis jamais arrivée à faire toute seule ; je dirigerai leur attention sur lui et eux, à leur tour, dirigeront son attention sur le sol qu'ils foulent. Bon sang, me dis-je, il faut que j'aille avec lui. C'est indispensable. Parce qu'ils n'auront pas le temps de s'apercevoir du problème. Il va parcourir leur pays en tous sens, tantôt ici, tantôt là, sans jamais prendre le temps de s'arrêter, sans les laisser le…

Une voiture klaxonna près de moi : je m'étais aventurée sur la chaussée, traversant sans m'en rendre compte, sans regarder.

« Pardon », dis-je au conducteur qui me foudroyait du regard.

Je ne vaux pas mieux que Tim, me rendis-je compte. Je ne serais d'aucune aide en Israël. Mais quand même, pensai-je encore, j'aimerais bien y aller.

13

Le mercredi soir, Tim vint me chercher au volant d'une Pontiac de location. Je portais une robe bustier noire et un petit sac en perles ; j'avais une fleur dans les cheveux, et Tim, qui me regardait en me tenant la portière de la voiture, me trouva ravissante.

« Merci », répondis-je, intimidée.

J'avais choisi un restaurant chinois ouvert depuis peu sur University Avenue. Je n'y étais jamais allée, mais des clients de Musik Shop m'avaient dit qu'il n'y avait pas mieux comme nouvel endroit où manger en ville.

« Vous avez toujours eu ce genre de coiffure ? s'enquit Tim pendant que l'hôtesse nous indiquait notre table.

— Je me la suis fait faire pour ce soir », expliquai-je. Je lui montrai mes boucles d'oreilles. « Jeff me les avait données il y a des années. Je ne les mets pas souvent : j'ai toujours peur d'en égarer une.

— Vous avez perdu un peu de poids. » Il m'écarta ma chaise et je m'assis avec nervosité.

« C'est le travail. Je passe des commandes jusque tard dans la soirée.

— Que devient le cabinet d'avocats ? »

Je rectifiai : « Je dirige un magasin de disques.

— Ah ! oui, fit Tim. Vous m'aviez procuré cet album de *Fidelio*. Je n'ai pas eu beaucoup d'occasions de l'écouter… » Il ouvrit alors son menu et s'absorba dans sa lecture, détournant son attention de moi. Comme elle se disperse rapidement, pensai-je. Ou plutôt modifie son centre d'intérêt. Ce n'est pas l'attention qui change, mais son objet. Il doit vivre dans un monde en changement perpétuel, comme le flux d'Héraclite.

J'étais contente de voir que Tim portait encore ses vêtements ecclésiastiques. Est-ce que c'est légal ? me demandai-je. Mais ça ne me regarde pas, après tout. Je pris mon menu. C'était de la cuisine de style mandarin et non cantonais : elle ne serait pas douceâtre mais épicée et pimentée, avec beaucoup d'amandes et de noisettes. J'en avais l'eau à la bouche et j'étais très heureuse de me retrouver en compagnie de mon ami.

« Angel, lança Tim, venez avec moi en Israël.

— Quoi ? m'exclamai-je en le dévisageant.

— Vous serez ma secrétaire. »

Les yeux toujours fixés sur lui, je dis : « Je prendrais la place de Kirsten, vous voulez dire ? » Je me mis alors à trembler. Un serveur s'approcha et je lui fis signe de s'éloigner.

« Bonsoir. Souhaiteriez-vous un apéritif ? demanda le serveur, ignorant mon geste.

— Partez, lui dis-je d'une voix menaçante. Quel casse-pieds, ajoutai-je pour Tim. Mais de quoi vous parlez ? Quel genre de… ?

— Vous seriez juste ma secrétaire. Je ne pensais

pas du tout à des rapports personnels. Qu'alliez-vous imaginer ? Que je vous demandais de devenir ma maîtresse ? J'ai simplement besoin de quelqu'un pour faire le travail de Kirsten ; je m'aperçois que je ne m'en sors pas sans elle.

— Bon Dieu ! m'exclamai-je. Je croyais que vous me proposiez de coucher avec vous.

— C'est absolument hors de question », répondit Tim du ton ferme et sévère signifiant qu'il ne plaisantait pas. Et même qu'il désapprouvait. « Je vous considère toujours comme ma belle-fille.

— Je dois m'occuper du magasin de disques.

— Mon budget me permet pas mal de dépenses ; je peux sans doute vous payer aussi bien que votre cabinet d'avocats… » Il se reprit. « Que votre magasin de disques.

— Laissez-moi le temps d'y réfléchir. » Je fis signe au serveur. « Un dry martini, lui commandai-je. Rien pour l'évêque. »

Tim eut un sourire désabusé. « Je ne suis plus évêque, rappela-t-il.

— Je ne peux pas. Aller en Israël. J'ai trop de liens qui me retiennent ici. »

D'une voix calme, Tim déclara : « Si vous ne m'accompagnez pas, jamais je ne… » Il s'interrompit. « J'ai revu le docteur Garret. Récemment. Jeff est encore revenu de l'autre monde. Il dit que, si je ne vous emmène pas en Israël, je mourrai là-bas.

— C'est vraiment n'importe quoi. Des âneries pures et simples. Je croyais que vous aviez renoncé à tout ça.

— Il s'est produit d'autres phénomènes. » Il

n'entra pas dans les détails ; je vis qu'il avait le visage pâle et tendu.

Je tendis le bras pour prendre la main de Tim. « Discutez avec moi, plutôt qu'avec Garret. Et moi, je vous dis : partez en Israël et au diable cette vieille bonne femme. Ce n'est pas Jeff qui parle ; c'est elle. Vous le savez bien.

— Les pendules. Elles se sont toutes arrêtées à l'heure de la mort de Kirsten.

— Ce n'est pas une raison pour…

— Je pense que ce sont eux deux, poursuivit Tim.

— Allez en Israël, insistai-je. Parlez avec les gens de là-bas, avec le peuple d'Israël. S'il a jamais existé des gens ancrés dans la réalité…

— Je n'aurai pas beaucoup le temps pour ça. Je dois aller tout de suite dans le désert de la mer Morte trouver le *wadi*. Il faut que je sois revenu à temps pour rencontrer Buckminster Fuller. Il me semble bien que c'est avec lui que j'ai rendez-vous. » Il tapota son veston. « C'est écrit dans mon agenda. » Sa voix s'estompa.

« Je croyais que Buckminster Fuller était mort, dis-je.

— Non, vous vous trompez sûrement. » Il me regarda ; je lui rendis son regard, puis, peu à peu, nous nous mîmes tous deux à rire.

« Vous voyez ? dis-je en lui tenant toujours la main. Je ne vous serais d'aucune aide.

— Ils disent que si. Jeff et Kirsten.

— Tim, souvenez-vous de Wallenstein.

— J'ai le choix, dit Tim d'une voix basse mais claire et pleine d'autorité, entre d'un côté croire à quelque chose d'impossible et de stupide, et de l'autre… » Il se tut.

« … ne pas y croire, complétai-je.

— Wallenstein a été assassiné.

— Personne ne va vous assassiner.

— J'ai peur.

— Tim, il n'y a pas pire que cette saloperie d'occultisme. Je le sais. Croyez-moi. C'est ce qui a tué Kirsten. Vous l'avez compris le jour où elle est morte, vous vous rappelez ? Vous ne pouvez pas revenir à toutes ces imbécillités. Vous reperdriez tout le terrain que…

— Mieux vaut être un chien vivant, coupa Tim d'une voix grinçante, qu'un lion mort. Je veux dire par là qu'il vaut mieux croire à une absurdité qu'aller mourir réaliste, sceptique, scientifique et rationnel en Israël.

— Alors, n'y allez pas, tout simplement.

— Ce que j'ai besoin de savoir est là-bas, au *wadi*. Ce que j'ai besoin de trouver. L'*anokhi*, Angel ; le champignon. Il est quelque part là-bas et ce champignon est le Christ. Le véritable Christ, pour qui parlait Jésus. Jésus était le messager de l'*anokhi* qui est le vrai pouvoir saint, la vraie source. Je veux le voir ; je veux le trouver. Il pousse dans les grottes. Je le sais.

— Non, il y poussait autrefois.

— Il est là-bas en ce moment. Le Christ est là-bas en ce moment. Le Christ a le pouvoir de briser l'emprise du destin. Ma seule chance de survivre, c'est que quelqu'un brise l'emprise du destin et me libère ; sans quoi je suivrai la même voie que Jeff et Kirsten. C'est ce que fait le Christ ; il fait tomber les anciennes puissances planétaires. Saint Paul en parle dans ses *Lettres de captivité*… Le Christ s'élève de sphère en sphère. » À nouveau sa voix se réduisit à un murmure morne.

« Vous parlez de magie.

— Je parle de Dieu !

— Dieu est partout.

— Dieu est au *wadi*. La parousie, la Divine Présence. Elle était là pour les Sadokites ; elle y est encore maintenant. Le pouvoir du destin est, dans son essence, celui du monde, et seul Dieu, exprimé sous la forme du Christ, peut faire sauter le pouvoir du monde. Je vais mourir, sauf si le sang et le corps du Christ me sauvent : c'est écrit dans le *Livre des Tisseurs*. » Il expliqua : « Les documents sadokites partent d'un livre où l'avenir de chaque être humain est inscrit depuis avant la Création. C'est le *Livre des Tisseurs* ; une espèce de Torah. Les Tisseurs sont le destin personnifié, comme les Nornes de la mythologie germanique. Ils tissent le sort des hommes. Seul le Christ, représentant de Dieu sur Terre, peut se saisir du *Livre des Tisseurs* pour le lire, transmettre l'information à l'individu concerné, l'avertir de son destin et ensuite, grâce à son infinie sagesse, l'instruire de la manière dont ce destin peut être évité. De la voie qui permet d'en sortir. » Il garda un instant le silence avant de reprendre : « Il vaudrait mieux commander notre repas. Il y a des gens qui attendent.

— C'est comme Prométhée dérobant pour l'homme le feu, le secret du feu. Le Christ s'empare du *Livre des Tisseurs*, il le lit et il informe l'homme pour le sauver.

— Oui. » Tim hocha la tête. « C'est à peu près le

même mythe. À cela près que ce n'est pas un mythe : le Christ existe réellement. En tant qu'esprit, là-bas au *wadi*.

— Je ne peux pas vous accompagner et je le regrette. Il faudra que vous y alliez seul, vous verrez alors que le docteur Garret exploite vos peurs comme elle a exploité, et brutalement, celles de Kirsten.

— Vous pourriez conduire la voiture.

— Vous trouverez sur place des chauffeurs qui connaissent le désert de la mer Morte. Contrairement à moi.

— Vous avez un excellent sens de l'orientation.

— Non, je me perds. Je me suis perdue. Je suis perdue à l'heure qu'il est. J'aimerais bien y aller avec vous, mais j'ai mon travail, ma vie, mes amis ; je n'ai pas envie de quitter Berkeley, j'y suis chez moi. Je suis désolée, mais c'est la vérité. J'ai toujours habité Berkeley. Je ne me sens pas prête à en partir pour le moment. Plus tard, peut-être. » On me servit mon cocktail ; je l'avalai d'une seule traite, en une gorgée spasmodique qui me coupa le souffle.

Tim reprit la parole : « L'*anokhi* est la pure conscience de Dieu. C'est par conséquent *Hagia Sophia*, la Sagesse de Dieu. Seule cette sagesse, qui est absolue, peut lire le *Livre des Tisseurs*. Elle ne peut changer ce qui est écrit, mais elle peut percevoir le moyen de ruser avec le Livre. Ce qui est écrit, en revanche, est fixé une fois pour toutes et ne changera jamais. » Il semblait maintenant abattu, comme s'il commençait à renoncer. « J'ai besoin de cette sagesse, Angel. Il n'y a qu'elle qui puisse m'aider.

— Vous êtes comme Satan. » Je me rendis alors compte que le gin m'avait embrouillé les idées : ce n'était pas ce que j'avais eu l'intention de dire.

« Non », répondit Tim, puis il hocha la tête. « Si, vous avez raison. Je suis comme lui.

— Je regrette d'avoir dit ça.

— Je ne veux pas être tué comme un animal. Si ce qui est écrit peut être lu, on peut trouver une réponse. Le Christ a le pouvoir de la trouver… le Christ ou *Hagia Sophia*. Ils sont homologues depuis l'hypostase de l'Ancien Testament jusqu'au Nouveau. » Je me rendais toutefois compte qu'il avait renoncé ; il ne pourrait pas me faire changer d'avis et il le savait. « Pourquoi, Angel ? Pourquoi refusez-vous de venir ?

— Parce que je ne tiens pas à mourir dans le désert de la mer Morte.

— Très bien. J'irai seul.

— Il faut que quelqu'un survive à tout ça. »

Tim hocha la tête. « Je veux que ce soit vous qui surviviez, Angel. Alors, restez ici. Excusez-moi de vous avoir…

— Pardonnez-moi, c'est tout. »

Il sourit faiblement. « Vous auriez pu voyager à dos de chameau.

— Ils sentent mauvais. Du moins, à ce qu'on m'a dit.

— Si je trouve l'*anokhi*, j'aurai accès à la sagesse de Dieu. Restée absente du monde pendant plus de deux mille ans. C'est de ça que parlent les documents sadokites : de cette sagesse qui s'est jadis ouverte à nous. Pensez à ce que cela représenterait ! »

Le serveur s'approcha de notre table en nous demandant si nous étions prêts à commander. Je répondis par l'affirmative, mais Tim leva la tête vers lui d'un air confus, comme s'il venait de prendre conscience de ce qui l'entourait. J'eus mal au cœur de le voir ainsi désorienté. Mais j'avais pris ma décision. Les composants de mon existence avaient trop de signification pour moi ; et, par-dessus tout, je craignais de me retrouver mêlée à l'intimité de cet homme : c'est ce qui avait coûté la vie à Kirsten, et, de manière moins directe, à mon mari. Je voulais que tout ça soit de l'histoire ancienne ; j'avais pris un nouveau départ et je ne revenais plus sur le passé.

Tristement, sans enthousiasme, Tim indiqua au serveur quels plats lui apporter ; il paraissait désormais aveugle à ma présence, comme si je m'étais fondue dans le décor. Je regardai mon propre menu et vis ce que je voulais. Ce que je voulais était immédiat, déterminé, réel, tangible : c'était une partie du monde et pouvait être touché ou pris à pleines mains ; cela avait à voir avec ma maison et mon travail, et m'imposait de chasser définitivement de mon esprit des idées sur d'autres idées, en une spirale jusqu'à l'infini.

Les plats que nous apporta le serveur étaient délicieux. Tim et moi les mangeâmes avec plaisir. Mes clients avaient eu raison.

« Fâché contre moi ? demandai-je ensuite.

— Non. Heureux parce que vous allez survivre. Et parce que vous resterez telle que vous êtes. » Il pointa alors l'index vers moi avec une expression impérieuse. « Mais si je trouve ce que je cherche, *je changerai.* Je ne resterai pas tel que je suis. J'ai lu tous les documents et la réponse n'y est pas ; ils indiquent l'existence et l'emplacement de la réponse, mais ne la donnent pas. Elle est au *wadi*. Je prends un risque, mais ça en vaut la peine. Je suis disposé à prendre ce risque, car si je découvre l'*anokhi*, je saurai enfin pourquoi ça en vaut la peine. »

Saisie d'une brusque inspiration, je m'exclamai : « Vous m'avez menti tout à l'heure. Il n'y a pas eu d'autres phénomènes.

— C'est vrai.

— Et vous n'êtes pas retourné voir le docteur Garret.

— Exact. » Il ne semblait ni penaud ni embarrassé.

« Vous avez dit ça pour que je vous accompagne.

— J'avais envie que vous veniez. Pour que vous me conduisiez. Sans vous… j'ai bien peur de ne pas trouver ce que je cherche. » Il sourit.

« Ben merde. Dire que je vous ai cru.

— J'ai fait des rêves. Des rêves assez perturbants. Mais il n'y a pas eu d'épingles sous mes ongles. Ni de cheveux roussis. Ni de pendules arrêtées. »

Je murmurai d'une voix entrecoupée : « Vous teniez tant que ça à ce que je vous accompagne. » Un instant, je ressentis en moi une pulsion, un besoin de partir. « Et vous pensiez aussi que ce serait bon pour moi.

— Oui. Mais vous ne viendrez pas. C'est clair et net. Enfin… » Il eut son vieux sourire familier, son sourire sagace. « J'aurai essayé.

— Ça veut dire que je m'encroûte ? En voulant rester vivre à Berkeley ?

— Vous êtes juste une étudiante professionnelle.

— Je gère un magasin de disques.

— Mais vos clients sont les étudiants et le personnel de la faculté. Vous restez attachée à l'université. Vous n'avez pas coupé le cordon. Tant que vous ne l'aurez pas fait, vous ne serez jamais pleinement une adulte.

— Je suis née la nuit où j'ai bu du bourbon en lisant *La Divine Comédie*. Quand j'ai eu cet abcès à une dent.

— Vous avez *commencé* à naître. Vous avez su que vous étiez en train de naître. Mais il aurait fallu que vous veniez en Israël pour que votre naissance ait lieu, là-bas dans le désert de la mer Morte. C'est là que la vie spirituelle de l'homme a débuté, au mont Sinaï, avec Moïse. Les paroles d'*Ehyeh*... la théophanie. Le plus grand moment de l'histoire de l'humanité.

— Je serais presque prête à partir.

— Partez, alors. » Il tendit la main vers moi.

J'avouai avec simplicité : « J'ai peur.

— C'est le problème. Vous portez l'héritage du passé : la mort de Jeff et celle de Kirsten. Vous l'avez en permanence sur vous, maintenant. Cela vous donne peur de vivre.

— Mieux vaut être un chien vivant... entamai-je.

— Mais vous n'êtes pas véritablement en vie. Vous n'êtes pas encore venue au monde. C'est ce qu'entendait Jésus par *Seconde naissance*, la naissance dans et par l'Esprit : la naissance venue d'En Haut. Voilà ce qu'il y a dans le désert. Voilà ce que je vais y trouver.

— Trouvez-le, mais sans moi.

— *Qui perdra sa vie*...

— Ne me citez pas la Bible. J'ai entendu assez de

citations, que ce soient les miennes ou celles des autres. D'accord ? »

Solennellement, nous nous serrâmes la main sans un mot. Tim eut ensuite un petit sourire ; il mit un peu de temps à lâcher ma main, puis consulta sa montre de poche en or. « Il faut que je vous ramène. J'ai un autre rendez-vous, ce soir. Vous comprenez : vous me connaissez.

— Oui. Ce n'est pas grave. » Et je continuai : « Vous êtes un maître stratège, Tim. J'ai assisté à votre rencontre avec Kirsten. Vous avez tout fait pour me convaincre, ce soir. » Et vous avez bien failli y arriver, me dis-je. Quelques minutes de plus… et j'aurais cédé. Il vous suffisait d'insister encore un peu.

« C'est mon métier de sauver les âmes », déclara mystérieusement Tim. Je ne sus pas si c'était de l'ironie ou s'il parlait sérieusement, je n'en sus tout bonnement rien. « Votre âme mérite d'être sauvée, ajouta-t-il en se levant. Désolé de vous bousculer, mais il faut vraiment qu'on y aille. »

Vous êtes toujours pressé, pensai-je en me levant à mon tour. « Le dîner a été merveilleux, dis-je.

— Ah oui ? Je n'ai pas remarqué ; j'étais préoccupé, il faut croire. Il me reste tant à faire avant de prendre l'avion pour Israël. Maintenant que je n'ai plus Kirsten, qui s'occupait de tout pour moi… elle faisait du si bon travail.

— Vous trouverez quelqu'un.

— Je croyais vous avoir trouvée, vous. J'ai fait le pêcheur, ce soir… j'ai cherché à vous attraper, mais je n'y ai pas réussi.

— Une autre fois, peut-être.

— Non, fit Tim. Il n'y aura pas d'autre fois. » Il ne développa pas sa pensée. Il n'en avait pas besoin ; je savais qu'il en serait ainsi, pour une raison ou une autre : je le sentais. Tim ne se trompait pas.

Quand Timothy Archer s'envola pour Israël, le journal télévisé de la NBC mentionna brièvement la nouvelle, comme il aurait parlé d'un passage d'oiseaux migrateurs, un événement trop régulier pour être important, mais dont il fallait quand même informer les téléspectateurs, histoire (semblait-il) de leur rappeler que l'évêque de l'Église épiscopalienne Timothy Archer existait toujours et continuait à s'occuper des affaires du monde. Puis nous, le public américain, n'eûmes plus de nouvelle à ce sujet pendant environ une semaine.

Je reçus une carte de lui, mais elle me parvint après la diffusion du reportage à sensation sur la découverte de la Datsun abandonnée de l'évêque Archer, l'arrière posé sur un rocher au bord de la petite route sinueuse et pleine d'ornières, avec la carte routière de station-service là où Tim l'avait posée, sur le siège passager.

Le gouvernement israélien fit rapidement tout son possible : il expédia des troupes et déploya de gros moyens, mais en vain. De toute manière, les journalistes savaient déjà que Tim Archer avait trouvé la mort dans le désert de la mer Morte, parce qu'il est tout simplement impossible d'y vivre en escaladant les falaises et en descendant dans les ravins, il est impossible de survivre, et on finit par retrouver son corps qui était, ainsi que le souligna un des reporters présents, agenouillé comme en prière. Alors qu'en fait, Tim était tombé du haut d'une falaise. Ce jour-là, comme d'habitude, j'allai ouvrir le magasin de disques et j'encaissai des ventes, mais cette fois je ne pleurai pas.

Pourquoi n'avait-il pas pris un chauffeur professionnel ? se demandèrent les journalistes. Pourquoi s'était-il aventuré seul dans le désert sans rien d'autre qu'une carte de station-service et deux bouteilles de Coca-Cola ? Je connaissais la réponse. Parce qu'il était pressé. Rechercher un chauffeur professionnel lui aurait sûrement pris trop de temps, de son point de vue. Il ne pouvait pas attendre. Comme avec moi dans le restaurant chinois, il fallait que Tim se dépêche ; il ne pouvait pas rester en place ; c'était un homme actif, un fonceur, et il avait foncé dans le désert au volant de cette petite quatre cylindres qui n'est même pas sûre sur les autoroutes californiennes, comme l'avait fait remarquer Bill Lundborg ; ces petits modèles sont dangereux.

De tous, c'est lui que j'ai le plus aimé. Je l'ai su en apprenant la nouvelle, je l'ai su d'une manière différente : avant ce n'était qu'un sentiment, une émotion. Mais quand j'ai compris qu'il était mort, ça m'a transformée en une espèce de malade qui boitait et rampait, tout en étant capable d'aller travailler, de remplir le tiroir-caisse, de répondre au téléphone et de parler aux clients ; je n'étais pas malade de la même manière qu'un humain ou un animal, mais comme une machine. Je continuais de me déplacer, et pourtant mon âme était morte, cette âme qui, comme avait dit Tim, n'était jamais complètement née ; cette âme pas encore née, mais qui l'était quand même un peu et voulait l'être davantage, l'être pleinement, cette âme-là n'existait plus tandis que mon corps continuait mécaniquement à fonctionner.

L'âme que j'ai perdue cette semaine-là n'est jamais revenue ; je suis une machine, à présent, des années plus tard ; c'est une machine qui a entendu annoncer la mort de John Lennon et c'est une machine qui s'est rendue en voiture à Sausalito, tout en ruminant son chagrin, pour assister au séminaire d'Edgar Barefoot, parce que c'est ainsi que se comporte une machine, qu'elle affronte l'horreur. Une machine ne sait pas ce qu'elle fait ; elle se contente de grincer, et peut-être de vrombir. C'est tout ce qu'elle est capable de faire. On ne peut attendre davantage d'une machine. Elle n'a rien d'autre à offrir. C'est pour cela que nous parlons d'elle en tant que machine ; elle comprend, intellectuellement, mais il n'y a pas de compréhension dans son cœur parce que c'est un cœur mécanique, conçu pour agir comme une pompe.

Aussi ce cœur pompe-t-il, la machine rampe-t-elle, continue-t-elle à avancer et sait-elle sans savoir. Elle maintient sa routine. Elle vit ce qu'elle suppose être la vie : elle se conforme à son programme et obéit aux lois. Elle ne roule pas au-dessus de la vitesse limite sur le Richardson Bridge et elle se dit : Je n'ai jamais aimé les Beatles ; je les trouvais insipides. Jeff a rapporté à la maison *Rubber Soul* et si j'entends encore… elle se répète à elle-même ce qu'elle a vu et entendu, en une simulation de vie. La vie qu'elle a jadis possédée et qu'elle a désormais perdue ; une vie à présent disparue. Elle sait qu'elle ne sait pas quoi, comme disent les manuels de philosophie au sujet d'un philosophe à l'esprit confus ; j'ai oublié lequel.

Peut-être Locke. « Et Locke croit qu'il ne sait pas quoi. » Cela m'impressionnait, cette tournure de phrase ; je suis attirée par les phrases habiles, celles que l'on considère comme de bons exemples de style en prose.

Je suis une étudiante professionnelle et je le resterai ; je ne changerai pas. L'occasion de changer m'a été offerte et je l'ai déclinée ; je suis coincée, à présent, et, comme je viens de le dire, je sais mais je ne sais pas quoi.

14

Edgar Barefoot a déclaré devant nous avec un sourire large comme un quartier de lune : « Et si un orchestre symphonique ne cherchait qu'à atteindre la coda d'un morceau ? Que deviendrait la musique ? Ce ne serait plus qu'un grand fracas qui se terminerait le plus tôt possible. La musique est dans le développement, le déroulement ; si on accélère celui-ci, on le détruit. Et il n'y a plus de musique. Je voudrais que vous y réfléchissiez. »

D'accord, me suis-je dit. Je vais y réfléchir. Justement, je n'avais rien de mieux aujourd'hui à quoi penser. Il s'est passé quelque chose, quelque chose d'important, mais je ne veux pas m'en souvenir. Personne ne le veut. Je le vois autour de moi, je vois les autres réagir comme moi, sur cette confortable péniche amarrée près de la porte cinq. Où on vous fait payer cent dollars, la même somme, je crois, que Tim et Kirsten avaient versée à cette loufoque, ce charlatan de médium, là-bas à Santa Barbara, qui nous a tous anéantis.

Cent dollars, ça semble être la somme magique : elle ouvre la porte à la connaissance. Et c'est pour ça que je suis là. Ma vie est vouée à la recherche de la connaissance, tout comme les autres vies autour de moi. C'est le bruit de la Baie, le vacarme du sens et notre raison d'exister : apprendre.

Enseigne-nous, Barefoot, me suis-je dit. Apprends-moi quelque chose que je ne sais pas. Moi qui manque d'entendement, j'aspire à savoir. Tu peux commencer avec moi ; je suis la plus attentive de tes élèves. Je gobe tout ce que tu dis. Je suis la parfaite imbécile, venue prendre ce que tu as à donner. Donne. Continue à faire du bruit : ça me berce et j'oublie.

« Vous, jeune dame », a dit Barefoot.

J'ai sursauté en me rendant compte qu'il s'adressait à moi. « Oui, ai-je répondu en sortant de ma torpeur.

— Comment vous appelez-vous ?

— Angel Archer.

— Pourquoi êtes-vous venue ?

— Pour échapper.

— À quoi ?

— À tout.

— Pourquoi ?

— Parce que ça fait mal.

— À cause de John Lennon, vous voulez dire ?

— Oui. Et de bien d'autres choses.

— Je vous ai remarquée parce que vous dormiez, a dit Barefoot. Mais vous ne vous en étiez peut-être pas aperçue ?

— Si.

— C'est ainsi que vous voulez que je vous perçoive ? Comme quelqu'un qui dort ?

— Laissez-moi tranquille.

— Laissez-moi dormir, autrement dit.

— Oui.

— “Le bruit d’une seule main qui applaudit” », a cité Barefoot.

Je n’ai rien répondu.

« Vous voulez que je vous frappe ? Que je vous gifle ? Histoire de vous réveiller ?

— Ça m’est égal. Pour moi, ça n’a aucune importance.

— Que faudrait-il pour vous éveiller ? » a demandé Barefoot.

Je n’ai pas répondu.

« Mon rôle est d’éveiller les êtres.

— Vous êtes un pêcheur d’âmes, vous aussi.

— Non, un pêcheur tout court. Je ne connais pas l’“âme”, juste le poisson. Le but du pêcheur est d’attraper du poisson ; s’il pense pouvoir attraper autre chose, il est idiot, il se trompe et trompe ceux qu’il cherche à pêcher.

— Pêchez-moi, alors.

— Que voulez-vous ?

— Ne jamais me réveiller.

— Approchez, dans ce cas. Montez près de moi. Je vais vous apprendre à dormir. Il est aussi difficile de dormir que de s’éveiller. Votre sommeil est médiocre, il manque de technique. Je peux vous enseigner cette technique aussi facilement que je peux vous apprendre à vous éveiller. Tout ce que vous voulez, vous pouvez l’avoir. Vous êtes sûre de savoir ce que vous voulez ? Votre désir secret est peut-être de vous éveiller. Vous vous trompez peut-être sur votre compte. Allons, venez. » Il tendait la main vers moi.

« Ne me touchez pas, ai-je dit en m'approchant. Je ne veux pas qu'on me touche.

— Ça, vous le savez, donc.

— Absolument.

— Peut-être que ce qui ne va pas chez vous, c'est de ne jamais avoir été touchée par personne.

— À vous de voir. Moi, je n'ai rien à dire. Tout ce que j'avais à dire…

— Vous n'avez jamais rien dit, a coupé Barefoot. Vous avez gardé le silence toute votre vie. C'est seulement votre bouche qui a parlé.

— Si vous le dites.

— Rappelez-moi votre nom.

— Angel Archer.

— Avez-vous un nom secret ? Que personne ne connaît ?

— Non, aucun », ai-je répondu. Puis j'ai ajouté : « Je m'appelle Trahison.

— Qui avez-vous trahi ?

— Des amis.

— Eh bien, Trahison, a repris Barefoot, parlez-moi de ces amis que vous avez conduits à leur perte. Comment vous y êtes-vous prise ?

— Avec des mots. Comme en ce moment.

— Vous êtes douée avec les mots.

— Très. Je suis une malade, une malade des mots. J'ai été formée par des professionnels.

— Je n'ai pas de mots.

— D'accord. Alors je vais écouter.

— Voilà, vous commencez à savoir. »

J'ai hoché la tête.

« Avez-vous des animaux domestiques chez vous ? a demandé Barefoot. Des chiens ou des chats ?

— J'ai deux chats.

— Les soignez-vous, vous occupez-vous d'eux, leur donnez-vous à manger ? Vous sentez-vous responsable d'eux ? Les emmenez-vous chez le vétérinaire quand ils sont malades ?

— Bien sûr.

— Qui en fait autant pour vous ?

— Pour moi ? Personne.

— Pouvez-vous le faire pour vous ?

— Oui, je peux.

— Dans ce cas, Angel Archer, vous êtes en vie.

— Pas délibérément.

— Mais vous l'êtes quand même. Vous pensez que non, mais vous l'êtes. Sous les mots, la maladie des mots, vous êtes vivante. J'essaie de vous l'expliquer sans me servir de mots, mais c'est impossible. Les mots sont tout ce que nous avons. Allez vous rasseoir et écoutez. Aujourd'hui, tout ce que je vais dire à partir de maintenant s'adressera directement à vous ; je vous parle, mais pas avec des mots. Vous comprenez ?

— Non.

— Regagnez votre place, alors. »

Je suis retournée m'asseoir.

« Angel Archer, a repris Barefoot, vous vous trompez sur vous-même. Vous n'êtes pas malade ; *vous êtes affamée*. Ce qui vous tue, c'est la faim. Les mots n'y sont pour rien. Vous avez eu faim toute votre vie. Ce n'est pas le domaine spirituel qui vous aidera. Vous n'en avez pas besoin. Il y a trop de spiritualité dans le monde, beaucoup trop. Vous êtes une imbécile, Angel Archer, mais pas de la bonne catégorie d'imbéciles. »

J'ai gardé le silence.

« Il vous faut de vrais aliments et de la vraie boisson, a poursuivi Barefoot, pas de la boisson et des aliments spirituels. Je vous offre de la vraie nourriture, pour votre corps, pour qu'il se développe. Vous êtes une personne affamée venue ici pour être nourrie, mais vous ne le saviez pas. Vous ignoriez totalement pourquoi vous veniez aujourd'hui. C'est mon travail de vous l'apprendre. Les gens qui viennent m'écouter, je leur propose un sandwich. Les imbéciles écoutent mes paroles ; les sages mangent le sandwich. Ce ne sont pas des absurdités que je vous raconte, c'est la vérité. Aucun de vous n'a imaginé cette chose, mais je vous donne de la vraie nourriture et cette nourriture est un sandwich ; les mots et les paroles ne sont que du vent… ils ne sont rien. Je vous fais payer cent dollars, mais vous apprenez quelque chose qui n'a pas de prix. Quand votre chien ou votre chat a faim, est-ce que vous lui parlez ? Non, vous lui donnez à manger. Je vous donne à manger, mais vous ne le savez pas. Tout chez vous est à l'envers parce que c'est ce que l'université vous a enseigné ; sauf que cet enseignement était faux. Elle vous a menti. Et maintenant, vous vous racontez des mensonges ; vous avez appris à le faire et vous le faites très bien. Prenez le sandwich et mangez ; oubliez les mots. Ils n'avaient d'autre but que vous attirer ici. »

Étrange, ai-je songé. Il pense ce qu'il dit. J'ai alors senti ma tristesse commencer à diminuer, et une sorte de tranquillité s'emparer de moi, une perte de souffrance.

Quelqu'un dans mon dos s'est penché pour me toucher l'épaule. « Salut, Angel. »

Je me suis tournée pour voir qui c'était. Un jeune homme au visage rondelet, aux cheveux blonds, qui me souriait et me regardait de ses yeux candides. Bill Lundborg, en pull à col roulé et pantalon gris, et chaussé, me suis-je aperçu avec surprise, de Hush Puppies.

« Vous vous souvenez de moi ? a-t-il demandé doucement. Je m'excuse de n'avoir jamais répondu à vos lettres. Je me demandais comment vous alliez.

— Bien. Tout va bien.

— Je crois qu'on ferait mieux de se taire. » Il s'est radossé, les bras croisés, attentif à ce que disait Barefoot.

À la fin de sa conférence, alors que je restais assise sans bouger, Barefoot est venu me trouver et s'est penché pour me demander : « Faites-vous partie de la famille de l'évêque Archer ?

— Oui. J'étais sa belle-fille.

— Nous nous connaissions, Tim et moi. Depuis des années. Sa mort a été un tel choc. Nous discutions souvent de théologie. »

Bill Lundborg s'était approché et nous écoutait sans un mot, avec ce bon vieux sourire dont je me souvenais.

« Et aujourd'hui, John Lennon est mort, a ajouté Barefoot. J'espère ne pas vous avoir embarrassée en vous faisant monter près de moi. Mais je sentais que quelque chose n'allait pas. Vous semblez aller mieux, maintenant. »

— Oui, je me sens mieux.

— Vous voulez un sandwich ? » a proposé Barefoot en désignant les gens rassemblés autour de la table au fond de la pièce.

« Non.

— Vous n'écoutiez pas, alors. Vous n'écoutiez pas ce que je disais. Je ne plaisantais pas. Angel, on ne peut pas vivre de mots ; les mots ne nourrissent pas. Jésus a dit : *L'homme ne vit pas seulement de pain* ; et moi je dis : l'homme ne vit pas du tout de mots. Prenez un sandwich.

— Il faut manger, Angel, a insisté Bill Lundborg.

— Je n'ai pas envie. Désolée. » Je préférerais qu'on me laisse tranquille, ai-je ajouté en pensée.

Se penchant sur moi, Bill a observé : « Vous avez l'air si maigre.

— Le travail, ai-je vaguement expliqué.

— Angel, a dit Edgar Barefoot, je vous présente Bill Lundborg.

— Nous nous connaissons, a répondu Bill. Nous sommes de vieux amis.

— Dans ce cas, m'a dit Barefoot, vous savez que Bill est un *bodhisattva*.

— Non, je l'ignorais. »

Barefoot a demandé : « Savez-vous ce qu'est un *bodhisattva*, Angel ?

— Ça a un rapport avec le Bouddha.

— Le *bodhisattva* est celui qui a renoncé à sa chance d'accéder au nirvāna pour aider les autres, a expliqué Barefoot. Pour le *bodhisattva*, la compassion est un but aussi important que la sagesse. C'est la conscience essentielle du *bodhisattva*.

— Très bien.

— L'enseignement d'Edgar m'apporte beaucoup,

m'a dit Bill. Venez. » Il m'a pris la main. « Je vais vous faire manger quelque chose.

— Vous vous considérez vous-même comme un *bodhisattva* ? lui ai-je demandé.

— Parfois, on l'est sans le savoir, a répondu Barefoot. Il se peut qu'on possède la connaissance tout en l'ignorant. Ou qu'on croie posséder la connaissance sans la détenir. Le Bouddha est appelé "l'Éveillé", parce que l'"éveil" signifie la même chose que la "connaissance". Nous sommes tous endormis, mais nous n'en savons rien. Nous vivons dans un rêve ; nous marchons, nous bougeons et nous menons notre vie dans un rêve ; plus que tout, nous parlons dans un rêve, notre discours n'a pas davantage de réalité que celui des rêveurs. »

Comme ce que j'entends en ce moment, ai-je pensé.

Bill avait disparu ; je l'ai cherché du regard.

« Il est allé vous chercher à manger, m'a dit Barefoot.

— Tout ça est très étrange. Cette journée est irréelle depuis le début. On dirait un rêve ; vous avez raison. Toutes les stations de radio passent la moindre des vieilles chansons des Beatles.

— Je vais vous raconter quelque chose qui m'est arrivé autrefois », a dit Barefoot en s'asseyant à côté de moi, le buste penché et les mains croisées. « J'étais très jeune, je n'avais pas encore terminé mes études. J'ai fréquenté Stanford, mais sans obtenir de diplômes. J'ai surtout suivi des cours de philosophie.

— Moi aussi.

— Un jour, je suis sorti poster une lettre. J'avais

travaillé sur une dissertation – pas une dissertation à rendre à la fac, un texte pour moi : des idées philosophiques profondes, des idées très importantes à mes yeux. Il y avait un problème en particulier que je ne parvenais pas à résoudre ; un truc en rapport avec Kant et ses catégories ontologiques par lesquelles les structures de l'esprit humain ont connaissance de…

— Le temps, l'espace et la causalité. Je sais. J'ai étudié tout ça.

— Et en marchant dans la rue, a continué Barefoot, je me suis rendu compte que, dans un sens très réel, c'est moi qui crée le monde dont j'ai connaissance ; je fabrique ce monde en même temps que je le perçois. Et la formulation exacte de cette notion s'est imposée à moi, d'un coup, dans la rue, comme tombée du ciel. Je l'ai obtenue en un instant. C'était une solution que je m'efforçais de découvrir depuis des années… J'avais lu Hume, puis trouvé dans Kant la réponse à la critique de la causalité par Hume… et maintenant, soudainement, j'avais une réponse à Kant et une réponse correctement élaborée. Je me suis mis à courir. »

Bill Lundborg venait de réapparaître ; il tenait un sandwich et une coupe de punch aux fruits qu'il m'a tendus et que j'ai pris machinalement.

Barefoot a poursuivi : « J'ai couru pour rentrer chez moi aussi vite que possible. Il fallait que je mette ce satori par écrit avant de l'oublier. Ce que je venais d'acquérir, dehors sur le trottoir, sans papier ni stylo, c'était une compréhension du monde agencé de façon conceptuelle, et non dans l'espace et le temps et par la causalité, un monde pareil à une idée conçue dans un esprit supérieur, à la manière dont le nôtre conserve les souvenirs. J'avais entraperçu le monde non comme mon propre agencement – par l'espace le temps et la causalité –, mais agencé en lui-même : la "chose en soi" de Kant !

— Dont Kant nous dit qu'elle ne peut être connue, ai-je rappelé.

— Normalement, non, a convenu Barefoot. Mais je l'avais en quelque sorte perçue, comme une vaste structure réticulée et arborescente de corrélations où tout s'organisait selon le sens et sur laquelle tous les nouveaux événements s'accumulaient ; jamais auparavant je n'avais compris à ce point la nature absolue de la réalité. » Il a gardé le silence quelques instants.

« Et vous êtes rentré chez vous mettre tout ça par écrit, ai-je relancé.

— Non. Je ne l'ai jamais écrit. En rentrant chez moi, j'ai rencontré deux petits enfants, l'un avec un biberon, qui ne cessaient de traverser la rue en courant. Et beaucoup de voitures roulaient très vite dans cette rue. Je les ai observés un peu et je suis allé les trouver. Je ne voyais aucun adulte. Je leur ai demandé de me conduire à leur mère, mais ils ne parlaient pas anglais ; c'était un quartier hispano, très pauvre… je n'avais pas d'argent, à l'époque. J'ai quand même trouvé leur mère. Elle m'a dit : "Je ne parle pas anglais" et m'a refermé la porte au nez. Elle souriait, je m'en souviens. Un sourire béat. Elle avait dû me prendre pour un démarcheur. Je voulais la prévenir que ses enfants allaient bientôt se faire écraser, et elle, elle me fermait la porte au nez en souriant aux anges.

— Alors, qu'est-ce que vous avez fait ? a demandé Bill.

— Je me suis assis sur le trottoir pour surveiller les enfants. Jusqu'à la fin de l'après-midi, jusqu'à ce que leur père rentre. Il parlait un peu anglais. J'ai pu lui faire comprendre. Il m'a remercié.

— Vous avez fait ce qu'il fallait, ai-je assuré.

— Et du coup, je n'ai jamais écrit mon modèle de l'univers, a conclu Barefoot. Une fois chez moi, je ne m'en souvenais plus très bien. Ce genre de choses, ça s'efface. C'était un satori comme on n'en vit qu'une fois. Ce qu'on appelle *moksha* en Inde : un éclair soudain de compréhension absolue, venue de nulle part. James Joyce appelait cela des “épiphanies”, qui surgissent du banal ou se produisent simplement sans cause. Un aperçu total du monde. » Il s'est tu.

J'ai dit : « En somme, vous nous racontez que la vie d'un enfant mexicain est…

— Qu'auriez-vous fait, à ma place ? a dit Barefoot. Vous seriez rentrée chez vous écrire votre idée philosophique, votre *moksha* ? Ou vous seriez restée avec les enfants ?

— J'aurais appelé la police.

— Pour ça, il fallait trouver un téléphone. Et donc, laisser les enfants seuls.

— C'est une belle histoire, ai-je dit. Mais j'ai connu quelqu'un d'autre qui racontait de belles histoires. Quelqu'un qui est mort.

— Peut-être qu'avant de mourir, a dit Barefoot, il a trouvé ce qu'il était allé chercher en Israël.

— J'en doute fort.

— J'en doute aussi, a reconnu Barefoot. D'un autre côté, il a peut-être trouvé mieux. Une chose qu'il *aurait dû* chercher. Ce que j'essaie de vous expliquer, c'est que nous sommes tous des *bodhisattva* sans le savoir, et même sans le vouloir. Nous y sommes forcés par les circonstances. Mon seul désir ce jour-là était de rentrer pour garder une trace écrite de ma grande illumination avant de l'oublier. Je n'avais pas envie d'être un *bodhisattva*. Je ne l'avais pas demandé. Je ne m'y attendais pas. À l'époque, je ne connaissais même pas ce terme. N'importe qui aurait fait comme moi.

— Pas n'importe qui, ai-je dit. Mais la plupart des gens, je suppose.

— Et vous, qu'auriez-vous fait, si vous aviez eu le choix ? a demandé Barefoot.

— Sans doute comme vous, en espérant garder le souvenir de l'illumination.

— Oui, mais je ne m'en suis pas souvenu. Tout est là. »

Bill m'a alors demandé : « Vous pourriez me déposer ? Ma voiture est en panne.

— Bien sûr. ». Je me suis levée avec raideur ; j'avais mal dans les os. « Monsieur Barefoot, je vous ai souvent écouté sur KPFA. Au début, je vous prenais pour un radoteur, mais je n'en suis plus si sûre, maintenant.

— Avant de partir, a insisté Barefoot, je voudrais que vous me disiez comment vous avez trahi vos amis.

— Elle n'a trahi personne, a dit Bill. Elle se fait des idées. »

Barefoot s'est penché vers moi, a posé son bras sur mes épaules et m'a ramenée sur ma chaise.

« Eh bien, ai-je déclaré, je les ai laissés mourir. Surtout Tim.

— Tim ne pouvait pas éviter la mort, a dit Barefoot. C'est pour mourir qu'il est allé en Israël. C'est ce qu'il voulait. Il cherchait la mort. C'est pour ça que je dis qu'il a peut-être trouvé ce qu'il cherchait, voire mieux. »

Choquée, j'ai protesté : « Tim ne cherchait pas la mort. Je n'avais jamais vu quelqu'un se battre avec autant de courage contre le destin.

— La mort et le destin sont deux choses différentes. Il est mort pour éviter son destin, parce que le destin qu'il voyait venir pour lui était pire que de perdre la vie dans le désert de la mer Morte. Voilà pourquoi il a cherché la mort et l'a trouvée, mais à mon avis il a trouvé mieux. » Il s'est tourné vers Bill. « Qu'est-ce que tu en penses, Bill ?

— Je préfère ne rien dire, a répondu Bill.

— Mais tu le sais, lui a dit Barefoot.

— Et quel est ce destin dont vous parlez ? ai-je demandé.

— Le même que le vôtre. Le destin qui s'est abattu sur vous et dont vous avez conscience.

— C'est-à-dire ?

— C'est-à-dire se perdre dans des mots dénués de sens, a répondu Barefoot. À devenir un marchand de mots. En perdant tout contact avec la vie. Tim s'était avancé très loin dans ce processus. J'ai lu plusieurs fois *Ici, mort tyrannique*. Ça ne veut rien dire, rien dire du tout. Ce ne sont que des mots. *Flatus vocis*, un bruit vide. »

Au bout d'un moment, j'ai reconnu : « Vous avez

raison. Je l'ai lu aussi. » Ce qu'avait dit Barefoot était vrai, terriblement et tristement vrai.

« Et Tim s'en est rendu compte, a continué celui-ci. Il me l'a avoué. Il me l'a dit quand il est venu me voir, quelques mois avant son départ pour Israël. Il voulait que je lui enseigne ce que je savais du soufisme. Il voulait échanger tout le sens qu'il avait accumulé dans sa vie. Contre de la beauté. Il m'a parlé d'un album que vous lui aviez vendu et qu'il n'avait jamais eu l'occasion d'écouter. Le *Fidelio* de Beethoven. Il était toujours trop occupé.

— Vous saviez donc déjà qui j'étais. Avant que je vous le dise.

— C'est pour ça que je vous ai demandé de monter avec moi sur l'estrade. Je vous avais reconnue. Tim m'avait montré une photo de vous et de Jeff. Au début, je n'étais pas sûr. Vous êtes beaucoup plus maigre.

— Eh bien, j'ai un travail très exigeant », ai-je répondu.

Bill Lundborg et moi sommes partis ensemble en voiture sur le Richardson Bridge vers l'est de la Baie. L'interminable défilé des chansons des Beatles continuait à la radio.

« Je savais que vous essayiez de me retrouver, m'a confié Bill, mais ma vie n'allait pas très bien. Ils ont fini par me diagnostiquer ce qu'ils appellent hébéphrénie. »

Pour changer de sujet, j'ai dit : « J'espère que la musique ne vous déprime pas ; je peux l'éteindre.

— Non, j'aime bien les Beatles.

— Vous êtes au courant de la mort de John Lennon ?

— Bien sûr. Comme tout le monde. Alors comme ça, vous dirigez Musik Shop, maintenant.

— Oui. J'ai cinq employés sous mes ordres et toute liberté d'achat. Capitol Records m'a proposé d'aller travailler pour eux dans la région de L.A., à Burbank, j'imagine. J'ai atteint le sommet de l'échelle dans le domaine. La seule étape suivante consisterait à posséder le magasin, mais je n'ai pas l'argent.

— Vous savez ce que ça veut dire, hébéphrénique ?

— Oui », ai-je répondu. Et j'ai pensé que je connaissais même l'étymologie du mot. « Hébé était la déesse grecque de la Jeunesse.

— Je n'ai jamais grandi. L'hébéphrénie est caractérisée par la sottise.

— Il paraît.

— Quand on est hébéphrénique, tout vous paraît drôle. Moi, par exemple, j'ai trouvé drôle la mort de Kirsten. »

Alors, tu es bel et bien hébéphrénique, ai-je pensé tout en conduisant. Parce que ça n'avait vraiment rien de drôle. « Et celle de Tim ? ai-je demandé.

— Eh bien, il y avait des éléments qui étaient drôles. Comme sa petite Datsun. Et ces deux bouteilles de Coca. Tim devait porter des chaussures comme celles que j'ai en ce moment. » Il a levé le pied pour me montrer sa Hush Puppies.

« Au moins, ai-je dit.

— Mais, dans les grandes lignes, ce n'était pas drôle. Ce que cherchait Tim n'était pas drôle.

Barefoot se trompe : ce n'était pas la mort qu'il cherchait.

— Pas consciemment. Mais inconsciemment, peut-être.

— C'est absurde. Toutes ces histoires sur les motivations subconscientes. On peut affirmer tout ce qu'on veut en raisonnant de cette façon. On peut attribuer aux gens n'importe quelle motivation, puisque c'est impossible à vérifier. Ce que cherchait Tim, c'était ce champignon. Bon, c'est bizarre de le chercher dans un désert, alors que les champignons poussent dans les endroits humides, frais et ombragés.

— Et dans les grottes. Il y en a là-bas.

— En fait, ce n'était même pas un champignon. Ça aussi, c'est une supposition. Une supposition gratuite. Tim avait volé l'idée à un érudit nommé John Allegro. Le problème avec Tim, c'est qu'il n'avait pas vraiment de pensées personnelles ; il empruntait les idées des autres et s'imaginait ensuite qu'elles venaient de lui, alors qu'il s'était contenté de se les approprier.

— Oui, mais c'étaient des idées de valeur, et Tim en faisait la synthèse. Il réunissait en un tout des idées d'origines diverses.

— Non, elles n'étaient pas très bonnes. »

Fustigeant Bill du regard, je lui ai lancé : « Qui êtes-vous donc pour porter ainsi un jugement ?

— Je sais que vous l'aimiez bien. Mais vous n'avez pas besoin de prendre tout le temps sa défense. Je ne suis pas en train de l'attaquer.

— Ça y ressemble pourtant beaucoup.

— Moi aussi, je l'aimais. Des tas de gens aimaient

l'évêque Archer. C'était un grand homme, le plus grand qu'on ait jamais connu. Mais c'était aussi un imbécile et vous le savez. »

Je n'ai pas répondu ; j'ai continué de conduire en écoutant la radio d'une oreille distraite. Ils passaient *Yesterday*, à présent.

« En tout cas, Edgar a vu juste, sur vous. Vous auriez dû interrompre vos études et quitter l'université. Vous avez trop appris. »

Avec amertume, j'ai répété : « Trop appris. Bon Dieu ! La *vox populi*. La méfiance à l'égard de l'éducation. J'en ai marre d'entendre ce genre de conneries ; je suis contente de savoir ce que je sais.

— Ça vous a gâché la vie.

— Allez vous faire voir.

— Vous êtes très amère et très malheureuse, répondit Bill sans perdre son calme. Vous êtes quelqu'un de bien qui aimait Kirsten, Tim et Jeff, et vous ne vous êtes pas remise de ce qui leur est arrivé. Et votre éducation ne vous a pas aidée à vous sortir de cette situation.

— Il n'y a pas à en sortir ! me suis-je emportée. C'étaient des gens bien et ils sont tous morts !

— *Vos pères ont mangé la manne dans le désert et ils sont tous morts*.

— Qu'est-ce que c'est que ça ?

— Une parole de Jésus. Je crois qu'on la dit pendant la messe. J'ai assisté à plusieurs messes avec Kirsten, à la cathédrale. Une fois, alors que Tim faisait circuler le calice – Kirsten était agenouillée au balustre –, il lui a passé une alliance au doigt en cachette. Personne ne l'a vu, mais elle me l'a dit plus tard. C'était une alliance symbolique. Et Tim était en robe et étole, à ce moment-là.

— M'en parlez pas, ai-je dit avec amertume.

— Mais si, je vous en parle. Vous saviez que…

— J'étais au courant, pour l'alliance, l'ai-je coupé. Elle m'en avait parlé. Elle me l'a même montrée.

— Ils se considéraient comme étant mariés spirituellement. Aux yeux de Dieu, à défaut de ceux de la loi. *Vos pères ont mangé la manne dans le désert et ils sont tous morts*. C'est une allusion à l'Ancien Testament. Jésus apporte…

— Oh ! bon Dieu ! me suis-je écriée. Je croyais que j'en avais fini avec ces trucs. Je ne veux plus jamais en entendre. Ça n'a fait aucun bien à l'époque et ça n'en fera jamais. Et Barefoot qui parlait de mots inutiles… en voilà qui le sont *vraiment*. Pourquoi dit-il que vous êtes un *bodhisattva* ? Qu'est-ce que c'est que cette compassion et cette sagesse qu'il y a en vous ? Vous avez atteint le nirvāna et vous êtes revenu aider les autres, c'est ça ?

— J'aurais pu l'atteindre, mais je l'ai refusé pour revenir.

— Pardonnez-moi, ai-je dit avec lassitude. Je ne comprends pas de quoi vous parlez. D'accord ? »

Bill a alors annoncé : « Je suis revenu en ce monde, revenu de l'autre monde. Par compassion. C'est ce que j'ai appris là-bas dans le désert, celui de la mer Morte. » Sa voix était calme ; son visage exprimait une profonde sérénité. « C'est ce que j'y ai trouvé. »

Je l'ai fixé du regard.

« Je suis Tim Archer, a ajouté Bill. Je suis revenu de l'autre côté. Vers ceux que j'aime. » Et il a arboré un grand sourire secret.

15

Il y a eu un moment de silence, puis j'ai demandé : « Vous l'avez dit à Edgar Barefoot ?

— Oui, a répondu Bill.

— À qui d'autre ?

— Presque personne.

— Et ça s'est passé quand ? » J'ai enchaîné aussitôt : « Espèce de cinglé. Ça ne finira jamais, bordel ; c'est toujours la même chose : ils perdent la tête et ils meurent l'un après l'autre. Moi, je veux juste gérer mon magasin, fumer mes joints, me faire tringler de temps en temps et lire quelques livres. Je n'ai jamais demandé ça. » Mes pneus ont crissé quand j'ai fait une embardée pour dépasser un véhicule lent. Nous étions presque arrivés à l'extrémité Richmond du pont.

« Angel, a dit Bill en posant sa main sur mon épaule d'un geste tendre.

— Ôtez votre putain de main de là. »

Il a obtempéré. « Je suis de retour.

— Vous êtes redevenu complètement dingue et vous devriez retourner à l'hôpital, espèce de cinglé hébéphrénique. Vous ne vous rendez donc pas compte de ce que ça me fait, d'être encore obligée d'écouter ce genre de choses ? Vous savez ce que je pensais de vous ? Je trouvais que d'une certaine manière bien concrète, vous étiez la seule personne saine d'esprit parmi nous ; on vous catalogue fou, mais vous êtes sain d'esprit. Alors que nous, on nous classe parmi les gens sensés, mais nous sommes cinglés. Et voilà que vous vous y mettez. Vous êtes le dernier de qui j'aurais attendu ça, mais j'imagine que… » Je me suis interrompue. « Merde, ai-je continué. On ne sait plus où ça va, ce mécanisme de la folie. Je m'étais toujours dit : Bill Lundborg n'a pas perdu contact avec la réalité, puisqu'il pense aux voitures. Vous auriez su expliquer à Tim qu'on ne part pas en Datsun dans le désert de la mer Morte avec deux bouteilles de Coca et une carte de station-service. Et voilà que vous êtes aussi cinglé qu'eux. Plus cinglé, même. » Je me suis penchée pour augmenter le volume de la radio et la musique des Beatles a empli l'habitacle… Bill a aussitôt coupé le son.

« Vous voulez bien ralentir ? m'a-t-il demandé.

— Quand nous arriverons au péage, vous allez me faire le plaisir de descendre et de finir en stop. Vous pouvez aussi dire à Edgar Barefoot qu'il peut se le mettre dans…

— Ne lui en veuillez pas, m'a brusquement coupé Bill. C'est moi qui lui en ai parlé ; il ne m'avait rien dit. Ralentissez ! » Il a cherché à atteindre la clé de contact.

« D'accord, ai-je dit en enfonçant la pédale de frein.

— Cette boîte à sardines va partir en tonneaux et

nous tuer tous les deux. Surtout que vous n'avez même pas votre ceinture.

— Ce jour entre tous. Celui de l'assassinat de John Lennon. Devoir entendre ces inepties !

— Je n'ai pas trouvé l'*anokhi.* »

Je n'ai rien dit, me contentant de conduire. Du mieux que je pouvais.

« Je suis tombé, a expliqué Bill. D'une falaise.

— Oui. Ça aussi, je l'ai lu dans le *Chronicle*. Vous avez eu mal ?

— À ce moment-là, j'avais perdu conscience à cause du soleil et de la chaleur.

— Eh bien, il faut croire que vous n'êtes pas très malin, pour aller là-bas dans de telles conditions. »

Je me suis tue. Soudain, j'ai été prise de compassion et la façon dont je le traitais m'a fait honte, terriblement honte. « Bill, pardonnez-moi.

— Bien sûr », a-t-il répondu simplement.

J'ai pesé mes mots avant de demander : « Quand est-ce que… comment dois-je vous appeler ? Bill ou Tim ? Vous êtes les deux, maintenant ?

— Oui, les deux, mêlés en une seule personnalité. Les deux noms conviennent. Il vaudrait quand même mieux m'appeler Bill, pour que les gens ne se doutent de rien.

— Pourquoi vous ne voulez pas qu'ils le sachent ? C'est une nouvelle tellement importante et unique, tellement capitale, j'aurais cru qu'il fallait la faire savoir.

— On me remettrait à l'hôpital.

— D'accord, je vous appellerai Bill, alors.

— Tim est revenu en moi environ quatre semaines après sa mort. Je n'ai pas compris ce qui se passait, ça m'échappait complètement. Il y a eu des lumières et des couleurs, puis une présence étrangère dans mon esprit. Une autre personnalité beaucoup plus intelligente que moi, qui pensait toutes sortes de choses qui ne m'auraient jamais traversé l'esprit. En plus, il connaît le grec, le latin et l'hébreu, et tout ce qui concerne la théologie. Il pensait à vous très nettement. Il aurait voulu vous emmener avec lui en Israël. »

En entendant ces mots, je lui ai jeté un coup d'œil en frissonnant.

« Le soir où vous avez dîné avec lui au restaurant chinois, a poursuivi Bill, il a essayé de vous persuader de l'accompagner, mais vous avez répondu que toute votre vie était organisée, que vous ne pouviez pas quitter Berkeley. »

J'ai lâché l'accélérateur pour laisser la voiture ralentir et elle a fini par s'arrêter.

« C'est interdit de stopper sur le pont, a rappelé Bill. Sauf en cas de panne moteur ou de panne sèche, quelque chose comme ça. Redémarrez. »

Tim lui a raconté, ai-je pensé. Machinalement, j'ai embrayé et nous sommes repartis.

« Tim avait le béguin pour vous, a indiqué Bill.

— Ah bon ?

— C'était l'une des raisons pour lesquelles il voulait vous emmener.

— Vous parlez de Tim à la troisième personne. Donc, vous ne vous identifiez pas à lui, en fait : vous êtes Bill Lundborg en train de parler de Tim.

— Je suis Bill Lundborg, a-t-il acquiescé. Mais aussi Tim Archer.

— Tim ne m'aurait pas avoué qu'il était sexuellement attiré par moi.

— Je sais, mais moi je vous le dis.

— Qu'avons-nous mangé, dans ce restaurant ?

— Je n'en ai aucune idée.

— Où était le restaurant ?

— À Berkeley.

— Où, à Berkeley ?

— Je ne me souviens pas. »

J'ai demandé : « Dites-moi ce que signifie *hystérôn-protérôn.*

— Comment le saurais-je ? C'est du latin. Tim connaît le latin, pas moi.

— C'est du grec.

— Je ne connais pas non plus. Je capte les pensées de Tim et il lui arrive de penser en grec, mais je ne sais pas ce que veulent dire les mots grecs.

— Et si je vous crois, ça nous avance à quoi ?

— Eh bien, vous êtes heureuse que votre vieil ami ne soit pas mort.

— Et c'est tout. »

Il a hoché la tête. « Oui.

— Il me semblerait plutôt, ai-je remarqué prudemment, que ça ne s'arrête pas là. Ce serait un miracle stupéfiant aux yeux du monde entier, un phénomène sur lequel les savants devraient se pencher. Ça prouverait qu'il y a bien une vie éternelle, qu'il existe un autre monde… que tout ce à quoi Tim et Kirsten croyaient est vrai. Que ce qui est écrit dans *Ici, mort tyrannique* est vrai. Vous n'êtes pas d'accord ?

— Si, je suppose. C'est ce que pense Tim ; il y pense beaucoup. Il veut que j'écrive un livre, mais j'en suis incapable : je n'ai aucun talent littéraire.

— Vous pouvez servir de secrétaire à Tim. Comme faisait votre mère : Tim dicte le texte et vous, vous le mettez par écrit.

— Il ne cesse de jacasser à toute vitesse. J'ai essayé d'écrire ce qu'il disait mais… il pense de manière merdique. Si vous me passez l'expression. C'est dans un désordre complet, ça part dans tous les sens. Et je ne connais pas la moitié des mots. En fait, souvent, ce ne sont pas des mots du tout, juste des impressions.

— Vous l'entendez, en ce moment ?

— Non, pas en ce moment. En général, c'est quand je suis seul et que personne d'autre ne parle. J'arrive alors à me brancher sur lui, en quelque sorte.

— *Hystêrôn-protêrôn*, ai-je murmuré. Quand la chose à démontrer est incluse dans les prémisses. Si bien que tout le raisonnement ne sert à rien. Bill, ai-je dit à voix haute, il faut que je vous tire mon chapeau : vous m'avez coincée, vraiment. Est-ce que Tim se souvient d'avoir renversé la pompe à essence ? Non, laissez tomber ; au diable la pompe à essence. »

Bill a déclaré : « C'est une présence mentale. Vous voyez, quand Tim était là-bas… c'est le mot "présence" qui m'y fait penser : Tim se sert beaucoup de ce mot. La Présence, comme il l'appelle, était là dans le désert.

— La Parousie.

— Exactement. » Bill hocha énergiquement la tête.

« Ça devait être l'*anokhi*, ai-je dit.

— Ce qu'il cherchait ?

— Il l'a trouvé, apparemment. Et comment a

réagi Barefoot quand vous lui avez appris la nouvelle ?

— C'est là qu'il m'a dit, quand il l'a compris, que j'étais un *bodhisattva*. Je suis revenu. Tim est revenu, je veux dire, par compassion pour les autres. Pour ceux qu'il aime. Comme vous.

— Et que va faire Barefoot de cette nouvelle ?

— Rien.

— Rien, ai-je répété en hochant la tête.

— C'est impossible à prouver. À prouver aux sceptiques. Comme Edgar l'a fait remarquer.

— Pourquoi vous ne pouvez pas le prouver ? Ça devrait être facile. Vous avez accès à tout ce que connaissait Tim, comme vous le disiez : la théologie, les détails de sa vie personnelle. Des faits. Ce devrait être simple comme bonjour de le prouver.

— Et à vous, je peux le prouver ? Même à vous, je n'y arrive pas. C'est comme croire en Dieu : on peut connaître Dieu, savoir qu'il existe, l'avoir rencontré, c'est impossible à prouver à qui que ce soit.

— Vous croyez en Dieu en ce moment ?

— Bien sûr. » Il a hoché la tête.

« Je suppose que vous croyez à des tas de choses, maintenant.

— Avoir Tim en moi me permet de savoir beaucoup de choses ; ce n'est pas seulement de la croyance. C'est comme... (il a fait un geste plein d'ardeur)... comme si j'avais avalé un ordinateur, toute l'*Encyclopædia Britannica* ou une bibliothèque entière. Les faits, les idées vont et viennent à toute allure dans la tête, mais le problème, c'est qu'ils vont trop vite : je ne les comprends pas, je n'arrive pas à m'en souvenir, je ne peux pas les écrire ni les expliquer aux autres. C'est comme si je recevais en permanence KPFA dans ma tête, sans interruption. Par bien des côtés, c'est un supplice. Mais je trouve ça intéressant. »

Amuse-toi avec tes pensées, ai-je songé. C'est ce que Harry Stack Sullivan disait des psychotiques : ils s'amusent à n'en plus finir avec leurs pensées et ça leur fait oublier le monde.

Vous ne pouvez pas dire grand-chose, quand on vous raconte ce que Bill Lundborg venait de me raconter… à supposer qu'une telle révélation ait un antécédent. Bien entendu, ça ressemblait à ce que Tim et Kirsten m'avaient révélé en revenant d'Angleterre après la mort de Jeff. Mais c'était une bien mince affaire comparée à celle-ci. Celle-ci, pensais-je, c'est l'escalade ultime, le monument. L'autre révélation n'était que la pancarte indiquant la direction du monument.

La folie, comme les petits poissons, se déplace en groupe ; elle se reproduit à de multiples exemplaires. Elle n'est pas solitaire. La folie ne se satisfait pas de là où elle est : elle se déploie d'un bout à l'autre du paysage.

Oui, pensais-je, c'est comme si nous étions sous l'eau ; non dans un rêve – comme le dit Barefoot –, mais dans une espèce d'aquarium qui permet d'observer notre comportement bizarre et nos croyances encore plus bizarres. Je suis accro aux métaphores et Bill Lundborg à la folie : il a pour elle un appétit insatiable et s'en procure par tous les moyens possibles. Tout ça au moment précis où la folie semblait déborder du monde. D'abord la mort de John Lennon et ensuite cette histoire : tout ça le même jour, pour moi.

Je ne sais pas, pourtant il était si convaincant. Parce que Bill n'était pas plausible, ce n'était pas un sujet vraisemblable. Sans doute Edgar Barefoot lui-même s'en apercevait-il, quelle que soit la manière dont un soufi formulait en lui-même un tel *moksha*, quand une personne était malade et avait besoin d'aide, mais était en même temps touchante, attendrissante, candide et inoffensive. Cette folie provenait de la souffrance, de la perte d'une mère et de ce qui équivalait presque certainement à un père dans le véritable sens du terme. Je le sentais, je le sens encore aujourd'hui et je le sentirai jusqu'à mon dernier jour. Mais la solution de Bill ne pouvait pas être la mienne.

Pas plus que ma solution – gérer le magasin de disques – ne pouvait être la sienne. Chacun de nous doit trouver la sienne et, en particulier, résoudre le genre de problème que soulève la mort (pour les autres), mais aussi la folie, car celle-ci conduit à la mort définitive, qui est son stade final et son but logique.

Quand la colère initialement suscitée en moi par la psychose de Bill Lundborg s'est enfin calmée – car elle s'est calmée –, je me suis mise à la trouver drôle. L'utilité de Bill, non seulement pour lui mais pour nous tous, selon moi, consistait dans son ancrage au concret. C'était précisément ce qu'il avait perdu. Sa présence au séminaire d'Edgar Barefoot dévoilait le changement survenu chez lui : le gosse que j'avais connu auparavant n'aurait jamais mis les pieds dans un endroit pareil. Bill avait suivi le même chemin que nous tous, le chemin non de toute chair mais de nos esprits, et celui-ci menait à l'absurdité et la sottise, dans lesquels on dépérissait sans la moindre trace de rédemption.

Sauf, bien entendu, que Bill pouvait à présent affronter émotionnellement les diverses morts qui s'étaient abattues sur nous. Ma solution était-elle meilleure ? Je travaillais ; je lisais ; j'écoutais de la musique, j'en achetais sous forme de disques ; je vivais ma vie professionnelle et aspirais à devenir dénicheur de talents pour Capitol Records en Californie du Sud. Là se situait mon avenir, là se trouvaient les choses tangibles que les disques étaient devenus pour moi : non des objets de plaisir mais des objets à acheter puis vendre.

Que l'évêque soit revenu de l'autre monde et habite à présent l'esprit ou le cerveau de Bill Lundborg… c'était impossible, pour des raisons évidentes. On le sait d'instinct ; on ne le discute pas ; on le perçoit comme un fait absolu : ça ne peut pas se produire. J'aurais pu continuer inlassablement à presser Bill de questions pour essayer d'établir la présence en lui de souvenirs que Tim et moi étions les seuls à connaître, mais ça n'aurait mené nulle part. Comme ce dîner au restaurant chinois d'University Avenue à Berkeley, toutes les données devenaient suspectes tant il y a de façons pour des données de parvenir dans l'esprit humain, des façons plus facilement acceptables et expliquées que l'hypothèse d'un homme mort en Israël dont la psyché a traversé la moitié de la planète jusqu'à choisir Bill Lundborg parmi tous les habitants des États-Unis, puis a plongé en lui, dans son cerveau en attente, et y a élu domicile en bredouillant idées, pensées, souvenirs et concepts à la noix.

Autrement dit, l'évêque tel que nous l'avions connu, l'évêque lui-même, comme une espèce de plasma. Ça n'appartient pas au domaine du réel ; c'est l'invention d'un jeune homme bouleversé par le suicide de sa mère et la mort subite d'une image du père, d'un jeune homme qui essayait de comprendre dans son chagrin, et voilà qu'un jour lui était venu dans l'esprit non pas Timothy Archer, mais le *concept* de Timothy Archer, la notion que Timothy Archer était là, en lui, spirituellement, tel un fantôme. La notion d'une chose n'est pas identique à la chose elle-même.

Pourtant, à mesure que se dissipait ma colère, j'éprouvais de la compassion pour Bill, car je comprenais pourquoi il avait emprunté cette voie : il n'avait pas choisi cette folie délibérément, par méchanceté ; il n'aurait d'ailleurs pas pu faire ce choix, pour ainsi dire, car c'était plutôt cette folie qui s'était imposée à lui : il y avait été soumis de force, qu'il le veuille ou non. La chose lui était arrivée, tout simplement.

Bill Lundborg, le premier de nous à avoir été fou, était devenu à présent le dernier de nous à être fou ; et il ne se posait vraiment qu'une seule question, formulée au mieux ainsi : pouvait-on faire quelque chose pour y remédier ? Ce qui soulevait une autre question plus en profondeur : *devait*-on faire quelque chose ?

J'y ai réfléchi durant les deux semaines qui ont suivi. Bill (il me l'avait dit) n'avait pas vraiment d'amis. Il vivait seul dans une chambre louée à East Oakland et prenait ses repas dans un café mexicain. Peut-être, me disais-je, que je dois à Jeff, Kirsten et Tim – surtout Tim – de remettre Bill dans la bonne voie. Ainsi, il y aurait un survivant. C'est-à-dire, en plus de moi, bien sûr.

Indubitablement, j'avais survécu. Comme une machine, ainsi que je l'avais compris depuis quelque temps, mais survécu malgré tout. Au moins, mon esprit n'avait pas été envahi par des intelligences étrangères qui pensaient en grec, en latin et en hébreu et employaient des termes qui échappaient à ma compréhension. De toute manière, j'aimais bien Bill ; le revoir, passer du temps avec lui ne serait pas une corvée pour moi. Ensemble, nous pourrions évoquer ceux que nous avions aimés, nos souvenirs mis en commun livreraient une moisson de détails anecdotiques, ces petits fragments qui donnent aux souvenirs leur semblant de véracité… c'est une manière tarabiscotée de dire que voir Bill Lundborg me donnerait la possibilité de me retrouver dans l'intimité de Tim, de Kirsten et de Jeff, puisque Bill les avait connus aussi et comprendrait de qui je parlais.

En tout cas, comme Bill et moi assistions au séminaire de Barefoot, c'était là que nous nous rencontrerions, pour le meilleur ou pour le pire. Mon estime pour Barefoot avait augmenté, et ça, bien entendu, parce qu'il s'était intéressé personnellement à moi. Ce qui m'avait fait chaud au cœur ; j'en avais besoin. Barefoot l'avait senti.

J'interprétais ce qu'avait dit Bill sur le désir sexuel que l'évêque éprouvait pour moi comme un moyen détourné de dire que lui-même me désirait. Après réflexion, je parvins à la conclusion que Bill était trop jeune pour moi. De toute manière, pourquoi avoir une liaison avec une personne diagnostiquée hébéphrénique ? Hampton, qui avait eu des traces

– et même plus que des traces – de paranoïa et d'hypomanie, m'avait déjà causé assez d'ennuis, et j'avais eu du mal à me débarrasser de lui. Il n'était d'ailleurs pas évident que j'étais débarrassée de lui : il continuait de me téléphoner, me reprochant d'un ton agressif d'avoir gardé, quand je l'avais chassé de chez moi, des disques, livres et gravures qui, en fait, lui appartenaient.

Ce qui me troublait dans la perspective d'une liaison avec Bill, c'était le sentiment que j'avais de la férocité de la folie. Elle peut consumer celui qu'elle habite et le quitter pour chercher une autre proie. Si j'étais une machine bringuebalante, cette folie me mettait en danger, car je n'étais pas du tout intacte psychologiquement. Il y avait déjà assez de gens à avoir sombré dans la folie et la mort ; à quoi bon ajouter mon nom sur la liste ?

De plus, et c'était peut-être le pire, je distinguais quel type d'avenir attendait Bill. Il n'en avait aucun. Un individu atteint d'hébéphrénie est quelqu'un qui s'est placé hors du jeu de l'évolution, de la croissance et du temps ; il se contente de recycler à jamais ses pensées cinglées en y prenant plaisir, même si elles se détériorent, à la manière des informations transmises. Elles finissent par ne plus être que du bruit. Et le signal de l'intellect s'affaiblit toujours davantage. Bill devrait savoir ça, lui qui projetait à une époque d'être informaticien ; il devrait connaître les théories de l'information de Shannon. Ce n'est pas le genre de situation dans laquelle on a envie de se retrouver.

Un jour où j'avais congé, j'ai emmené mon petit frère Harvey et Bill à Tilden Park, au bord du lac

Anza, du côté du pavillon et des barbecues. Nous avons fait griller des hamburgers, joué au frisbee et passé un excellent moment. Nous avions apporté un ghetto-blaster – un de ces radiocassettes stéréo super sophistiqués, chefs-d'œuvre de l'industrie japonaise – sur lequel nous avons écouté le groupe de rock Queen tout en buvant de la bière (sauf Harvey), puis, à un moment où personne ne semblait faire attention à nous, Bill et moi avons partagé un joint. Harvey, pendant ce temps, a tripoté les touches du ghetto-blaster, puis a essayé de capter Radio Moscou sur ondes courtes.

« Écouter l'ennemi, ça pourrait te conduire en prison, lui a dit Bill.

— N'importe quoi, a répondu Harvey.

— Je me demande ce que diraient Tim et Kirsten s'ils nous voyaient, ai-je dit à Bill.

— Je peux vous répéter ce que Tim est en train de dire, a indiqué Bill.

— Il dit quoi ? ai-je demandé, détendue par la marijuana.

— Que… qu'il trouve que… que l'endroit est paisible et qu'il a enfin trouvé la paix.

— Très bien. Je n'aurais jamais pu lui faire fumer de l'herbe.

— Ils en fumaient. Kirsten et lui, quand nous n'étions pas là. Il n'aimait pas ça. Mais il aime bien, maintenant.

— C'est de la très bonne. Ils avaient sans doute de l'herbe locale. Ils ne connaissaient pas la différence. » J'ai réfléchi à ce que Bill venait de dire. « Mais vraiment, ils fumaient ?

— Oui. Il y pense en ce moment : il se souvient. »

Je l'ai regardé. « En un sens, vous avez de la chance d'avoir trouvé votre solution, lui ai-je dit. Ça ne me gênerait pas de l'avoir en moi. Enfin, dans mon cerveau, je veux dire. » J'ai gloussé : c'était ce genre d'herbe. « Comme ça, je ne me sentirais pas si seule. » Puis j'ai demandé : « Pourquoi n'est-il pas revenu vers moi ? Pourquoi vous ? Je le connaissais mieux. »

Après un moment de réflexion, Bill a répondu : « Parce que ça vous aurait démolie. Je suis habitué aux voix dans ma tête et aux pensées qui ne sont pas les miennes, vous savez… je peux l'accepter.

— C'est Tim, le *bodhisattva*, pas vous. C'est Tim qui est revenu, par compassion. » J'ai pensé alors avec un sursaut : Mon Dieu, est-ce que je me mets à y croire ? Quand on plane sous l'effet d'une bonne herbe, on peut croire n'importe quoi, ce qui explique pourquoi il s'en vend tellement.

« Exactement, a dit Bill. Je sens sa compassion. Il a recherché la sagesse, la Sainte Sagesse de Dieu, ce qu'il appelle *Hagia Sophia* ; il l'assimile à l'*anokhi*, la pure conscience de Dieu. Et puis, quand il est allé là-bas et que la Présence est entrée en lui, il a compris que ce n'était pas la sagesse qu'il voulait mais la compassion… il avait déjà la sagesse, mais elle n'avait été utile ni pour lui ni pour personne.

— Oui, *Hagia Sophia*. Il m'en a parlé.

— Ça fait partie de ce qu'il pense en latin.

— Non, c'est du grec.

— Peu importe. Tim pensait qu'avec la sagesse absolue du Christ, il pourrait lire le *Livre des Tisseurs* et savoir quel futur l'attendait, ce qui aurait pu lui permettre de trouver un moyen d'échapper à son destin. C'est pour ça qu'il est allé en Israël.

— Je sais.

— Le Christ peut lire le *Livre des Tisseurs*, a poursuivi Bill. Le sort de chaque humain y est inscrit. Aucun être humain ne l'a jamais lu.

— Où se trouve ce livre ?

— Partout autour de nous. Du moins, je crois. Attendez un peu : Tim est en train de penser quelque chose. Très clairement. » Il est resté un certain temps silencieux et renfermé avant de reprendre la parole. « Tim pense au dernier chant du *Paradis*, le XXXIIIe. Il pense que *Dieu est le livre de l'univers* et que vous avez lu ça ; vous l'avez lu la nuit où vous aviez un abcès à une dent. C'est vrai ?

— Oui, c'est vrai. Ça m'a fait une très grosse impression, toute cette dernière partie de *La Divine Comédie.*

— Edgar dit que *La Divine Comédie* est fondée sur des sources soufies.

— Possible », ai-je dit, tout en m'interrogeant sur les propos qu'il venait de tenir, ces allusions à Dante. « Étrange. Ces choses dont vous vous souvenez et la raison pour laquelle vous vous les rappelez. Parce que j'avais un abcès à une dent et que…

— Tim dit que le Christ avait organisé cette douleur, a coupé Bill, pour que la partie finale de *La Divine Comédie* laisse en vous une marque indélébile. *Une flamme unique*. Oh ! la barbe, il recommence à penser dans une autre langue.

— Répétez tout haut ce qu'il pense », ai-je demandé.

D'une voix hésitante, Bill a récité :

Nel mezzo del cammin di nostra vita
Mi ritrovai per una selva oscura,
Ché la diritta via era smarrita.

J'ai souri. « C'est le début de *La Divine Comédie.*

— Il y a autre chose, a dit Bill, et il a ajouté :

Lasciate ogni speranza, voi ch'entrate !

— *Vous qui entrez, laissez toute espérance*, ai-je traduit.

— Il veut que je vous dise encore quelque chose, mais j'ai du mal à comprendre. Oh ! ça y est… il l'a pensé à nouveau pour moi, très clairement :

La sua voluntate è nostra pace…

— Ça, je ne reconnais pas.

— Tim dit que c'est le message fondamental de *La Divine Comédie*. Ça signifie : *Sa volonté est notre paix.* Je suppose qu'il parle de Dieu.

— J'imagine.

— Il a dû apprendre ça dans l'autre monde, a dit Bill. Il ne peut pas l'avoir appris ici, en tout cas. »

S'approchant de nous, Harvey a annoncé : « J'en ai marre, des cassettes de Queen. Qu'est-ce qu'on a emporté d'autre ?

— Tu es arrivé à capter Radio Moscou ? ai-je demandé.

— Oui, mais c'était brouillé par Voice of America. Les Russes sont passés sur une autre fréquence, sans doute la bande des trente mètres, mais j'en ai assez de la chercher. Voice n'arrête pas de les brouiller.

— On va bientôt rentrer à la maison », ai-je dit en tendant à Bill le reste du joint.

16

Bill a dû retourner à l'hôpital plus tôt que je m'y attendais. Il l'a fait de son plein gré, acceptant la chose comme normale… du moins, comme une réalité constante de sa vie.

Après son admission, j'ai rencontré son psychiatre, un homme imposant d'âge moyen, avec une moustache et des lunettes sans monture : une sorte d'image de l'autorité corpulente mais bon enfant qui m'a aussitôt dressé la liste de mes fautes, par ordre d'importance décroissante.

« Vous ne devriez pas l'encourager à se droguer, a déclaré le docteur Greeby, le dossier de Bill ouvert devant lui sur son bureau.

— Vous appelez l'herbe une drogue ?

— Pour un sujet à l'équilibre mental aussi précaire que Bill, tout stupéfiant est dangereux, aussi léger soit-il. Il entre dans le trip, mais n'en sort plus jamais vraiment. Nous l'avons mis sous Haldol pour le moment : il semble capable de supporter les effets secondaires.

— Si j'avais su le mal que je lui faisais, j'aurais agi autrement. »

Il m'a jeté un coup d'œil.

« On apprend de nos erreurs, ai-je ajouté.

— Mademoiselle Archer…

— Madame, ai-je coupé.

— Pour Bill, le pronostic n'est pas bon, madame Archer. Je ne pense pas que je vous l'apprenne, puisque vous semblez la personne la plus proche de lui. » Le docteur Greeby a froncé les sourcils. « Archer, vous dites ? De la famille du défunt Timothy Archer, évêque de l'Église épiscopalienne ?

— C'était mon beau-père.

— C'est lui que Bill s'imagine être.

— Ça alors.

— Bill a l'illusion d'être devenu votre beau-père suite à une expérience mystique. Il ne se contente pas de voir et d'entendre l'évêque Archer ; il est l'évêque Archer. Je crois savoir qu'il l'a connu.

— Ils ont changé ses pneus ensemble.

— Vous êtes une sorte de petite maligne. »

Je n'ai pas répondu.

« Vous avez contribué à ramener Bill à l'hôpital », a dit le docteur Greeby.

J'ai répondu : « Oui, et nous avons aussi passé de bons moments ensemble. Ainsi que de très mauvais, en rapport avec la mort d'amis à nous. À mon avis, le déclin de Bill est davantage dû à ces décès qu'à l'herbe fumée dans Tilden Park.

— Je vous demanderai de ne plus le revoir.

— Comment ? » me suis-je exclamée, surprise et consternée ; un accès de peur m'a submergée et je me suis sentie rougir de chagrin. « Attendez un peu… C'est mon ami.

— Vous affichez une attitude hautaine envers moi

et envers le monde en général. Vous êtes visiblement une personne très cultivée, un pur produit du système universitaire : à mon avis, vous êtes diplômée de Berkeley, sans doute en littérature anglaise. Vous croyez tout savoir et vous faites beaucoup de mal à Bill qui n'a ni votre expérience ni votre culture. Vous vous en faites beaucoup à vous aussi, mais ce n'est pas mon affaire. Vous êtes quelqu'un de crispé et de dur qui…

— Mais c'étaient mes amis.

— Trouvez quelqu'un dans la communauté de Berkeley. Et n'approchez plus de Bill. En tant que belle-fille de l'évêque Archer, vous renforcez son illusion ; en réalité, cette illusion est probablement une introjection de vous, une fixation sexuelle déplacée qui échappe à son contrôle conscient.

— Et vous, vous êtes un gros tas de conneries absconses.

— J'ai rencontré des douzaines de gens comme vous dans ma carrière. Vous ne m'impressionnez pas et vous ne m'intéressez pas. Berkeley est pleine de femmes dans votre genre.

— Je changerai, ai-je promis, le cœur rempli de panique.

— J'en doute », a dit le médecin en refermant le dossier de Bill.

Après avoir quitté son bureau – ou plutôt en avoir été pratiquement chassée –, j'ai erré dans l'hôpital, abasourdie, inquiète et furieuse de ne pas avoir tenu ma langue. Je ne l'avais pas tenue par nervosité, mais le mal était fait, à présent. Merde, me disais-je, j'ai perdu le dernier d'entre eux.

Je retourne au magasin de disques vérifier les commandes en souffrance, ai-je pensé. Il y aura une douzaine de clients en train de faire la queue à la caisse et les téléphones sonneront. Les albums de Fleetwood Mac se vendront et pas ceux de Helen Reddy. Comme toujours.

Je peux changer, me suis-je dit. Ce gros lard se trompe : il n'est pas trop tard.

Tim, ai-je encore songé, pourquoi je ne vous ai pas accompagné en Israël ?

En sortant du bâtiment pour regagner le parking – j'apercevais de loin ma petite Honda Civic –, j'ai vu un groupe de malades accompagnés d'un psychotechnicien qui venaient de descendre d'un car jaune et retournaient à l'hôpital. Les mains dans les poches de mon manteau, je me suis dirigée vers eux en me demandant si j'allais trouver Bill dans leur groupe.

Je ne l'ai pas vu parmi eux, aussi ai-je continué de marcher, passant devant quelques bancs et une fontaine. Un bosquet de cèdres poussait à l'extrémité du terrain de l'hôpital, avec des gens assis ici ou là dans l'herbe, sûrement des malades autorisés à sortir parce qu'ils pouvaient se passer quelques instants d'une surveillance rigoureuse.

Dont Bill Lundborg au pied d'un arbre, avec ses habituels vêtements mal assortis, concentré sur quelque chose qu'il tenait à la main.

Je me suis approchée lentement et sans bruit. Il n'a pas bougé avant que j'arrive tout près de lui ; prenant soudain conscience de ma présence, il a alors levé la tête.

« Salut, Bill.

— Angel, a-t-il répondu, regardez ce que j'ai trouvé. »

Je me suis agenouillée pour voir. Des champignons poussaient à la base de l'arbre : des champignons blancs à lamelles roses – comme je l'ai constaté en en cassant un. Non vénéneux : ceux qui ont des lamelles roses ou brunes sont en général inoffensifs. Ce sont ceux à lamelles blanches qu'il faut éviter, car ils font souvent partie de la famille des amanites.

« Qu'est-ce que vous avez là ? ai-je demandé.

— Ça pousse ici, s'est émerveillé Bill. Ce que j'étais allé chercher en Israël. Ce que j'étais parti trouver si loin. C'est le champignon *Vita verna* que Pline l'Ancien mentionne dans son *Histoire naturelle.* J'ai oublié dans quel livre. » Il a eu ce petit rire jovial que je connaissais si bien. « Sans doute le livre VIII. Il correspond exactement à sa description.

— Pour moi, on dirait n'importe quel champignon comestible qu'on voit pousser partout à cette époque de l'année.

— C'est l'*anokhi,* a affirmé Bill.

— Bill… ai-je commencé.

— Tim, a-t-il corrigé machinalement.

— Bill, je m'en vais. Le docteur Greeby dit que je vous ai détraqué l'esprit. Je suis désolée. » Je me suis relevée.

« Vous ne me l'avez pas détraqué, a répondu Bill. Mais j'aurais aimé que vous m'accompagniez en Israël. Vous avez fait une erreur capitale, Angel, et je vous l'ai dit ce soir-là au restaurant chinois. Vous êtes prisonnière pour toujours de votre état d'esprit habituel, à présent.

— Et il n'y a pas moyen que j'arrive à changer ? »

Avec son sourire candide, Bill a répondu : « Je m'en fiche. J'ai ce que je veux. J'ai ce champignon. » Il m'a tendu avec précaution le banal et inoffensif champignon qu'il avait cueilli. « Ceci est mon corps et ceci est mon sang. Mangez, buvez, et vous aurez la vie éternelle. »

Je me suis penchée pour lui murmurer à l'oreille afin que personne d'autre n'entende : « Je vais me battre pour vous remettre en état, Bill Lundborg. Pour que vous recommenciez à réparer des voitures, à peindre des carrosseries et à faire d'autres choses appartenant au domaine du réel ; je vous reverrai tel que vous étiez ; je n'abandonnerai pas. Vous allez retoucher terre. Vous m'entendez ? Vous comprenez ? »

Bill, sans me regarder, a récité : « *Je suis la vigne véritable et mon Père est le vigneron. Tout sarment en moi qui ne porte pas de fruit, il l'enlève, et tout…*

— Non, vous êtes un homme qui repeint des carrosseries et répare des boîtes de vitesses, et je ferai en sorte de vous remettre ça en mémoire. Un jour viendra où vous quitterez cet hôpital ; je vous attendrai, Bill Lundborg. » Je l'ai alors embrassé, sur la tempe, qu'il a essuyée de la main, comme le fait distraitement un enfant, sans intention ni compréhension précise.

« Je suis la Résurrection et la Vie, a-t-il déclaré.

— On se reverra, Bill », ai-je dit avant de m'éloigner.

Quand je suis retournée au séminaire d'Edgar Barefoot, celui-ci a remarqué l'absence de Bill et m'a ensuite demandé de ses nouvelles.

« Il est à nouveau hospitalisé, ai-je indiqué.

— Venez avec moi. » Barefoot m'a conduite de la salle de conférences à son salon ; je n'y étais jamais entrée et j'ai découvert avec surprise que ses goûts le portaient plus vers le chêne patiné que vers l'oriental. Il a mis un disque de *koto* que j'ai reconnu – c'est mon métier – comme une gravure rare de Kimio Eto sur World Pacific. Ce disque, pressé à la fin des années 1950, a une certaine valeur aux yeux des collectionneurs. Barefoot a passé *Midori no asa*, un air écrit par Eto lui-même. Un très beau morceau, mais qui n'a pas du tout l'air japonais.

« Je vous donne quinze dollars pour ce disque », ai-je proposé.

Barefoot a répondu : « Je vous l'enregistrerai sur cassette.

— Non, je veux le disque. On me le demande de temps en temps. » Et ne venez pas me dire que seule compte la beauté de la musique, ai-je pensé. Pour les collectionneurs, c'est l'objet disque qui compte ; inutile d'en discuter. Ça me connaît, les disques : c'est mon travail.

« Du café ? » a proposé Barefoot.

J'en ai accepté une tasse et nous avons continué d'écouter le plus grand joueur de *koto* vivant pincer ses cordes.

« Il va passer le reste de son existence à faire des séjours à l'hôpital, ai-je dit quand Barefoot a retourné le disque. Vous vous en rendez compte ?

— C'est encore quelque chose dont vous vous sentez responsable ?

— On m'a dit que c'était ma faute. Mais ce n'est pas vrai.

— C'est bien que vous vous en aperceviez.

— Si quelqu'un pense que Tim Archer est revenu en lui, il est bon pour l'hôpital.

— Et pour un traitement à la Thorazine.

— C'est l'Haldol, maintenant. Un perfectionnement. Les nouveaux médicaments antipsychotiques ont une action plus précise. »

Barefoot a déclaré : « Un des premiers Pères de l'Église croyait en la Résurrection “parce que c'est impossible”. Non pas “même si c'est impossible” mais “*parce que* c'est impossible”. Ce devait être Tertullien. Tim m'en avait parlé un jour.

— Et vous trouvez ça intelligent ?

— Pas vraiment. Je ne pense pas que Tertullien voulait que ce le soit.

— Je ne vois personne suivre ce chemin dans la vie, ai-je dit. Pour moi, ça illustre parfaitement toute cette histoire stupide : croire à quelque chose parce que c'est impossible. Moi, ce que je vois, ce sont des gens qui deviennent fous, puis qui meurent ; d'abord la folie, ensuite la mort.

— Vous voyez donc la mort aussi pour Bill.

— Non, ai-je répondu, parce que je vais l'attendre jusqu'à ce qu'il sorte de l'hôpital. Au lieu de la mort, il m'aura, moi. Vous trouvez ça comment ?

— Bien mieux que la mort.

— Donc vous m'approuvez. Pas comme le médecin de Bill, qui estime que j'ai contribué à sa rechute.

— Vous vivez avec quelqu'un, en ce moment ?

— À vrai dire, je vis seule.

— Ça me plairait de voir Bill s'installer avec vous à sa sortie de l'hôpital. Je ne crois pas qu'il ait jamais vécu avec une femme, à part sa mère, Kirsten.

— Il faudra que j'y réfléchisse longuement, ai-je indiqué.

— Pourquoi ?

— Parce que c'est comme ça que je fais ce genre de chose.

— Je ne veux pas dire que ce sera bien pour lui.

— Comment ? me suis-je étonnée, prise au dépourvu.

— Ce sera bien pour *vous*. Ça vous permettra de découvrir si Tim est vraiment en lui. Ce serait la réponse à votre question. »

J'ai dit : « Je ne me pose pas la question : je sais.

— Recueillez Bill chez vous ; laissez-le vivre avec vous. Prenez soin de lui. Vous vous apercevrez peut-être que vous prenez soin de Tim, en un certain sens bien réel. Ce que vous avez toujours fait, ou en tout cas toujours voulu faire, à mon avis. Ou alors que vous auriez dû faire. Il est vraiment sans défense.

— Bill, ou Tim ?

— L'homme qui est à l'hôpital. Celui auquel vous vous intéressez. Votre dernier lien avec autrui.

— J'ai des amis. J'ai mon petit frère. J'ai les gens du magasin… et mes clients.

— Et vous m'avez, moi », a ajouté Barefoot.

Après un temps de silence, j'ai acquiescé : « Oui, vous aussi, je vous ai.

— Et si je vous disais que je pense que ce pourrait être Tim ? Tim vraiment revenu ?

— Eh bien, dans ce cas, je cesserais de venir à vos séminaires. »

Il m'a dévisagée avec attention.

« Je ne plaisante pas.

— Vous ne vous laissez pas marcher sur les pieds, a dit Barefoot.

— Pas vraiment. J'ai fait certaines erreurs graves ; je n'ai pas réagi quand Kirsten et Tim m'ont dit que Jeff était revenu… je n'ai pas bronché, si bien qu'ils sont morts tous les deux. Je ne veux plus refaire une erreur pareille.

— Vous prévoyez vraiment la mort pour Bill, donc.

— Oui.

— Installez-le chez vous et je promets de vous donner ce disque de Kimio Eto que nous écoutons. » Il a souri. « Le morceau qui passe s'appelle *Kibo no hikari.* C'est-à-dire “La lumière de l'espoir”. Je trouve ça adapté.

— Tertullien a vraiment dit qu'il croyait en la Résurrection parce que c'était impossible ? Ça veut dire que ce genre d'âneries remonte à longtemps. Que ça ne date pas de Kirsten et Tim.

— Vous allez devoir arrêter de venir à mes séminaires.

— Vous croyez donc que c'est Tim ?

— Oui. Parce que Bill parle des langues qu'il ne connaît pas. L'italien de Dante, par exemple. Ainsi que le latin et…

— Xénoglossie. » La marque, ai-je pensé, de la présence du Saint-Esprit, comme Tim nous l'avait indiqué au Bad Luck Restaurant. Cette chose même dont Tim doutait désormais de l'existence ; il devait probablement douter qu'elle ait jamais existé. À ce qu'il pouvait percevoir, en tout cas, du mieux qu'il pouvait le percevoir. Et nous avions à présent ce phénomène chez Bill prétendant être Tim.

« J'accueillerai Bill, a dit Barefoot. Il peut vivre avec moi sur la péniche.

— Non. Pas si vous croyez à ces sornettes. Je préfère encore l'amener chez moi à Berkeley. » Il m'est alors venu à l'idée que j'avais été manœuvrée et j'ai regardé fixement Edgar Barefoot ; il a souri et j'ai songé : exactement comme Tim aurait contrôlé les gens. En un sens, l'évêque Tim Archer est plus vivant en vous qu'en Bill.

« Bien, a dit Barefoot en me tendant la main. Serrons-nous la main pour sceller le marché.

— J'aurai le disque de Kimio Eto ?

— Une fois que je l'aurai copié sur cassette.

— Mais j'aurai bien le disque ?

— Oui », a répondu Barefoot, le bras toujours tendu. Sa poignée de main était vigoureuse, ce qui me rappelait Tim aussi. Nous avons peut-être donc bien Tim avec nous, ai-je pensé. D'une manière ou d'une autre. Tout dépend de la façon dont on définit « Tim Archer » : la faculté de citer du latin, du grec ou de l'italien médiéval, ou bien celle de sauver des vies humaines. Dans un cas comme dans l'autre, Tim semble être ici. Ou revenu ici.

« Je continuerai d'aller à vos séminaires, ai-je annoncé.

— Pas pour moi.

— Non : pour moi. »

Barefoot a dit : « Peut-être qu'un jour vous viendrez pour le sandwich. Mais j'en doute. Je pense que vous avez toujours besoin du prétexte des mots. »

Ne soyez pas aussi pessimiste, ai-je pensé ; je pourrais vous surprendre.

Nous avons écouté la fin de la seconde face du

disque de *koto*. La dernière plage s'intitulait *Haru no sugata*, ce qui signifie « L'humeur du début du printemps ». Edgar Barefoot a ensuite remis l'album dans sa pochette et me l'a tendu.

« Merci », ai-je dit.

J'ai fini mon café avant de partir. Le temps m'a paru agréable. Je me sentais beaucoup mieux. Et j'arriverais sans doute à tirer trente dollars du disque. Je n'en avais pas vu le moindre exemplaire depuis des années : ça faisait longtemps qu'il était épuisé.

Il faut garder ces choses-là en tête quand on dirige un magasin de disques. Et je venais de me le procurer à bon prix, en quelque sorte : en promettant de faire ce que je comptais faire de toute manière. Je m'étais montrée plus maligne qu'Edgar Barefoot et j'en étais ravie. Tim aurait apprécié. S'il avait été en vie.

BIBLIOGRAPHIE

Aristophane. *Lysistrata* (trad. Jack Lindsay). New York : Bantam, 1962.

Bible, la. *The Jerusalem Bible*. Garden City, New York : Doubleday & Co., 1966.

Büchner, Georg. *Woyzeck* (trad. Alfred A. Kalmus). Avec l'autorisation d'Universal Edition of Eric Blackall and Vida Harford. 1836.

Cohen, Hermann. In *Contemporary Jewish Thought : A Reader*. Simon Noveck, ed. New York : B'nai B'rith Department of Adult Jewish Education, 1963.

Dante. *The Divine Comedy*. (trad. Laurence Binyon) avec des notes de C.H. Grandgent. In *The Portable Dante*. New York : The Viking Press, 1947.

Donne, John. *Batter my Heart, three person'd God*. Holy Sonnet XIV. In *The Complete Poetry and Selected Prose of John Donne*. New York : The Modern Library, 1952.

Eschyle. *Agamemnon*. Cité dans *Bartlett's Familiar Quotations*, 15e édition. Boston : Little, Brown, 1980.

Goethe, Johann Wolfgang von. *Faust : Part Two*. (trad. Bayard Taylor). Révisé et édité par Stuart Atkins. New York : Collier Books, 1982.

Hertz, Dr J.H. *The Pentateuch and Haftorahs*. Londres : Soncino Press, 5729 [1967].

Huxley, Aldous. *Point Counter-Point*. New York : Harper & Row, 1965.

Jennens, Charles. *Belshazzar* [livret de l'oratorio de Haendel]. 1744.

Köhler, Kaufmann. Cité par Samuel M. Cohon in *Great Jewish Thinkers of the Twentieth Century*. Simon Noveck, ed. New York : B'nai B'rith Department of Adult Jewish Education, 1963.

Menotti, Gian Carlo. Texte accompagnant l'enregistrement sorti chez Columbia du *Medium* de Menotti. Non daté.

Platon. In *From Thales to Plato*. T.V. Smith, ed. Chicago : University of Chicago Press, 1934.

Prabhavananda, Swami & Isherwood, Christopher. *The Song of God : Bhagavad-Gita*. New York : NAL/ Mentor, 1944.

Schiller, Friedrich. In *The New Encyclopedia Britannica*. Chicago : Encyclopedia Britannica, 1973.

Shakespeare. *Hamlet*. 1601.

Sonnleithner, Joseph & Treitschke, Friedrich. *Fidelio* [livret de l'opéra de Beethoven]. 1805.

Tate, Nahum. *Dido and Aeneas* [livret de l'opéra de Purcell]. 1689.

Tertullien. Cité dans *Psychological Types, or The Psychology of Individuation* de C.C. Jung. Londres : Routledge & Kegan Paul, 1923.

Tillich, Paul. *A History of Christian Thought*. New York : Simon and Schuster, 1967.

Vaughan, Henry. *They are all gone into the world of light*. 1655.

Virgile. Cité dans *Caesar and Christ* de Will Durant. New York : Simon and Schuster, 1944.

Yeats, W.B. *The Second Coming* et *The Song of the Happy Shepherd. The Collected Poems of W.B. Yeats*. Londres : Macmillan, 1949.

SOURCES DES TRADUCTIONS

La Divine Comédie de Dante : Alexandre Masseron, La bibliothèque spirituelle, Albin Michel, 1995.

Second Faust de Goethe : Suzanne Paquelin, in *Théâtre*, Bibliothèque de la Pléiade, Gallimard, 1951.

Églogue IV de Virgile : Jean-Pierre Chausserie-Laprée in *Bucoliques*, Orphée/La Différence, 1993.

Sonnet sacré XIV de John Donne : Robert Ellrodt, in *Anthologie bilingue de la poésie anglaise*, Bibliothèque de la Pléiade, Gallimard, 2005.

L'Ascension de Henry Vaughan : Émile Legouis *in* Émile Legouis, *Dans les sentiers de la Renaissance anglaise*, nouvelle édition revue et augmentée, Les Belles-Lettres, 1955.

DU MÊME AUTEUR

Aux Éditions Gallimard

LA FILLE AUX CHEVEUX NOIRS (Folio Science-Fiction n° 87)

TOTAL RECALL (Folio Science-Fiction n° 109)

PAYCHECK (Folio Science-Fiction n° 164)

IMMUNITÉ (Folio Science-Fiction n° 197)

UN VAISSEAU FABULEUX (Folio Science-Fiction n° 213)

DANS LE JARDIN (Folio Science-Fiction n° 220)

LE ROI DES ELFES (Folio Science-Fiction n° 384)

LE DERNIER DES MAÎTRES (Folio Science-Fiction n° 443)

QUESTION DE MÉTHODE (Folio Science-Fiction n° 457)

NE PAS SE FIER À LA COUVERTURE (Folio Science-Fiction n° 478)

RAPPORT MINORITAIRE – SOUVENIRS À VENDRE (Folio Bilingue n° 161)

CE QUE DISENT LES MORTS (Folio 2 € n° 4389)

PETIT DÉJEUNER AU CRÉPUSCULE (Folio 2 € n° 5124)

NOUVELLES COMPLÈTES

VOLUME 1. 1947-1953

VOLUME 2. 1954-1981

Aux Éditions Denoël

Dans la collection Lunes d'encre

NOUVELLES TOME 1 / 1947-1953

NOUVELLES TOME 2 / 1953-1981

LA TRILOGIE DIVINE (édition intégrale)

Dans la collection Présence du futur

RADIO LIBRE ALBEMUTH (Folio Science-Fiction n° 694)

LA TRILOGIE DIVINE

SIVA (Folio Science-Fiction n° 607)

L'INVASION DIVINE (Folio Science-Fiction n° 733)

LA TRANSMIGRATION DE TIMOTHY ARCHER (Folio Science-Fiction n° 738)

SUBSTANCE MORT (Folio Science-Fiction n° 25)

DEUS IRAE (*en collaboration avec Roger Zelazny* – Folio Science-Fiction n° 39)

L'ŒIL DE LA SIBYLLE (Folio Science-Fiction n° 123)

SOUVENIR (Folio Science-Fiction n° 143)

LE VOYAGE GELÉ (Folio Science-Fiction n° 160)

LE GRAND O

AU SERVICE DU MAÎTRE

UN AUTEUR ÉMINENT

DERRIÈRE LA PORTE

LE CRÂNE

Aux Éditions J'ai Lu

PACIFIC PARK

CONFESSIONS D'UN BARJO

HUMPTY DUMPTY À OAKLAND

L'HOMME DONT TOUTES LES DENTS ÉTAIENT EXACTEMENT SEMBLABLES

BRICOLER DANS UN MOUCHOIR DE POCHE

Ô NATION SANS PUDEUR

SUR LE TERRITOIRE DE MILTON LUMKY

LE MAÎTRE DU HAUT CHÂTEAU

COULEZ MES LARMES, DIT LE POLICIER

DR BLOODMONEY

MESSAGE DE FROLIX 8
BLADE RUNNER
LE DIEU VENU DU CENTAURE
LES CLANS DE LA LUNE ALPHANE
À REBROUSSE-TEMPS
LE TEMPS DÉSARTICULÉ
LOTERIE SOLAIRE
LE PROFANATEUR
LES PANTINS COSMIQUES
L'ŒIL DANS LE CIEL
LES MARTEAUX DE VULCAIN
LES CHAÎNES DE L'AVENIR
DOCTEUR FUTUR
LE BAL DES SCHIZOS
LES JOUEURS DE TITAN
GLISSEMENT DE TEMPS SUR MARS
SIMULACRES
LA VÉRITÉ AVANT-DERNIÈRE
BRÈCHE DANS L'ESPACE
EN ATTENDANT L'ANNÉE DERNIÈRE
LA MACHINE À ILLUSIONS
LE GUÉRISSEUR DE CATHÉDRALES
ROMANS 1953-1959
ROMANS 1960-1963
ROMANS 1963-1964
ROMANS 1965-1969
L'EXÉGÈSE DE PHILIP K. DICK VOL. 1
L'EXÉGÈSE DE PHILIP K. DICK VOL. 2
UBIK

Aux Éditions du Cherche Midi

LES VOIX DE L'ASPHALTE

Aux Éditions Éclat

SI CE MONDE VOUS DÉPLAÎT...

DERNIÈRE CONVERSATION AVANT LES ÉTOILES

Pour en savoir plus,
vous pouvez consulter le site officiel de Philip K. Dick :
www.philipkdick.com

Dans la même collection

605.	Jacques Abeille	*Les jardins statuaires*
606.	Jacques Abeille	*Le veilleur du jour*
607.	Philip K. Dick	*SIVA*
608.	Jacques Barbéri	*Mondocane*
609.	Romain d'Huissier	*Les Quatre-vingt-un Frères* (Chroniques de l'Étrange, I)
610.	David Walton	*Superposition*
611.	Christopher Priest	*L'inclinaison*
612.	Jacques Abeille	*Un homme plein de misère*
613.	Romain Lucazeau	*Latium I*
614.	Romain Lucazeau	*Latium II*
615.	Laurent Genefort	*Étoiles sans issue*
616.	Laurent Genefort	*Les peaux-épaisses*
617.	Loïc Henry	*Les océans stellaires*
618.	Romain d'Huissier	*La résurrection du dragon* (Chroniques de l'Étrange, II)
619.	Romain Delplancq	*L'Éveil des Réprouvés* (Le sang des princes, II)
620.	Jean-Philippe Jaworski	*Chasse royale – Les grands arrières* (Rois du monde, II-2)
621.	Robert Charles Wilson	*La cité du futur*
622.	Jacques Abeille	*Les voyages du fils*
623.	Iain M. Banks	*Effroyabl Angel*
624.	Louisa Hall	*Rêves de Machines*
625.	Jean-Pierre Ohl	*Redrum*
626.	Fabien Cerutti	*Le Marteau des Sorcières* (Le Bâtard de Kosigan, III)
627.	Elan Mastai	*Tous nos contretemps*
628.	Michael Roch	*Moi, Peter Pan*
629.	Laurent Genefort	*Ce qui relie* (Spire, I)
630.	Rafael Pinedo	*Plop*
631.	Jo Walton	*Mes vrais enfants*

632.	Raphaël Eymery	*Pornarina*
633.	Scott Hawkins	*La Bibliothèque de Mount Char*
634.	Grégory Da Rosa	*Sénéchal*
635.	Jonathan Carroll	*Os de Lune*
636.	Laurent Genefort	*Le sang des immortels*
637.	Estelle Faye	*Les Seigneurs de Bohen*
638.	Laurent Genefort	*Ce qui divise* (Spire, II)
639.	Ian McDonald	*Luna – Nouvelle Lune* (Luna, I)
640.	Lucie Pierrat-Pajot	*Les mystères de Larispem, I* (Le sang jamais n'oublie)
641.	Adrian Tchaikovsky	*Dans la toile du temps*
642.	Karin Tidbeck	*Amatka*
643.	Jo Walton	*Les griffes et les crocs*
644.	Grégory Da Rosa	*Sénéchal II*
645.	Saad Z. Hossain	*Bagdad, la grande évasion !*
646.	Al Robertson	*Station : La chute*
647.	Peter Cawdron	*Rétrograde*
648.	Fabien Cerutti	*Le Testament d'involution* (Le Bâtard de Kosigan, IV)
649.	Yoon Ha Lee	*Le gambit du Renard*
650.	Sabrina Calvo	*Toxoplasma*
651.	Karoline Georges	*De synthèse*
652.	George R. R. Martin / Lisa Tuttle	*Elle qui chevauche les tempêtes*
653.	Katherine Arden	*L'Ours et le Rossignol*
654.	Laurent Genefort	*Ce qui révèle* (Spire, III)
655.	Léo Henry	*Thecel* (INÉDIT)
656.	Grégory Da Rosa	*Sénéchal III*
657.	Romain d'Huissier	*Les Gardiens célestes* (Chroniques de l'Étrange, III)
658.	Thomas Spok	*Uter Pandragon*
659.	Estelle Faye	*Les nuages de Magellan*
660.	Chris Vuklisevic	*Derniers jours d'un monde oublié* (INÉDIT)

661. Annalee Newitz	*Autonome*
662. Nicolas Texier	*Opération Sabines* (Monts et merveilles, I)
663. Ray Bradbury	*Le Pays d'octobre*
664. Patrick K. Dewdney	*L'enfant de poussière* (Le cycle de Syffe, I)
665. Mary Robinette Kowal	*Lady astronaute* (INÉDIT)
666. Lucie Pierrat-Pajot	*Les mystères de Larispem, II* (Les jeux du siècle)
667. Lionel Davoust	*La Messagère du Ciel* (Les dieux sauvages, I)
668. Thibaud Latil-Nicolas	*Chevauche-Brumes*
669. Nicolas Texier	*Opération Jabberwock* (Monts et merveilles, II)
670. Ernest Callenbach	*Écotopia*
671. Adam Roberts	*Jack Glass, l'histoire d'un meurtrier*
672. Élisabeth Vonarburg	*Chroniques du Pays des Mères*
673. Pierre Alferi	*Hors sol*
674. Alain Damasio	*Les Furtifs*
675. Michael Roch	*Le livre jaune*
676. Yoon Ha Lee	*Le stratagème du corbeau*
677. Ian McDonald	*Luna – Lune du loup* (Luna, II)
678. Gareth L. Powell	*Braises de guerre*
679. Christopher Priest	*Conséquences d'une disparition*
680. Lionel Davoust	*Le Verrou du Fleuve* (Les dieux sauvages, II)
681. Manon Fargetton	*Dix jours avant la fin du monde*
682. Katherine Arden	*La fille dans la tour*
683. Philippe Auribeau	*L'héritage de Richelieu*

684.	Jean-Philippe Jaworski	*Chasse royale – Curée chaude* (Rois du monde, II-3)
685.	George Orwell	*1984*
686.	Adrian Tchaikovsky	*Chiens de guerre*
687.	John Varley	*Blues pour Irontown*
688.	Patrick K. Dewdney	*La peste et la vigne* (Le cycle de Syffe, II)
689.	Ian McDonald	*Luna – Lune montante* (Luna III)
690.	Lucie Pierrat-Pajot	*Les mystères de Larispem, III* (L'élixir ultime)
691.	Katherine Arden	*L'hiver de la sorcière*
692.	Jo Walton	*Pierre-de-vie*
693.	Lionel Davoust	*La Fureur de la Terre* (Les dieux sauvages, III)
694.	Philip K. Dick	*Radio libre Albemuth* (Prélude à la trilogie divine)
695.	Estelle Faye	*Les révoltés de Bohen* (Le cycle de Bohen, II)
696.	Fabien Cerutti	*Les secrets du premier coffre*
697.	Philippe Testa	*L'obscur*
698.	Jean-Philippe Jaworski	*Le sentiment du fer*
699.	Thibaud Latil-Nicolas	*Les flots sombres* (Chevauche-brumes, II)
700.	Aurélien Manya	*Trois cœurs battant la nuit*
701.	Rozenn Illiano	*Le phare au corbeau*
702.	Ted Chiang	*Expiration*
703.	Laurent Genefort	*Colonies*
704.	Adam Roberts	*La chose en soi*
705.	Gareth L. Powell	*L'armada de Marbre* (Braises de guerre, II)
706.	Sébastien Coville	*L'Empire s'effondre*
707.	Lionel Davoust	*L'Héritage de l'Empire*, 1 (Les dieux sauvages, IV)

708. Lionel Davoust	*L'Héritage de l'Empire*, 2 (Les dieux sauvages, IV)
709. Jacqueline Carey	*La marque* (Kushiel, I)
710. Jacqueline Carey	*L'élue* (Kushiel, II)
711. Ken Liu	*Jardins de poussière*
712. Auriane Velten	*After®*
713. Grégoire Courtois	*Les agents*
714. Mary Robinette Kowal	*Vers les étoiles*
715. Geoffrey Le Guilcher	*La Pierre jaune*
716. Emmanuel Chastellière	*La piste des cendres*
717. Estelle Faye	*Un reflet de lune*
718. Jacqueline Carey	*L'avatar* (Kushiel, III)
719. Antonio Exposito	*Le quatrième Roi mage*
720. Élisabeth Vonarburg	*Le silence de la Cité*
721. Frank Herbert	*Nouvelles, I*
722. Frank Herbert	*Nouvelles, II*
723. Thibaud Latil-Nicolas	*L'appel des grands cors* (Chevauche-brumes, III)
724. Olav et Viat Koulikov	*Enquêtes d'un détective à vapeur*
725. Pascale Quiviger	*Le Royaume de Pierre d'Angle, I* (L'art du naufrage)
726. Adrian Tchaikovsky	*Dans les profondeurs du temps*
727. Sabrina Calvo	*Melmoth furieux*
728. Chris Brookmyre	*La ville dans le ciel*
729. Emmanuel Chastellière	*Célestopol 1922*
730. Patrick K. Dewdney	*Les chiens et la charrue* (Le cycle de Syffe, III)
731. Sébastien Coville	*Toucher la peau du ciel* (L'Empire s'effondre, II)

Tous les papiers utilisés pour les ouvrages
des collections Folio sont certifiés
et proviennent de forêts gérées durablement.

Composition IGS-CP à L'Isle-d'Espagnac (16)
Impression Novoprint
à Barcelone, le 12 octobre 2023
Dépôt légal : octobre 2023

ISBN 978-2-07-302921-8 / Imprimé en Espagne

600591